新潮日本古典集成

紫式部日記　紫式部集

山本利達　校注

新潮社版

目次

凡例

紫式部は、『源氏物語』の他に、『紫式部日記』と『紫式部集』を遺している。この日記と歌集は、それぞれに独自の価値をもつものであるが、作者自らの人となりを伝えるものでもある。本書はこの二つの作品を収めた。

一、『紫式部日記』は、宮内庁書陵部蔵の通称黒川本を、また、『紫式部集』は、古本系の最善本である陽明文庫蔵本を底本とし、諸本により校定した。

一、校定に当っては頭注に記したところもあるが、一々についてはあげなかった。

一、本文の読解を容易にするため、適宜、仮名に漢字を宛て、読みにくいかと思われる漢字には振り仮名を付した。仮名づかいは歴史的仮名づかいに改め、漢字は現行の字体を用いた。また、句読点、濁点をほどこし、会話には「　」をほどこした。

一、『紫式部日記』は次の要領によった。

(1)注は傍注（色刷り）ならびに頭注による。現代語訳、人物の指示は傍注で、説明は頭注でという原則であるが、スペースや印刷面の関係で頭注にまわした場合もある。

(2)本文を適宜段落に分け、段落毎の内容を要約した小見出しを頭注欄に色刷りで掲げ、また、小見出しのいくつかを統轄する大見出しを頭注上部にゴチックで示す。
(3)頭注のスペースを利用して、＊印で単なる現代語訳では及びえない各段落内の要約や解説をする。
(4)頭注において、人名の読み方の不明のものは音読するものとしてルビを付さない。
(5)傍注には、会話の話者を（ ）で、主語その他、文脈上のおぎないを〔 〕によって、それぞれ色刷りで示す。
(6)歌は二字下げ別行とし、上・下句二行書きにする。
(7)後一条天皇誕生の折の『御産部類記不知記』は三種類あるが、頭注においては区別せず『不知記』と略称し、また、『御堂関白記』を『関白記』と略称する。
(8)本文中には、人物に関して鎌倉時代以前に後人のつけた注が入っている。これは現存のどの写本にも存するものであり、参考になるので、活字を七ポにしてのこす。

一、『紫式部集』は次の要領によった。
(1)歌の各句間を一字分あけ、各々の歌の上に、アラビア数字により番号をつけ、底本の歌の順序を示す。
(2)頭注では、詞書、左注等についての注解や、歌の現代語訳（色刷り）と語釈、および作歌事情についての解説をする。
(3)詞書、左注等の注解には注番号を付して頭注で説明する。
(4)歌の語釈欄では、語意、枕詞、序詞、懸詞、縁語などについて、◇印を付して説明する。

(5)鑑賞の手引として、配列上同類のものを頭注欄に＊印を付して指摘する。
一、巻末の解説には、作者の伝記及び作品についての見解を要約して述べた。
一、定家本『紫式部集』の最善本とされる実践女子大学本の『むらさき式部集』と、そのうち勅撰集と『夫木和歌抄』とにとられているものを付録にあげ、古本との比較の便宜をはかった。
一、『紫式部集』巻末の「日記歌」のうち、日記にない五首の背景となった記事を、付録として『栄花物語』の「初花」の巻より抜き出した。
一、読者の理解の便を考え、付録として巻末に主な場面の想定図、図録、登場人物に関係ある系図、初句索引をのせた。
一、底本の使用や翻刻を許可して下さった宮内庁書陵部、陽明文庫、実践女子大学図書館に対し感謝したい。
一、注釈については、先学の諸注や研究に負うところが多いことは勿論であるが、『紫式部日記』の注においては、大阪国文談話会中古部会の方々から多くの教示を受けた。

紫式部日記　紫式部集

紫式部日記

御産まで——寛弘五年秋

土御門殿の有様

秋のけはひ入り立つままに《秋の雰囲気が入り込んでくるにつれて》、[一]土御門殿《つちみかどどの》のありさま、いはむかたなく《言いようもなく》をかし《風情がある》。池のわたりのこずゑども《池のほとりのあちこちの梢》、[二]遣水《やりみづ》のほとりの叢《くさむら》、おのがじし《それぞれ》色づきわたりつつ《一面に色づいて》、おほかたの空も《この頃の空も》艶《えん》なるにもてはやされて《美しいのに引き立てられて》、[三]不断の御読経《みどきやう》の声々、あはれまさりけり《一段としんみり身にしみる》。やうやう涼しき風のけはひに《風が次第に涼しくなると》、例の絶えせぬ水のおとなひ《遣水のせせらぎが》、夜もすがら聞きまがはさる《夜通し読経の声とまざり合って聞える》。

[四]御前《おまへ》にも、近うさぶらふ人々《女房達が》、はかなき物語するを聞こしめしつつ《とりとめもない話をするのをお聞きになりながら》、なやましうおはしますべかめるを《［お身重で］さぞお苦しくてあられるだろうに》、さりげなくもてかくさせたまへる《何げないふうにとりつくろっていらっしゃる》御ありさまなどの、いとさらなることなれど《ご立派なことは今更言うまでもないが》、憂き世のなぐさめには、かかる御前をこそたづね参るべかりけれと《このようなご立派な方の所を探し求めてお仕えすべきであると》、[五]うつし心《平常の心持ち》をばひきたがへ《とはうって変って》、たとしへなくよろづわするるにも《たとえようもなく一切の憂いが消えるにつけても》、[六]かつはあやし。

一 一条天皇の中宮彰子の父藤原道長の邸。土御門大路の南、京極大路の西にあり、南北に二町を占めていた。一町は約一二〇メートル四方。彰子は、お産のため、寛弘五年（一〇〇八）七月十六日からここに退出していた。

二 寝殿（寝殿造りの正殿）のわきを通して、南の池に引き入れてある細い流れ。

三 昼夜間断なく読経すること。一昼夜を十二時に分け、十二人の僧が輪番で行うのが一般である。ここは中宮の安産を祈るため。

四 貴人をさし、中宮彰子のこと。当時二十一歳。

五 出家しようと思っている作者の心をさすという説があるが、この世を憂きものと思う心であろう。

六 一方ではそんな自分の心が不思議に思われる。

＊お産の近づいた中宮の態度の立派さを見るにつけ、この世を憂きものと思う日頃の作者の心はすっかり消えてしまう。このように中宮を讃美することはこの日記の主題である。

五壇の御修法

まだ夜深きほどの（まだ夜明けに遠い頃の）月さしくもり、木《こ》の下をぐらきに（暗いのに）、「[一]御格子《みかうし》まゐりなばや（上げしたいものね）」「[二]女官《にようくわん》はいまださぶらはじ（まだ出仕していないでしょう）」「[三]蔵人《くらうど》まゐれ（お上げしなさい）」などいひしろふほどに（言い合っているうちに）、[四]後夜《ごや》の鉦《かね》うちおどろかして（眼をさまさせて）、[五]五壇《ごだん》の御修法《みずほふ》の時《じ》はじめつ。われもわれもとうちあげたる（はり上げた）[六]伴僧《ばんそう》の声々、遠く近く聞きわたされたるほど、おどろおどろしく（荘重で）たふとし。

[七]観音院の僧正《そうじやう》、[八]東《ひむがし》の対《たい》より、二十人の伴僧をひきゐて御加持まゐりたまふ（〔寝殿へ〕お加持に参上なさる）足音、[九]渡殿《わたどの》の橋のとどろとどろと（どしどしと）踏みならさるるさへぞ、ことごとのけはひには似ぬ（ほかの場合の雰囲気とは違っている）。[一〇]法住寺《ほふぢゆうじ》の座主《ざす》は[一一]馬場《うまば》の御殿《おとど》、[一二]へんち寺の僧都《そうづ》は[一三]文殿《ふどの》などに、うちつれたる（お揃いの）浄衣姿《じやうえすがた》にて、ゆゑゆゑしき（趣向をこらした）[一四]唐橋《からはし》どもを渡りつつ、木《こ》の間《ま》をわけて帰り入るほども、はるかに見やらるる（ずうっと遠くまで見えるような気がして厳粛な感じである）ここちしてあはれなり。[一五]さいさ阿闍梨《あざり》も、大威徳をうやまひて、（〔退出に際して〕）腰をかがめたり。人々参りつれば（女官たちが出仕してくると）夜も明けぬ。

道長のすばらしさ

[一六]渡殿の戸口の局《つぼね》に見出だせば（局から外を眺めると）、ほのうち（うっすらと）霧《き》りたる朝《あした》の露もまだ落

一 「格子まゐる」は、格子を上げたり下ろしたりする行為の謙譲語。
二 下級の官女。ここは中宮の掃司《かんもり》であろう。
三 中宮の女蔵人《にょくろうど》。下﨟の女房。
四 一日に六回行う勤行《ごんぎょう》の一つで、午前三時頃行う。
五 不動・降三世《ごうざんぜ》・軍荼利《ぐんだり》・大威徳・金剛夜叉の各明王を祭る五つの護摩壇を設け、山門（延暦寺）・寺門（三井寺）・東寺が合同で行う祈禱。「時」はお勤め。
六 導師に従って修法に参列する僧。
七 権僧正《ごんそうじょう》勝算。寺門派。不動明王の壇を受持つ。「観音院」は山城国愛宕《おたぎ》郡北岩倉にあった。
八 寝殿の東にある建物。五壇の御修法は東の対で行われ、中宮は寝殿の東母屋《もや》にいた。観音院の僧正は渡殿を渡り、加持に行くのである。「加持」は手に印を結び陀羅尼《だらに》を唱える真言密教の祈禱。御修法の後で祈禱を受ける人に親近して行われる。
九 寝殿と対とを結ぶ渡廊下。ここは南側の透渡殿《すきわたどの》。
一〇 「法性寺」の誤りで大僧都慶円か。山門派。降三世明王の壇を受持つ。法性寺は九条河原にあった。
一一 馬場に面した殿舎。この時は僧の控所とした。
一二 「浄土寺」の誤りで権少僧都明救か。山門派。金剛夜叉明王の壇を受持つ。
一三 文書を納めておく書庫。この時は僧の控所。
一四 欄干のある唐様の橋。池の島にかけてあった。

ちぬに、[一七]殿ありかせたまひて《庭をお歩きになって》、御随身《みずいじん》[一八]召して、遣水はらはせたまふ《遣水のごみをお除かせになる》。〔渡殿の〕橋の南なる女郎花《をみなへし》のいみじうさかりなるを、一枝《ひとえだ》折らせたまひて、几帳《きちやう》の上《かみ》よりさしのぞかせたまへる《顔をお出しになった》御さまの《お姿が》、いとはづかしげなる《とてもご立派なのにつけても》に、わが朝顔[一九]の思ひ知らるれば、〔殿が〕「これおそくてはわろからむ《この花の歌を暇どっては興がないだろう》」とのたまはするにことつけて《かこつけて》、硯《すずり》のもとに寄りぬ。

[二〇]女郎花さかりの色を見るからに
　露のわきける身こそしらるれ

「あな《やあ》、と《早いこと》」とほほゑみて〔殿は〕硯召し出づ《硯をさし出すよう仰せになる》。

[二一]白露はわきてもおかじ女郎花
　心からにや色の染むらむ

若い頼通のすばらしさ

しめやかなる《ひっそりした》夕暮に、宰相《さいしやう》[二二]の君と二人、物語してゐたるに、殿[二三]の三位《さんみ》の君、簾《すだれ》[二四]のつま引きあけてゐたまふ《お坐りになる》。年のほどよりは、いとおとなしく《大人っぽく奥ゆかしい様子をして》心にくきさまして、「人はなほ心ばへこそかたきものなめ《女は何といっても性格〔がよいということ〕はむずか》

一五「さいき」の誤りで斎祇《さいぎ》か。勝算の弟子で寺門派。大納言藤原道綱の子。大威徳明王の壇を受持つ。「阿闍梨」は密教の秘法の伝授を受けた僧。
一六 この渡殿は寝殿と東の対を結ぶ北側のもので、ここに局が三つあり、作者の局は東端にあったらしい。「局」は、板や壁、あるいは屛風《びようぶ》や障子で仕切った女房の居間。
一七 公卿《くぎよう》の家の主人をさす尊称。ここは道長。当時正二位左大臣で、四十三歳。
一八 上皇・大臣・納言等の護衛のため勅宣により与えられる近衛府の下級の武官。人数は官の高下で異なる。
一九 朝起きたままで、まだ化粧をしていない顔。
二〇（露に美しく染められた）女郎花《おみなえし》の盛りの色を見ますと、分けへだてをして露の置いてくれない私のみにくさが身にしみて感じられます。
二一 白露は分けへだてをして置いてはいないだろう。女郎花は（美しくなろうとする）自分の心で美しく染まっているのだろう。
＊ 朝早くから中宮の御殿の周囲の整備に心を配る反面、作者と風流を楽しむ道長への讃美である。
二二 中宮の上﨟女房。大納言道綱の女《むすめ》豊子。中宮の従姉。讃岐守《さぬきのかみ》大江清通の妻。
二三 道長の長男頼通。母倫子。当時正三位で十七歳。
二四 簀子《すのこ》に腰をおろし、簾の下端部を引き開けて局の中に向って話すのであろう。

れ」《しいようだ》など、世の物語しめじめとしておはするけはひ《男女関係の話をしんみりとなさっていらっしゃる様子は》、をさなし《幼稚だ》と人のあなづりきこゆるこそあしけれと《軽くおあしらい申していたのは間違いだったと》、はづかしげに見ゆ《きまり悪いほど立派に見える》。うちとけ《うちとけた話》ぬほどにて《にならない程度で》、「[一]おほかる野辺《のべ》に」とうち誦《ず》じて立ちたまひにし《口ずさんでお立ちになった》さまこそ、[二]物語にほめたる男のここちしはべりしか。かばかりなること《この程度のちょっとしたこと》の《とで》、うち思ひ出でらるるもあり、そのをりはをかしきことの《その当座はおもしろいと思ったことで》、過ぎぬれば忘るるもあるはいかなるぞ《どういうことかしら》。

播磨守碁の負けわざ

[三]播磨《はりま》の守《かみ》、碁《ご》[四]の負けわざしける日、あからさまにまかでて《［私は］ちょっと実家に退出していたので》、のちにぞ[五]御盤《ごばん》のさまなど見たまへしかば《見せていただいたところ》、[六]華足《けそく》などゆゑゆゑしくして《風情が出してあって》、[七]洲《す》浜《はま》のほとりの水に《［次の歌が］》書きまぜたり。

　[八]紀《き》の国のしららの浜にひろふてふ
　この石こそはいはほともなれ

[九]扇どもをかしきを《趣向をこらしたのを》、そのころは人々持《も》たり。

八月二十余日　さるべき人宿直・里居の女房参上

八月二十余日のほどよりは、[一〇]上達部《かんだちめ》・[一一]殿上人《てんじやうびと》ども、さるべきはみ《宿直すべき人はみな》

一「女郎花おほかる野辺に宿りせばあやなくあだの名をや立ちなむ」（『古今集』秋上、小野美材《よしき》）の一句を、美しい女の人の多い所に長居していると浮名が立つだろうから帰ろう、の意をこめて歌ったのである。

二 その場にふさわしい歌や詩の一節を朗誦する男の風流を、物語の中ではよくほめている。

三 当時権中納言藤原行成が播磨守で、参議藤原有国が播磨権守《ごんのかみ》であったが、二人ともこの日記では別称により敬語を用いているので疑問。日記執筆当時の該当者平生昌《たいらのなりまさ》かとする説もある。

四 碁に負けた側が饗応すること。先に中宮の前で碁の試合があり、後日、負けわざが行われ、播磨守が行事係だったのであろう。

五 洲や浜辺の景色を作った飾り物の台。

六 机や台の足をそらして装飾をほどこしたもの。

七 洲や浜辺の作り物の水辺に「紀の国の」の歌が散らし書きにされていたのであろう。

八 紀の国の白良《しらら》の浜で拾うというこの碁石は、君の御代と共に末長くあって、巌《いわお》となりますように。中宮の御代をことほいだものと思われる。

九 負けわざの折、勝った方に多くの扇が贈られ、それを持っていたのであろう。天禄四年円融院資子内親王乱碁歌合の負けわざにも趣向をこらした扇が多く贈られている。

な宿直《とのゐ》がちにて《泊ることが多く》、橋[一二]の上、対の簀子《すのこ》[一三]などに、みなうたた寝をしつつ、はかなうあそび明かす《とりとめもなく演奏をして夜を明かす》。琴・笛の音《ね》などには、たどたどしき《未熟な》若人《わかうど》たちの、読経[一四]あらそひ・今様歌《いまやううた》[一五]どもも、所につけてはをかしかりけり《その場としてはおもしろかった》。宮の大夫《だいぶ》[一六]斉信、左の宰相の中将[一七]経房、兵衛《ひやうゑ》[一八]の督《かみ》、美濃[一九]の少将済政などして《一緒に》、あそびたまふ《演奏をして楽しまれる》夜もあり。わざとの御あそびは《表だった管絃のお遊びは》、殿おぼすやうやあらむ《殿に何かお考えがあるのであろう》、せさせたまはず。

年ごろ里居したる人々の《長年実家に下がっていた女房達が》、中絶えを思ひ起こしつつ《ご無沙汰していたのだが思い立って》、参りつどふけはひさわがしうて《ざわざわして》、そのころはしめやかなることなし。

二十六日、御薫物《たきもの》[二〇]あはせ果てて《調合し終って》、《〔中宮は〕》人々にもくばらせたまふ《女房達にもお分けになる》。《〔薫物を〕》まろがしゐたる人々《丸めていた女房達が》、あまたつどひゐたり。

上よりおるる道に《中宮の御前から下がる途中に》、弁の宰相[二一]の君の《〔局の〕》戸口をさしのぞきたれば、昼寝したまへるほどなりけり。萩《はぎ》[二二]、紫苑《しをん》[二三]、いろいろの《様々の色の》衣《きぬ》に《袿に》、濃きが《濃い紅で》打ち目[二四]心ことなるを《格別つやのある打衣を》上に着て、顔は引き入れて《〔打衣の中に〕入れて》、硯の箱に枕して《頭をのせて》ふ

一〇 公卿の異称。大臣・大中納言・参議および三位以上の者をいう。

一一 清涼殿の殿上の間に昇ることを許された者。四位五位の中で許された者と六位の蔵人《くろうど》をいう。

一二 渡殿の橋の上。

一三 廂《ひさし》の間の外側の濡れ縁。

一四 読経の声や節回しのよさを競うこと。

一五 催馬楽《さいばら》などの従来の歌謡に対し当時新興の歌謡。

一六 従二位権中納言兼右衛門督で中宮大夫の藤原斉《ただ》信《のぶ》。

一七 従三位参議で左近衛権中将の源経房《つねふさ》。

一八 従三位非参議で右兵衛督の源憲定《のりさだ》。母は道長の妻明子と姉妹。

一九 右近衛少将源済政《なりまさ》。美濃守任官は寛弘六年頃。中宮の母倫子の甥。

＊ お産の近づいたことを思わせる段である。

二十六日　薫物の調合・宰相の君の昼寝姿の美しさ

二〇 沈香《じんこう》・丁字《ちょうじ》・白檀《びゃくだん》等の香木の粉末を調合し、蜜でねり固めた練香《ねりこう》。壺に入れ、水辺の土中に数日以上埋めてから用いる。

二一 「宰相の君」のこと。一三頁注二二参照。

二二 表蘇芳《すおう》、裏青の襲《かさね》の色目。

二三 表薄紫、裏青の襲の色目。または表蘇芳、裏萌黄《もえぎ》とも。

二四 絹を砧《きぬた》で打って出した光沢。

したまへる額《ひたひ》[一]つき、いとらうたげになまめかし《とても可憐でみずみずしい美しさである》。絵にかきたる物《何かの》の姫君のここちすれば《物語の姫君のようなので》、口おほひを引きやりて《口にかぶさっている衣を引きのけて》、「物語の女のここちもしたまへるかな」といふに、見上げて《〔宰相の君は〕》、「もの狂ほしの御さまや《気違いじみたなさりようですこと》。寝たる人を心なくおどろかすものか《人のことも考えずに起すなんて》」とて、すこし起きあがりたまへる顔のうち赤みたまへるなど、こまかにをかしうこそはべりしか《よくととのっていて美しく思われたことであった》。おほかたもよき人の《平素からも美しい人が》、をりからに《こんな折なので》、またこよなくまさるわざなりけり《更に格段に美しく見えるというものであった》。

九月九日　菊の着せ綿

九日、菊の綿《わた》[二]を、兵部《ひやうぶ》[三]のおもとの持《も》てきて、「これ、殿[四]の上の《北の方が》、とりわきて《特別に》、いとよう老いのごひすてたまへ《十分念を入れて老いを拭いとりなさい》とのたまはせつる《とおっしゃいましたよ》」とあれば、

菊[五]の露わかゆばかりに袖《そで》ふれて
　花のあるじに千代《ちよ》はゆづらむ

とて、返したてまつらむとするほどに《〔着せ綿を〕お返し申し上げようとしているうちに》、「あなた[六]に帰り渡らせたま

一 額の格好。

＊ 薫物の調合は中宮の風流な日常の一齣《ひとこま》。弁の宰相の美しさの讃美は、やがて誕生の若宮の乳母となった女房の讃美ということになろう。

二 九月八日から九日にかけて菊の花を綿でおおって露と香を移し、その綿で身体を拭くと老いが除けると考えられた。この綿を菊の着せ綿といい、人に贈りもした。「綿」とは真綿のこと。

三 中宮の女房。素姓未詳。「おもと」は敬称。

四 道長の妻、中宮の母倫子。「上」は貴族の妻への敬称。

五 着せ綿の菊の露で身を拭えば、千年も寿命が延びるということですが、私は若返る程度にちょっと袖を触れさせていただき、千年の寿命は、花の持主であられるあなたさまにお譲り申しましょう。

六 倫子の部屋。寝殿の西母屋にいたらしい。

七 役に立たないのでやめてしまった、の意。中宮の母の長命を祝う歌は中宮の前で披露してこそ中宮をも祝うことになるのに、倫子が中宮の前にいなくなって

ひぬ」とあれば、ようなさに[七]とどめつ。

その夜さり、御前《おまへ》に参りたれば、月をかしきほどにて《月の美しく照っている頃で》、端《はし》[八]に、御《み》簾《す》の下より裳《も》[九]の裾《すそ》などほころび出づるほどに《こぼれ出ているあたりに》、小少将《こせうしやう》[一〇]の君・大[一一]納言の君などさぶらひたまふ《控えていらっしゃる》。御火取《ひとり》[一二]に、ひと日[一三]の《先日の》薫物《たきもの》とうでて《取り出して》、こころみさせたまふ《〔でき具合を〕おためしになる》。御前のありさまのをかしさ《〔庭の〕景色の美しさや》、つたの色の心もとなきなど《〔黄葉が〕待ち遠しいことなど》、口々聞こえさするに《申し上げるが》、例よりもなやましき御けしきにおはしませば《〔中宮は〕いつもより苦しそうなご様子でいらっしゃるので》、御加持どももまゐるかたなり《さまざまのお加持をなさる頃でもあり》、さわがしきここちして入りぬ《落着かない気持で〔お側近く〕へ》。

人の呼べば、局におりてしばしと思ひしかど、寝にけり。夜中ばかりよりさわぎたちてののしる《〔産気づかれ〕騒ぎ出してわいわい言う》。

十日のまだほのぼのとするに《明るむ頃に》、御しつらひ[一四]かはる。白き御帳《みちやう》[一五]にうつらせたまふ。殿よりはじめたてまつりて、公達《きんだち》[一六]・四位五位ども立ちさわぎて、御帳のかたびらかけ、御座《おまし》[一七]ども持《も》てちがふほど、いと

は歌にこめた祝意が伝えられず、折角の歌も役に立たないというのであろう。

九日の夜の有様

御産の模様

八 端近い所に。簀子に近い廂の間。

九 女性が正装の時、表着の上に腰の後ろにまとうもの。

一〇 中宮の上臈女房。源時通の女で倫子の姪。

一一 中宮の上臈女房。源扶義の女廉子。倫子の姪。

一二 香をたくもので、香炉の類。

一三 八月二十六日調合した薫物を壺に入れ、水辺の土中（おそらく御前の庭であろう）に埋めておいたのを取り出すのである。

一四 お産の時は、衣裳や調度類は白いものを用いる。

一五 御帳台。貴人の寝所。浜床《はまゆか》に畳二枚を並べ、四隅に六尺くらいの細い柱をたて周囲に帷《かたびら》を垂れる。

一六 貴族の息子や娘たちをいう。

十日 白い調度・物の怪調伏の祈禱

一七 普通貴人の坐る時用いる茵《しとね》をいう。茵は正方形の畳を芯とし、布の縁をつける。ここは、茵の他に御帳台用の畳なども含んでいる。

さわがし。日ひと日（一日中）、いと心もとなげに（不安そうに）、起きふし暮らさせたまひつ（起きたり横になったりしてお過しになった）。

一御物《もの》の怪《け》どもかりうつし、かぎりなくさわぎののしる。月ごろ（幾月も）、そこらさぶらひつる殿のうちの僧をば（たくさんお仕え申していた御殿の中の僧は）さらにもいはず（今更いうまでもなく）、山々寺々をたづねて（さがし求めて）、二験者《げんざ》といふかぎりは、残るなく参りつどひ〔祈るので〕、三三世《みよ》の仏も、いかにかけりたまふらむ〔呼び立てられ〕（どんなに急いで飛んでいられることかと）と思ひやらる。四陰陽師《おんやうじ》とて世にあるかぎり召し集めて〔祈らせるので〕、五やほよろづの神も、耳ふりたてぬはあらじ（耳を振りたてて聞かない方はあるまいと思って聞かれる）と見え聞こゆ。

六御誦経《みずきやう》の使《つかひ》たちさわぎ暮らし、その夜も明けぬ。

伺候する女房達のさま

御帳の東《ひむがし》おもて（東側）は、七内裏《うち》の女房参りつどひてさぶらふ。〔御帳台の〕西には、御物の怪うつりたる人々、御屏風《びやうぶ》ひとよろひ（一双を）を引きつぼね（周囲に引き廻し）、八局口《つぼねぐち》には几帳を立てつつ、験者あづかりあづかり（修験者は各自分担して）ののしりゐたり（大声で祈っていた）。南には、やむごとなき僧正・僧都かさなりゐて、九不動尊の生きたまへるかた

一 物の怪を憑人《よりまし》に追い移し、調伏しようとこの上なく大声をはり上げている、の意。「物の怪」は、人の身体的あるいは精神的な弱り目に乗じて乗り移り、人を苦しめる死霊《しりよう》や生霊《いきりよう》の類。中宮についた物の怪なので敬称の「御」がついている。物の怪を払うには、祈禱により憑人という少女に駆《か》り移して調伏する。

二 修験者。物の怪調伏のため加持祈禱をする天台または真言の僧。

三 前世・現世・来世の仏。あらゆる仏の意。

四 陰陽寮の職員。日や土地の吉凶を占い、また天地の神に祈って悪霊を払うことなどを行う。

五 陰陽師の読む「中臣祭文《なかとみのさいもん》」の「祓戸《はらひど》の八百万《やほよろづ》の御神達は佐乎志加《さをしか》の御耳を振立て聞食《きこしめ》せと申《まをす》」による。

六 安産を祈るための読経を命ずる寺へ布施《ふせ》を持って行く使者。

七 天皇の女房。ここは宮中から派遣されたもの。

八 局《つぼね》の入口。ここの「局」は、屏風一双で囲った部分。

九 当時、験者の法力で不動明王の姿が出現したという霊験談があったことによる。不動明王は、一切の悪魔や煩悩を降伏させる仏として、密教では最も尊ばれ

た。
一〇 母屋と北廂との仕切りにたてられた襖障子《ふすましようじ》。
一一 折角やって来たのだから、中宮の側近くに入れてもらいたいのだが場所がなく、かえって余計者として中に入れてもらえない、の意。
＊ 中宮の御帳台の西や南では修験者や陰陽師あるいは高僧による祈禱が行われ、東や北には心配で泣き声をしのばせながら女房達が詰めている。儀式ともいうべきお産のさまである。
一二 十一日は戊辰《つちのえたつ》で、この日から二日間は暦によれば「日遊在リレ内ニ」とある。産婦はこの日遊神《にちゆうしん》のいる所を避けねばならず、その場所としては北廂が適当な場所とされていた。
一三 柱と柱との間が一間《ま》で、その長さはきまっていない。
一四 中宮のいる北廂と母屋とに隔てを作らないためである。
一五 観音院の僧正勝算であろう。
一六 「き」は「ち」の誤りで「ぢやうてふ」か。興福寺の別当定澄《じようちよう》僧都だろうといわれている。
一七 「法務」とは諸大寺の庶務を総理するもの。ここは東寺の二長者、権法務の済信。倫子の兄。
一八 当時五十五歳で権少僧都。後に天台座主となる。

ちをも呼び出で《今にも呼んで出現させそうに》あらはしつべう、頼みみ《頼んだり》、恨みみ《恨んだりして》、声みなかれわたりにたる、いといみじう《とても尊く思われる》聞こゆ。[一〇]北の御障子と御帳とのはざま、いとせばきほどに、四十余人《〔女房達が〕》ぞのちにかぞふればゐたりける。いささかみじろきもせられず、気《け》あがりて《のぼせあがって》、ものぞおぼえぬや《何が何だか分らない始末》。いま里より参る人々《新たに実家から参上した女房達は》は、[一一]なかなかゐこめられず《〔混み合って〕》、裳《も》の裾・衣《きぬ》の袖ゆくらむかたも知らず《どこへ行っているのかも分らない》。さるべきおとななどは《おもだった年輩の女房などは》、しのびて泣きまどふ。

十一日　中宮北廂に移る

[一二]十一日の暁《あかつき》に、北の御障子二間《ふたま》[一三]はなちて《〔中宮は〕》、廂《ひさし》にうつらせたまふ。[一四]御簾《みす》などもえかけあへねば《かけるわけにゆかないので》、御几帳をおしかさねておはします。[一五]僧正、[一六]きやうてふ僧都、[一七]法務僧都などさぶらひて、加持まゐる。[一八]院源僧都《〔殿が〕》、きのふ書かせたまひし御願書に《お書きになった御願文〔の草稿〕に》、いみじきことども書きくはへて《とても尊い数々の言葉を》、読み上げつづけたる言の葉の、あはれにたふとく、頼もしげなることかぎりなきに、殿のうちそへて仏念じきこえたまふほどの《殿が一緒になって仏様〔の加護〕を祈念申していらっしゃるのが》、頼もしく、さりともとは思ひながら《いくら何でも〔大丈夫だろう〕と思うものの》、いみじう悲しきに、みな人涙《涙を》

をえほしあへず（乾かすことができず）、「ゆゆしう」（縁起が悪いから）[一]「からな」など、かたみに（お互いに）いひながら
ぞ、えせきあへざりける（涙をとめることができなかった）。
人げおほくこみては（人が多くたてこんだ気配では）、いと御ここちも苦しうおはしますらむと
て、〔殿は〕[二]南、東《ひむがし》おもてに〔女房達を〕出ださせたまうて、さるべきかぎり（おそばにいるべき人だけが）、この二間
の〔中宮の〕もとにはさぶらふ（お側に控えている）。[三]殿の上、[四]讃岐《さぬき》の宰相《さいしやう》の君、[五]内蔵《くら》の命婦《みやうぶ》、御几
帳のうちに、[六]仁和寺《にんなじ》の僧都の君、[七]三井寺《みゐでら》の内供《ないぐ》の君も召し入れたり。
殿のよろづにののしらせたまふ御声に（殿が万事に大声でおっしゃるそのお声に）、僧も消たれて音せぬやうな（僧の声も圧倒されて声を出していないよう）
り（である）。

[八]いま一間《ひとま》にゐたる人々、[九]大納言の君、[一〇]小少将の君、[一一]宮の内侍《ないし》、[一二]弁
の内侍、[一三]中務《なかつかさ》の君、[一四]大輔《たいふ》の命婦、[一五]大式部のおもと、[一六]殿の宣旨《せんじ》よ。〔みな〕いと
年経たる人々のかぎりにて（ても長い間お仕えしている人々ばかりで）、心をまどはしたるけしき（ひどく心配している様子などが）どもの、いと
ことわりなるに（当然なことなのに）、〔私は〕まだ見たてまつり馴るるほどなけれど（まだお見馴れ申し上げるほどでもないが）、たぐひな
くいみじと（覚えのないほど大変なことだと）、心ひとつにおぼゆ（人しれず思われる）。

一 「からな泣きそ」の略。こんなに泣かないで、の意。
二 中宮のいる北廂より南側の母屋の間や、東廂。
三 道長の妻、倫子。
四 大納言道綱の女豊子。讃岐守大江清通の妻。間もなく誕生の敦成親王の乳母となる。
五 大中臣輔親の妻で、中宮の弟教通の乳母。産婆役が上手であった。
六 源済信。倫子の兄。一九頁の法務僧都のこと。
七 永円。母は倫子の姉妹。後に大僧正となる。
八 北廂のもう一間。中宮の座より西側であろう。
九 源扶義の女廉子。倫子の姪で、中宮の上﨟女房。
一〇 源時通の女。倫子の姪で、中宮の上﨟女房。
一一 中宮の内侍という役の女房。もと東三条院の女房、橘良芸子。
一二 中宮の女房。源扶義の妻藤原義子というが不明。
一三 中宮の女房。中務少輔源致時の女隆子かという。
一四 中宮の女房。もと倫子の女房。大江景理の妻。
一五 道長家の宣旨女房。三二頁に「陸奥の守の妻」とあるが、夫は橘道貞か藤原済家か不明。「おもと」は女房に対する敬称。
一六 「大式部のおもと」の説明。道長の家で宣旨を受け伝える役の女房らしい。
一七 作者達のいる北廂の南側。中宮が母屋から北廂へ移ったその移動方向により南側を「うしろ」といっている。「きは」は母屋と北廂の境であろう。
一八 中宮の妹（尚侍）妍子。「尚侍」は内侍司《ないしのつかさ》の長官。

また、[一七]このうしろのきはに立てたる几帳の外《と》に、[一八]尚侍《ないしのかみ》の[一九]中務の乳《めの》
母《と》、[二〇]姫君の[二一]少納言の乳母、[二二]いと姫君の[二三]小式部の乳母などおし入り来
て、[二四]御帳二つがうしろの細道をえ人も通らず。行きちがひみじろく
すれ違いに行き来し身動きする
人々は、その顔なども見分かれず。[二五]殿の公達、[二六]宰相の中将兼隆、[二七]四
位の少将雅通などをばさらにもいはず、[二八]左の宰相の中将経房、[二九]宮の
大夫《だいぶ》など、例はけどほき人々さへ、御几帳の上《かみ》より、ともすればの
いつもは親しくない人々までも
ぞきつつ、はれたる目どもを見ゆるも、よろづの恥《はぢ》わすれたり。い
泣きはれた私どもの目を見られるにつけても　頭
ただきには、[三〇]散米《うちまき》を雪のやうに降りかかり、おししぼみたるきぬの
の上には　〔混雑で〕くしゃくしゃになった着物が
いかに見苦しかりけむと、のちにぞをかしき。

若宮誕生・女房のさま

[三一]御いただきの御髪《みぐし》おろしたてまつり、[三二]御忌《い》むこと受けさせたてま
つりたまふほど、くれまどひたるここちに、こはいかなることと、
目がくらみ途方にくれた気持で
あさましうかなしきに、たひらかにせさせたまひて、のちのことま
とても悲しい折から　安らかにご出産あそばして　後産のことがまだす
だしきほど、さばかり広き母屋《もや》、南の廂《ひさし》、[三三]高欄《かうらん》のほどまで立ちこみ
まない間は

一九 妍子の乳母。藤原惟風の妻高子。
二〇 中宮の妹威子。
二一 威子の乳母。素姓不明。
二二 中宮の末の妹嬉子。
二三 嬉子の乳母。藤原泰通の妻。
二四 中宮の日頃使っている尋常の御帳台と、お産のため設けられた白木の御帳台。ただし、お産の時は尋常の御帳台は取り払うものであり、『不知記』にも尋常の御帳台は撤したとある。作者の思い違いか。
二五 道長の子の頼通や教通。母は倫子。
二六 道長の兄道兼の次男兼隆。参議兼右近衛中将。
二七 倫子の兄源時通の長男雅通。従四位下右近衛少将。
二八 源高明の四男経房。道長の妻明子の兄弟。
二九 中宮大夫藤原斉信。従二位で権中納言兼右衛門督。為光の次男で道長の従弟。
三〇 邪気を払うためまきちらす米。
＊ 長びくお産に我を忘れて詰め寄る女房達、そして神経の高ぶった道長の振舞が印象的である。
三一 受戒し仏弟子となるため髪を少しそぐこと。在俗のままの受戒は、しるしばかり剃刀《かみそり》をあてる。受戒の功徳によって安産であることを願ったのである。
三二 受戒すること。在俗の人の受ける戒は、普通五戒である。
三三 建物の周囲、廊、階段等につけられた欄干。

たる僧も俗も、いま一よりとよみて、ぬかをつく。

東おもてなる人々は、殿上人にまじりたるやうにて、小中将の君一の、左の頭《とう》二の中将に見合はせて、あきれたりしさまを、のちにぞ人いひ出でて笑ふ。化粧《けさう》などのたゆみなく、なまめかしき人にて、暁に顔づくりしたりけるを、泣きはれ、涙にところどころ濡れそこなはれて、あさましう、その人となむ見えざりし。宰相の君の、顔がはりしたまへるさまなどこそ、いとめづらかにはべりしか。ましていかなりけむ。されど、そのきはに見し人のありさまの、かたみにおぼえざりしなむ、かしこかりし。

今とせさせたまふほど、御物《もの》の怪《け》三のねたみののしる声などのむくつけさよ。監《げん》四の蔵人《くらうど》には心誉《しんよ》五阿闍梨《あざり》、兵衛《ひやうゑ》の蔵人にはそうそ六といふ人、右近《うこん》の蔵人には法住寺七の律師《りし》。宮の内侍の局にはちそう八阿闍梨をあづけたれば、物の怪にひきたふされて九、いといとほしかりけれ

俗人
もう一度声をはり上げて
額を床につけて礼拝する
東廂にいる女房達は
茫然としていた様子を
いつもきちんとして
上品で美しい
顔の化粧をしていたのに
化粧くずれがして
あきれるほどで
〔私は〕なお
のことどんな有様だったろう
その際に顔を見合せた人の有様を
お互いに
いい具合だった
今お産みになるという時には
恐ろしいことよ
〔係の〕
担当させたところ
とても気の毒だったので

一 皇后定子所生の媄子内親王の乳母であったが、内親王の薨後、三条天皇の当子内親王の乳母となり、中将典侍とよばれた女房かというが未詳。

二 蔵人頭《くろうどのとう》で左近衛中将の源頼定。為平親王次男。母は源高明の女で道長の妻明子と姉妹。

＊ 初産のためか産気づいて一昼夜、加持や祈禱の限りを尽しても産めない。そこで中宮は受戒しその功徳を願うことになる。女房達は不安に動転し、涙顔を男の人に見られても恥ずかしさを感じないほどである。

三 お産の順調に進むのを物の怪がくやしがり、駆《か》り移された憑人《よりまし》の口を通じて叫ぶのである。

四 監蔵人・兵衛蔵人・右近蔵人の三人は中宮の女《にょ》蔵人《くろうど》で、宮内侍や宰相の君と共に各自一つずつ局を担当し、憑人を一人ずつ出したのである。

物の怪手強《てごわ》く、祈禱の僧てこずる

五 左衛門佐《すけ》藤原重輔の子。後に権僧正。園城寺の長吏で、今度の五壇の御修法では軍《ぐん》荼利《だり》明王の壇を担当。

六 「そ」は「え」の誤写で興福寺の永昭とか、「め」の誤写で延暦寺の妙尊かといわれるが不明。

七 太政大臣藤原為光の子、尋光。「律師」は僧都に

次ぐ位。
八 知尊、知照、千算などに当てられるが不明。
九 物の怪の移った憑人に「ちそう阿闍梨」が倒されて。
一〇 大納言藤原済時の子。後に権少僧都。
一一 園城寺に学ぶ。当時四十四歳。後に権律師。
＊ 物の怪の手強さに視点をしぼっての記録である。
一二『関白記』にも、午の時（午前十一時～午後一時）に生れたとある。
一三 他の記録では、当日は朝から晴天であったが、午の時安産ということで、やっと空晴れ朝日のさし出た思いとなったのである。
一四 安産であっただけでも喜びなのに、その上、男であったことの喜びが、「さへ」に出ている。
一五 土御門殿の西母屋であろう。
一六 僧に謝礼として与えるもの。金品・米・衣服などが用いられる。
一七 労をねぎらい与える祝儀。普通、衣服や布が用いられ、位階や職分に応じて差がつけられる。
一八 生れた御子に産湯をつかわせる儀式。

ば、[一〇]念覚阿闍梨を召しくはへてぞののしる《大声で祈る》。阿闍梨の験《げん》のうすきにあらず《祈禱の効験が弱いのでなく》、御物の怪のいみじうこはきなりけり《とても手ごわいからであった》。宰相の君のをき人に《［係の局の］祈禱師に》、[一一]叡効《えいかう》をそへたるに、夜ひと夜ののしり明かして《［十日の］夜一晩中大声で祈り明かして》、声もかれにけり。御物の怪うつれと《物の怪が移るようにと》召し出でたる人々も《［新たに］召し出した憑人たちも》、みなうつらでさわがれけり。

午の時男御子誕生、一同安堵

[一二]午《うま》の時に、[一三]空晴れて朝日さし出でたるここちす。たひらかにおはします《ご安産であらせられる》うれしさのたぐひもなきに、[一四]男にさへおはしましけるよろこび、いかがはなのめならむ《どうして並み一通りなことであろう》。昨日しをれ暮らし、今朝のほど、秋霧におぼほれつる《秋霧の中で涙にむせんでいた》女房など、みな立ちあかれつつやすむ《各自御前から立ちはなれて休息する》。御前には、うちねびたる人々の《年輩の女房達で》、かかるをりふしつきづきしきさぶらふ《こういう場合にふさわしい者がお仕えする》。

殿も上も《北の方も》、[一五]あなたに渡らせたまうて、月ごろ《幾月も》御修法《みずほふ》、読経《どきやう》にさぶらひ《お仕えし》、昨日今日《［あるいは］》召しにて参りつどひつる僧の[一六]布施《ふせ》賜ひ、くすし《医師》、陰陽師など、道々のしるしあらはれたる《それぞれの方面の効験が認められた者に》、[一七]禄たまはせ、うちには《内側では》、[一八]御《み》湯殿《ゆどの》の儀式など、かねてまうけさせたまふべし《前もって準備をおさせになっているのであろう》。

人の局々《つぼねつぼね》（女房の）には、大きやかなる袋（〔晴着を入れた〕）、包みども持てちがひ（〔実家から運ぶ者が〕出入りし）、唐衣《からぎぬ》の縫《ぬ》ひもの（刺繡や）、裳、ひき結び（裳には）[一]、螺鈿《らでん》[二]縫ひもの、けしからぬまでして（度がすぎるほどにして）、ひ[三]きかくし、「扇をもてこぬかな」などいひかはしつつ化粧《けさう》じつくろふ（身づくろいをする）。

人々の満足そうなさま

例の、渡殿より見やれば（いつものように渡殿の局から眺めると）、[四]妻戸の前に、[五]宮の大夫《だいぶ》、[六]春宮の大夫など、さらぬ（その他の）上達部《かんだちめ》も、あまたさぶらひたまふ。殿出でさせたまひて、日ごろ（幾日も）うづもれ（〔落葉などで〕）つる遣水つくろはせたまひ（遣水の手入れをおさせになり）、人々の御けしきどもこちよげなり。心のうちに思ふことあらむ人も（もの思いのあるような人も）、ただいまはまぎれ[七]（忘れて）ぬべき世のけはひなるうちにも（しまいそうなお邸の雰囲気であるなかでも）、宮の大夫、ことさらにも笑《ゑ》みほこりたまはねど、人よりまさるうれしさの、おのづから色に（顔色に）出づるぞことわりなる（当然なことである）。[八]右の宰相の中将は、[九]権中納言とたはぶれして、対《たい》[一〇]の簀子《すのこ》にゐたまへり。

源頼定勅使として御佩刀を持参

内裏《うち》より御佩刀《みはかし》[一一]もてまゐれる頭[一二]の中将頼定、今日、伊勢[一三]のみてぐ（奉幣使が出）

一 裳にからませた組糸のような飾りであろう。
二 「螺鈿」は、屋久貝《やくがい》などで殻の真珠光のある部分を種々の形に切り、いろいろの調度品にはめこんだもの。ここの「螺鈿縫ひもの」は、裳の刺繡に貝を螺鈿のように縫いつけて飾りとしたもの。
三 晴れの時に着るまでは趣向が知られないように人に見せないようにしているのである。
四 寝殿の南廂の東側にある妻戸であろう。「妻戸」は建物の隅《すみ》に設けられた両開きの戸。
五 中宮職の長官。藤原為光の子の権中納言斉信。
六 春宮坊の長官。藤原斉敏の子の参議懐平。
七 土御門殿の満ち足りた雰囲気について述べたものであるが、「世のけはひ」と一般化して表現するのは一種の婉曲表現。
八 粟田関白道兼の子の兼隆。
九 中関白道隆の子の隆家。皇后定子の同母弟。
一〇 東の対の西側の簀子であろう。「簀子」は廂の間の外の縁。
一一 皇子誕生の際に下賜される慶祝の剣。
一二 為平親王の子。母は源高明の女。道長の妻明子の甥《おい》。
一三 伊勢神宮へ幣帛《へいはく》を奉る勅使で毎年九月十一日出発。
一四 頼定はお産の穢《けが》れにふれているため、宮中へ帰っても清涼殿に昇れらづかひ《発の日であり》、〔頼定は〕帰るほど、〔殿上に〕のぼる[一四]まじければ、立ちながらぞ、たひらかにおはします御ありさま〔殿は〕奏《奏上おさせになる》せさせたまふ。〔頼定へ〕禄なども賜ひける、そのことは見ず。

倫子、臍《へそ》の緒を切り 乳付と乳母選ばれる

御ほぞの緒《おへその緒》〔を切るの〕は、殿の上。御乳《ち》[一五]つけは、橘《たちばな》[一六]の三位《さんみ》徳子。御乳母《めのと》、もとよりさぶらひ《以前からお仕えしていて》、むつましう心よいかた《馴れ親しみ気立のよい向きの者を》とて、大左衛門《おほさゑもん》[一七]のおもとつかうまつる。〔彼女は〕備中の守むねとき[一八]の朝臣《あそん》のむすめ、蔵人の弁[一九]の妻《め》。

御湯殿の準備

御湯殿《みゆどの》は、酉《とり》[二〇]の時とか。火ともして、宮のしもべ[二一]、緑の衣《きぬ》[二二]の上に、白き当色《たうじき》[二三]着て、御湯まゐる《お湯をお運びする》。その桶《をけ》すゑたる台など、みな白き覆《おほ》ひしたり。をはり[二四]のかみちかみつ、宮の侍《さぶらひ》の長《をさ》なる仲信かきて《かついで》、御簾《みす》のもとにまゐる。みづし[二五]二人、きよい子の命婦[二六]、播磨《はりま》とりつぎて、うめつつ《水を加え湯加減をし》、女房二人、大木工《おほもく》[二七]、馬《むま》汲みわたして《〔順次に瓫に〕汲み入れ》、御瓫《ほとぎ》[二八]十六にあまれば入る《余った湯は〔湯槽に〕》。羅《うすもの》[二九]の表着《うはぎ》、縑《かとり》[三〇]の裳《も》、唐衣《からぎぬ》、釵子《さいし》[三一]さして、白き元結《もとゆひ》[三二]したり。頭《かしら》つきはえて《髪の具合がはえ》、をかしく見ゆ《美しく思われる》。

ないので、庭前に立ったまま報告するよう道長が指示したのである。穢れのある者が着席すれば同座の人に穢れが移り、立っていれば移らぬものとされた。
一五 最初に乳を含ませる役。
一六 橘仲遠の女。藤原有国の妻。一条天皇の乳母。
一七 徳子の従弟橘道時の女で、蔵人の弁広業の妻。
一八 「みちとき」の誤りか。
一九 参議藤原有国の次男広業。
二〇 「酉」は午後五時から七時までをいう。
二一 中宮職の下級の役人。
二二 六位は深緑、七位は薄緑の衣服を着用するが、「しもべ」はそれ以下の位の者をさす。
二三 儀式の種類によりきめられた色。
二四 「をはり」は「をりへ」の誤写で織部正《おりべのかみ》親光か。
二五 諸本「みづし二」とあるが、『栄花物語』に「みづし二人」とあるのによった。「みづし」は御厨子所の女官をいうが、ここは湯や水の係の意か。
二六 「きよい子の命婦」も「播磨」も素姓未詳。
二七 「大木工」も「馬」も素姓未詳。
二八 口が小さく腹のふくらんだ土器。瓫《ほとぎ》十六箇は御湯殿の儀の時の定数。瓫の湯は迎え湯に用いる。
二九 薄い絹織物。羅や紗の類。
三〇 細い糸で目を細かく堅く織った絹織物。
三一 髪上げの時、髻《もとどり》の根を左右からとめる簪《かんざし》の一種。
三二 髪の髻を結いつかねるもの。組紐を用いた。

御湯殿の儀の有様

[一]御湯殿は、宰相の君。御むかへ湯、[二]大納言の君廉子。[三]湯巻姿どもの、例ならず、さまことにをかしげなり。

宮は、殿いだきたてまつりたまひて、御佩刀《みはかし》[四]小少将の君、[五]虎《とら》の頭《かしら》[六]宮の内侍とりて、御さきにまゐる。唐衣は松の実の紋、裳は[七]海浦《かいふ》を織りて、大海《おほうみ》の摺《す》り目にかたどれり。[八]腰は羅《うすもの》、唐草を縫ひたり。少将の君は、秋の草むら、蝶《てふ》、鳥などを、白銀《しろがね》してつくりかかやかしたり。[九]織物はかぎりありて、人の心にしくべいやうのなければ、腰ばかりを例にたがへるなめり。

[一〇]殿の公達《きんだち》ふたところ、[一一]源少将雅通など、散米《うちまき》をなげののしり、われたから打ちならさむと、あらそひさわぐ。[一二]へんち寺の僧都、[一三]護身にさぶらひたまふ。頭《かしら》にも目にもあたるべければ、扇をささげて、若き人に笑はる。

[一四]書《ふみ》よむ博士、[一五]蔵人の弁広業《ひろなり》、高欄のもとに立ちて、[一六]史記の一巻を

お湯を使わせる役は
いつもと違い
一風変って風情がある
若宮は
ご先導役をおつとめする
〔内侍の〕
摺り模様に似せてある
刺繡してある
〔腰に〕
銀の板で作ってありきらきらしている
〔趣向にも〕限度があって
思うままに作れるものでもないので
大腰
だけを普通のと〔意匠を〕違えたようである
自分こそ高く音を立てようと
〔米が〕あたりそうなので
女房

一 産湯をつかわせる時の脇役。
二 中宮の上臈女房。源扶義の女廉子。倫子の姪。
三 衣服が濡れないよう腰に巻く生絹《すずし》の布。
四 源時通の女。倫子の姪で、中宮の上臈女房。
五 虎の骨は薬効があるとされ、虎の頭の骨は産湯にひたすのに用いられた。一説に、虎の頭は造り物で、お湯にその姿をうつし、まじないにしたのだという。
六 中宮の内侍。もと東三条院の女房の橘良芸子。
七 大きな波の線に、貝や海藻などをあしらった模様。
八 裳の腰にあたる部分を大腰、その左右にたれた紐を引腰という。
九 模様を織り出した絹。ここは織物の唐衣。
一〇 頼通と教通であろう。
一一 倫子の兄時通の長男雅通。従四位下右近衛少将。
一二 「浄土寺」の誤りで権少僧都明救か。『不知記』では権僧正勝算が奉仕したとある。
一三 印を結び陀羅尼《だらに》を唱え魔障から他者の身心を護ること。
一四 寝殿で産湯を使わしている間、前庭で孝経や史記等の一節を読むため選ばれた者。紀伝道から二人、明《みょう》経道《ぎょうどう》から一人選ばれ、弦打の前に北面して並列し、毎回交替し、読む時は二三尺前進して行う。

読む。弦打《つるうち》[一七]二十人、五位十人、六位十人、二なみに《二列にずらりと立ち並んでいる》立ちわたれり。

夜さりの御湯殿とても《といっても》、さまばかりしきりてまゐる《形式的に繰り返して奉仕する》。儀式おなじ。御書《ふみ》[一八]の博士ばかりやかはりけむ。伊勢の守致時《むねとき》[一九]の博士とか。例の孝[二〇]経なるべし。また、挙周《たかちか》[二一]は史記文帝の巻をぞ読むなりし。七日のほどかはるがはる《〔奉仕する〕》。

女房達の服装

[二二]よろづの物のくもりなく白き御前《おまへ》に、人のやうだい色あひなどさ《女房の容姿や〔顔と髪の〕色合などまで》へ《が》、けちえんに《あざやかに》あらはれたるを見わたすに、よき墨絵《すみゑ》[二三]に、髪どもを生《お》ほしたるやうに見ゆ。いとどものはしたなくて《〔常よりも〕一層きまりが悪く》、かかやかしき《おもはゆい気持がする》ここちすれば《ので》、昼はをさ《めったに》さし出でず、のどやかにて《〔局に〕のんびりいて》、東《ひむがし》の対の局《つぼね》よりまうのぼる人々《御前へ参上する女房たち》を見れば、色ゆるされたる[二四]は、織物の唐衣《からぎぬ》、おなじ《同じく織物の袿を着ているので》袿どもなれば、なかなかうるはしくて心々も見えず《きちんとしていてかえって各自の趣向が見られない》。ゆるされ《〔禁色を〕》ぬ人も、すこしおとなびたるは《年輩の女房は》、かたはらいたかるべきことはとて《みっともないようなことは〔するまい〕と思って》、ただえならぬ《実に美しい》三重《みへ》五重《いつへ》の袿《うちき》に、表着《うはぎ》[二五]は織物、無紋の唐衣すくよかに《織紋のない唐衣を地味に着て》

一五 参議藤原有国の次男。東宮学士。紀伝道の読書役で、十月三十日文章博士となる。妻は若宮の乳母となった大左衛門。
一六 司馬遷の書いた紀伝体の中国の歴史書。百三十巻ある。
一七 矢をつがえず弦だけを引き放ち魔をはらう作法。
一八 このあたりの記事は作者が確かめたことでなく、「や……けむ」、「……とか」、「……なるべし」などと伝聞風に書かれており、他の記録と記事に異同がある。
一九 従四位上伊勢守中原致時。明経道の読書役。
二〇 孔子と曾子が孝について論じたものを門人が筆録したもの。
二一 文章博士大江匡衡の子。母は赤染衛門。当時は散位従五位下。紀伝道の読書役。
二二 誕生後七日間は、調度や女房の装束などすべて白のものが用いられる。
二三 墨描きの絵。墨の濃淡により描く水墨画とは異なる。墨絵に彩色したものが「作り絵」。白い中で黒髪は墨絵に髪を黒くぬったように思われたのである。
二四 禁色《きんじき》を許された女房。一般に青色赤色の織物の唐衣や地摺《じずり》の裳を着ることが禁じられ、上﨟の女房には許された。それを禁色を許すという。
二五 袿の上、唐衣の下に着る。

して、かさね[一]には綾《あや》、羅《うすもの》をしたる人もあり。扇など、みめには《見た目には》おどろおどろしく《仰々しくきらきらさせないで》かかやかさで、よしなからぬさまにしたり《［しかも］見所がなくはないようにしている》。心ばへ[二]ある本文うち書きなどして、いひあはせたるやうなるも《相談し合ったように同じ文句であるのも》、心々と思ひしかども《各々は独自のものと思っていたが》、よはひのほどおなじまち[三]のは、をかしと《［同じ文句なので］》見かはしたり。人の心の思ひおくれぬけしきぞ《［そこに］女房の趣向でひけをとるまいとする様子が》、あらはに見えける。裳、唐衣の縫ひものをばさることにて、袖口に置口《おきぐち》[四]をし、裳の縫ひ目に白銀《しろがね》の糸を伏組《ふせぐみ》[五]のやうにし、箔《はく》[六]をかざりて、綾の紋にすゑ、扇どものさまなどは、ただ《［白一色なので］》雪深き山を月のあかきに《明るい夜に》見わたしたるここちしつつ、きらきらと、そこはかと見わたされず《どれが誰とはっきり見渡すことができず》、鏡をかけたるやうなり。

［お産後］三日にならせたまふ夜は、宮司《みやづかさ》[七]、大夫《だいぶ》よりはじめて、御産養《うぶやしなひ》[八]つかうまつる。右衛門の督《かみ》[九]は御前《おまへ》[一〇]のこと、沈《ぢん》[一一]の懸盤《かけばん》[一二]・白銀の御皿など、くはしくは見ず。源中納言[一三]・藤《とう》宰相[一四]は御衣《ぞ》・御襁褓《むつき》[一五]。衣筥《ころもばこ》[一六]の折《を》立《たて》・入帷《いれかたびら》[一七]・包み[一八]・覆ひ[一九]・下机《したづくゑ》など、おなじことの《同じやり方で》、おなじ白さなれど、

一 重桂《かさねうちき》。「三重五重の桂」のうち、ある女房達の着ている桂について述べたもの。唐衣のかさねについて述べたとも考えられる。

二 祝意の表れている詩文。「本文」とは、原拠のある詩や文。

三 同類の者同士。平安京では四十丈（約一二〇メートル）四方の区画を一町《まち》といい、職業、身分の同類の者が同じ町に集まったことにもとづく表現。

四 細く縁をつけることで、覆輪のこと。

五 左縒《より》の糸と右縒の糸とを合わせて伏せ縫いにした縫い方。蛇腹伏《じゃばらぶせ》のこと。

六 銀箔を細工して綾織物の地文の上に押したもの。

＊ 調度類も、服装も白一色である。女房達は各自の服装や持ち物に趣向をこらし、独自のよさを見せようとする。女房達の衣裳を詳細に描きつつ、いじらしいまでの心を描き出している。他の記録類には見られない、女性たる作者の面目でもあろう。

産養

九月十三日　三夜の産養

七 中宮職の役人が、長官をはじめとして職員一同でお誕生のお祝いを申し上げる。

八 子供が生れて、三日・五日・七日・九日目の夜、近親者や縁者が行うお祝い。

九 中宮大夫藤原斉信。道長の従弟。

一〇 中宮のお膳部。

しざま《作り方には》、人の心々見えつつ《各自の趣向が精一杯あらわしてある》しつくしたり。二〇近江《あふみ》の守高雅は、おほかたのことどもやつかうまつるらむ《その他のことをご奉仕するのであろう》。東《ひむがし》の対《たい》の、西の廂《ひさし》は、上達部《かんだちめ》の座、北を上にて《北を上席にして》二行《ふたつら》に、南の廂に、殿上人の座は西を上《かみ》なり。白き綾の御屛風どもを、母屋《もや》の御簾《みす》にそへて、外《と》ざまに立てわたしたり。

十五日　五夜の産養・庭上のさま

五日の夜は、殿の御産養。十五日の月くもりなくおもしろきに《美しい上に》、池のみぎは近う、かがり火どもを木の下にともしつつ、二一屯食《とじき》ども立てわたす。あやしきしづのをのさへづりありくけしきどもまで《みすぼらしい下司の男どもがしゃべりながら歩きまわっている様子までが》、色ふしに立ち顔なり《晴れの場に出た顔つきである》。二二主殿《とのもり》が立ちわたれるけはひもおこたらず《〔松明を手に〕ずっと立ち並んでいる様子も懸命で》、昼のやうなるに《昼のように明るいが》、ここかしこの岩がくれ《岩の蔭や》、木のもとごとにうちむれてをる上達部の随身《ずいじん》などやうの者どもさへ、おのがじしかたらふべかめることは《めいめいが話し合っていると思われることは》、かかる世の中の光《このような世の中の光〔ともいうべき若宮〕》の出でおはしましたることを《がご誕生になったことで》、かげにいつしかと思ひしも《陰ながら一日も早くと思っていたことも》、およびがほにぞ《成就したという顔で》、そぞろに《わけもなく》うち笑《ゑ》み、ここちよげなるや。二三まして、殿のうちの人は、何ばかりの数にしもあらぬ《何ほどの人数でもない》五位

一一 熱帯地方に産する喬木。香木として、また調度品の材料として用いられる。
一二 四脚の台に折敷《おしき》をのせた食膳。
一三 中宮権大夫源俊賢。道長の妻明子の兄。
一四 中宮権亮《ごんのすけ》藤原実成。道長の従弟。
一五 『類聚名義抄《るいじゆうみようぎしよう》』には、繦褓に「ムツキ・チゴノキヌ」の訓があるが、『和名抄《わみようしよう》』では繦褓は小児の被《ふすま》とある。『不知記』では、この日、実成の献上した繦褓は二箱に入れ、一箱に「綾二条絹一条」を入れたとある。小児を包むような衣類らしい。
一六 箱の中に敷く裏打ちをした織物で、四隅を三角に折立てて飾りとしたもの。
一七 衣服を箱に入れる時、衣服を包む布。
一八 衣箱を包む白の織物の包み。
一九 下机に衣箱をのせ、全体を覆う布。
二〇 中宮亮源高雅。有明親王の孫。
二一 強飯《こわいい》を鶏卵状に丸く握り固めたもので、身分の低い者に供するらしい。『不知記』には、この日は衝重《ついがさね》(後世の三方《さんぼう》)五十に屯食をのせ南庭に並べたとある。
二二 主殿寮《とのもりのつかさ》の役人。灯燭のことをつかさどる。ここは、松明《たいまつ》を手にして並んだのであろう。
二三 この日参列の公卿をはじめとする人々の随身や家《け》人《にん》達に対し、土御門殿の家人達は一層「時にあひ顔」だというのである。

——中宮へ御膳進上

どもなども、そこはかとなく腰うちかがめて行きちがひ、いそがしげなるさまして、時にあひ顔なり。

御膳《おもの》まゐるとて、女房八人、ひとつ色にさうぞきて、髪上げ[一]、白き元結《もとゆひ》して、白き御盤《ごばん》[二]もてつづきまゐる。こよひの御まかなひは宮[三]の内侍、いとものものしく、あざやかなるやうだいに、元結ばえしたる髪のさがりば[四]、つねよりもあらまほしきさまして、扇にはづれたるかたはらめなど、いときよげにはべりしかな。髪上げたる女房は、源式部加賀の守しげふん[五]がむすめ・小左衛門故備中の守道時[六]がむすめ・小兵衛左京のかみあきまさ[七]がむすめ・大輔《たいふ》[八]伊勢の祭主すけちかがむすめ・大馬《むま》左衛門の大夫よりのぶ[九]がむすめ・小馬左衛門の佐みちのぶ[一〇]がむすめ・小兵部蔵人[一一]なるちかただがむすめ・小木工《こもく》木工允《もくのじょう》平ののぶよし[一二]といひけむ人のむすめなり、かたちなどをかしき若人《わかうど》のかぎりにて、さし向かひつつゐわたりたりしは、いと見るかひこそはべりしか。例[一三]は、御膳まゐるとて髪上ぐる

腰をかがめて〔会釈しながら〕どこへということもなく行き来し
よい時勢に遭遇したという顔つきである
進上する
白一色の装束をつけ
ずっと並んで進上する
お給仕役は
堂々として
はでやかな姿で
〔白い〕元結で引き立っている
好もしい
〔かざした〕扇からはずれた横顔など
とてもきれいに思われたことだった
容貌などの美しい
若い女房ばかりで
向いあって並んで坐っていたさまは

一 髪を頂で一所《ひとところ》元結でつかねて瘤《こぶ》のように丸く結うこと。
二 種々の食物をのせる器。
三 中宮の内侍、橘良芸子。
四 女の額ぎわや鬢《びん》のあたりの毛を肩の上で切り、垂れたものをいう。
五 底本「景ふ」とあるが、従五位下源重文《しげふん》であろう。
六 橘道時。二五頁の「備中の守むねとき」が「道時」の誤りなら、「小左衛門」は、若宮の乳母となった「大左衛門」の妹であろう。
七 大納言源重光の子、明理。
八 伊勢神宮の祭主大中臣輔親の女。伊勢の大輔とよばれ、中古三十六歌仙の一人。
九 藤原頼信。素姓未詳。
一〇 高階道順であろう。
一一 六位蔵人だった藤原庶政であろう。
一二 「のぶよし」は「のりよし」の誤りで、「のりよし」は平文義とする説がある。
一三 中宮の陪膳《はいぜん》役はいつも髪上げするものであるが、今日の陪膳役は特に選ばれた人物で、髪上げ姿で人前に出ることに慣れないのを嘆くのである。

ことをぞするを、かかるをりとて《こういう特別の時だからと》、[一四]さりぬべき人々をえらせたまへりしを、心憂《う》しいみじと《いやだつらいと》、うれへ《愚痴をこぼし》泣きなど、ゆゆしきまで《縁起がよくないと思われるほどで》ぞ見はべりし《あった》。

[一五]御帳の東《ひむがし》おもて二間《ふたま》ばかりに、三十余人ゐなみたりし人々《女房達》のけはひこそ見ものなりしか。[一六]威儀《みぎ》の御膳《おもの》は、[一七]采女《うねめ》どもまゐる。戸口のかたに、御湯殿《みゆどの》のへだての御屏風にかさねて、また南むきに立てて《さらに南向きに屏風を立てて》、[一八]白き御厨子《みづし》ひとよろひにまゐりすゑたり。夜ふくるままに月のくまなきに、[一九]采女・水司《もひとり》・理髪《みぐしあげ》ども、殿司《とのもり》・掃司《かむもり》の女官《にようくわん》、顔も知らぬをり。闈司《みかどづかさ》などやうのものにやあらむ、おろそかにさうぞきけさうじ《粗末な装束をつけ粗略な化粧をして》つつ、[二〇]おどろの髪刺《かんざし》、おほやけおほやけしきさまして《儀式ばった様子をして》、寝殿の東《ひむがし》の[二一]廊、渡殿《わたどの》の戸口まで、ひまもなくおしこみてゐたれば、人もえ通りかよはず。

――御前のすばらしい有様

御膳まゐりはてて、女房、[二二]御簾《みす》のもとに出でゐたり。火影《ほかげ》にきら

一四 晴れの場にふさわしい「かたちなどをかしき若人」という条件に該当した女房達。

一五 中宮の御帳台の東側へ柱間《はしらま》二間ほどの母屋の部分と考えられる。

一六 儀式の日に体裁をととのえて数多く供する果物や菓子などをいう。

一七 天皇や皇后の炊事や食事に奉仕した下級の女官。

一八 厨子一対。「厨子」は、食物を据えておく戸棚。采女が妻戸の口まで運んだものを、妻戸の口に立てられた白木の厨子に一旦並べたのである。

一九 采女・水司・理髪・殿司・掃司・闈司等は、後宮職員にも同名のものがあるが、ここは中宮の下級女官で、陪膳・水・理髪・灯燭・清掃・門の鍵等に関する奉仕をしていたようである。

二〇 茨《いばら》の髪刺。粗末な髪刺。茨の実を髪刺にして貧に甘んじていたという後漢の梁鴻《りょうこう》の妻孟光の故事にもとづいた、白楽天の「秦中吟《しんちゅうぎん》」の詩句「荊釵《けいさい》」による表現。

二一 寝殿と東の対との間にかけられた透渡殿《すきわたどの》をいうのであろう。

二二 母屋と南廂の境の御簾であろう。

きらと見えわたるなかにも、大式部《おほしきぶ》[一]のおもとの裳・唐衣、小《を》塩《しほ》山[二]の小松原を縫ひたる《刺繍してある》さま、いとをかし《気がきいている》。大式部は陸奥《みちのくに》[三]の守の妻《め》、殿の宣旨よ。大輔《たいふ》[四]の命婦《みやうぶ》は、唐衣は手もふれず《唐衣には趣向をこらしもせず》、裳を白銀《しろがね》の泥《でい》して、いとあざやかに大海《おほうみ》[五]に摺《す》りたるこそ、けちえんならぬ《派手ではないものの》ものから、めやすけれ《見た感じがよい》。弁の内侍[六]の、裳に白銀の洲浜《すはま》[七]、鶴を立てたる《［そこに］》しざまめづらし《作り様は斬新である》。裳の縫ひものも《刺繍も》、松が枝のよはひを争はせたる《松の枝で［鶴の］齢の長さと競わせている趣向には》心ばへかどかどし《才気が感じられる》。少将[八]のおもとの《［裳の］》、これらには劣りなる白銀の箔を《見劣りのする銀箔［の押してあるの］を》、人々つきしろふ[九]。少将のおもとといふは、信濃《しなの》[一〇]の守佐光《すけみつ》がいもうと、殿のふる人《古参の女房》なり。その夜の御前[一一]のありさまの、いと人に見せまほしければ、夜居《よゐ》[一二]の僧のさぶらふ御屏風をおしあけて、「この世には、かうめでたきこと《こんなすばらしいことは》、またえ見たまはじ《またとご覧になれないでしょう》」と、いひはべりしかば、「あなかしこ《ああありがたいこと》、あなかしこ」と、本尊[一三]をばおきて、手をおしすりてぞよろこびはべりし。

一 道長家の宣旨女房。
二 「小塩山」は京都府乙訓《おとくに》郡大原にあり歌枕として有名である。「大原や小塩の山の小松原はや木高《こ》かれ千代の蔭見む」（『後撰集』巻二十賀、貫之）の祝意を趣向としてとったものであろう。
三 橘道貞か藤原済家か未詳。
四 中宮の女房。もと倫子の女房。大江景政の妻。
五 大海の波の模様を摺り出してあるのは。
六 中宮の女房。源扶義の妻藤原義子というが不明。
七 銀泥で洲浜の模様を摺り出し。「洲浜」は、洲が海に出ている浜辺。
八 内匠頭《たくみのかみ》藤原尹甫の女。藤原宗相の妻。
九 ひそかにつつき合い笑って非難すること。
一〇 内匠頭尹甫の子。『尊卑分脈』には、中宮大進、皇后宮亮とある。
一一 中宮の御前に並べられたお膳部とたくさんの着飾った女房達の有様。
一二 貴人の護身のため、夜の間貴人の側近くに伺候する僧。
一三 護身のため祈念する本尊はさしおいて。
一四 東の対に設けられていた祝宴の座。
一五 渡殿のこと。『不知記』によれば、渡殿にも酒肴の座を設け、そこで攤を打ったとある。

——上達部の有様

上達部《かんだちめ》、一四座を立ちて、一五御橋の上に参りたまふ。殿をはじめたてまつりて、一六攤《だ》うちたまふ。一七紙のあらそひいとまさなし《見苦しい》。一八歌どもあり《詠歌のことがあって》、「女房、さかづき《盃〔を受けて歌を詠め〕》」などあるをり《言われた時》、いかがはいふべき《どう詠んだらよいだろう》など、くちぐち思ひこころみる《めいめい歌詞を口に出して考案する》。

一九めづらしき光さしそふさかづきは
もちながらこそ千代もめぐらめ

二〇「四条の大納言に《〔歌を〕》さし出でむほど、歌をば《歌〔のでき具合〕は勿論のことで》さるものにて、こわづかひ《声の出し方》用意いるべし《に配慮が必要でしょう》」など、ささめきあらそふほどに《互いにひそひそと言い合っているうちに》、二一ことおほくて、夜いたうふけぬればにや、とりわきても《特別に名ざしで》二二ささでまかでたまふ。禄ど《ご祝儀》も、上達部には、二三女の装束に、《〔若宮の〕》御衣《ぞ》・御襁褓《むつき》や添ひたらむ。殿上の二四四位は、二五袷《あはせ》一かさね・袴《はかま》。五位は袿《うちき》一かさね。六位は袴二六一具《ひとぐ》ぞ見えし。

十六日の夜　女房の舟遊び

またの夜、月いとおもしろく《きれいで》、ころさへをかしきに《時候もよいので》、若き人《若い女房は》は舟

一六 筒に入れた「さいころ」を振って、出た目によって遊ぶものらしいが、遊び方は不明。
一七 碁手《ごて》の紙（勝負に賭ける紙）を各自がもらい、それを賭け物として賽《さい》によって紙の争奪をすること。酒の酔いもあり、見苦しい言動があったのだろう。
一八 盃の廻ってきた時歌を詠むのである。
一九 今夜の望月に清新な光が加わったような若宮御誕生のお祝いの盃は、望月さながら欠けることもなく皆の手に渡されて千代もお祝い申し上げるでしょう。「さかづき」に「月」を、「持ち」に「望月《もち》」をかける。
二〇 藤原公任。この時（寛弘五年）は、従二位中納言で皇太后宮大夫と左衛門督を兼任。寛弘六年三月四日に四十三歳で権大納言となっている。歌人として当時の第一人者。
二一 何やかやといろいろの事が多くて。
二二 歌を詠むように盃をさすこともなくて。
二三 禄には普通、女子用の衣裳が出される。
二四 殿上人の中の四位の者。
二五 袷の袿一枚であろう。袿は袷仕立てだから、なぜ袷といったのか不審である。
二六 袴一着。「具」は、袴などを数える助数詞。
＊ 公任に歌を詠むようにいわれた場合を考えて、女房達が何かと心づかいしているところに、歌人公任の面目が感じられる。

にのりて遊ぶ。色々なるをりよりも《様々の色の〔衣裳の〕時よりも》、おなじさまにさうぞきたる《みな〔白一色の〕装束をつけている〔方が〕》、やうだい《姿や》、髪のほど《髪の具合が》、くもりなく《はっきりと》見ゆ。[一]小《こ》大輔《たいふ》・[二]源式部・[三]宮木の侍従・[四]五節《ごせち》の弁・[五]右近・[六]小兵衛・[七]小衛門《こゑもん》・[八]馬《むま》・[九]やすらひ・[一〇]伊勢人《いせびと》など、端《はし》近くゐたるを、[一一]左の宰相の中将・[一二]殿の中将の君いざなひ出でたまひて、[一三]右の宰相の中将兼隆に棹《さを》ささせて、舟にのせたまふ。かたへ《一部の女房》はすべりとどまりて《はすっとぬけてあとに残ったが》、さすがにうらやましくやあらむ、見出だしつつゐたり《外を眺めて坐っていた》。いと[一四]白き庭に、月の光りあひたるやうだいかたちも《月の光が照りはえている〔女房達の〕姿や顔も》、をかしきやうなる《風情あるさまではある。》。

[一五]北の陣に車あまたありといふは、[一六]上人《うへびと》どもなりけり。[一七]藤三位《とうさんみ》をはじめにて、[一八]侍従の命婦・[一九]藤《とう》少将の命婦・[二〇]馬の命婦・[二一]左近の命婦・[二二]筑《ちく》前《ぜん》の命婦・[二三]少輔《せふ》の命婦・[二四]近江《あふみ》の命婦などぞ聞きはべりし。くはしく見知らぬ人々なれば、ひがごともはべらむかし《間違っていることもあるだろう》。舟の人々もまどひ《あわてて》入りぬ。殿出でゐたまひて《対座なさって》、おぼすことなき御けしきに《ご満悦のご様子で》、もてはや《歓待し冗談を》

一 中宮の女房。素姓未詳。
二 中宮の女房。従五位下加賀守源重文の女。
三 中宮の女房。素姓未詳。
四 中宮の女房。中納言平惟仲の養女。
五 中宮の女房。素姓未詳。
六 中宮の女房。左京大夫源明理の女。
七 中宮の女房。素姓未詳。
八 中宮の女房。大馬または小馬と同一人か不明。
九 中宮の童女。素姓未詳。
一〇 「やすらひ」の割注が本文化したのであろう。
一一 源高明の四男経房。道長の妻明子と兄弟。
一二 道長の五男教通。母は倫子で中宮と同腹。
一三 関白藤原道兼の次男兼隆。中宮の従兄。
一四 庭に敷いた砂が白いのであろう。
一五 ここは土御門殿の北門に設置した武士の詰所。
一六 帝に仕えている内裏の女房。
一七 左大臣師輔の女繁子。従三位で典侍。冷泉天皇の時から女房として出仕。関白道兼の妻で、一条天皇の女御尊子の母。道兼の死後中納言惟仲の妻。
一八 内裏女房。素姓未詳。
一九 内裏女房。藤原祐子。寛弘七年内侍となる。
二〇 内裏女房。『枕草子』の「猫の乳母」と同一人か。
二一 内裏女房。素姓未詳。
二二 内裏と中宮の女房兼務。後に彰子に従い出家。
二三 内裏女房。「少輔のめのと」と同一人か。

二四 内裏女房。素姓未詳。一説に、敦成親王の乳母の藤原美子かという。
二五 藤原伊周の長男。当時十七歳。
二六 柳の細枝を編んで作った箱。

十七日　七夜の産養

二七 「勧学院」は藤原氏出身の大学の学生《がくしょう》のため藤原氏《うじ》のたてた寄宿舎。そこの学生達が、氏の長者の慶事に、作法に従い練歩や徐歩するのを「勧学院の歩み」という。他の記録では、三日夜に行われている。
二八 参賀の者の名簿。
二九 参賀者の名簿を中宮の御覧に入れ、こういう者がお祝いに参上していると申し上げるのである。
三〇 朝廷の行う七夜の産養の儀式。
三一 天皇または皇后（中宮）をいう。ここは後者。
三二 絵巻に画かれた燈炉は、屋根や枠は木製で、周囲に紗を張り、つるして装飾的な照明器具としている。
三三 髪を肩のあたりで元結のようなもので結い、臥す時乱れないようにすること。
三四 このように立派さを口にするのは今さらめいているので。

したはぶれ《おっしゃる》たまふ。贈り物ども、しなじなに《身分に応じて》賜ふ。

七日の夜は、おほやけの《朝廷からの》御産養《うぶやしなひ》。蔵人[二五]の少将道雅を御使にて、物のかずかず書きたる文《お祝い品の数々を書いた目録を》《ふみ》、柳筥《やなぎばこ》[二六]に入れてまゐれり《〔中宮に〕お目にかけた》。やがて《すぐに》返したまふ。勧学院[二七]の衆ども、あゆみして参れる、見参《げざん》[二八]の文ども、また啓す[二九]。返したまふ《〔名簿を〕》。禄《ろく》ども賜ふべし。

[三〇]こよひの儀式は、ことにまさりて《〔今までより〕格別盛大で》、おどろおどろしくののしる《目を驚かすほどに大騒ぎである》。

御帳のうちをのぞきまゐらせたれば、かく《〔中宮は〕》[三一]国の親ともてさわがれたまひ、うるはしき御けしきにも《格式ばったご様子にも》見えさせたまはず、すこしうちなやみ《ご気分が悪そうで》、面《おも》やせて、おほとのごもれる《お休みになっていられる》御ありさま、つねよりもあえかに《弱々しく》、若くうつくしげなり《愛らしい感じがする》。小さき燈炉《とうろ》[三二]を御帳のうちにかけたれば、くまもなきに《隅々まで明るいので》、いとどしき《〔普段より〕一段と》御色あひ《〔美しい〕お顔色が》の、そこひもしらずきよらなるに《限りもしれないほどにきれいな上に》、こちたき御ぐしは《多すぎるほどのお髪は》、結ひて[三三]まさらせたまふわざなりけり《〔美しさが〕一層おまさりになるものだなあ》と思ふ。[三四]かけまくもいとさらなれば、えぞ書きつづけはべらぬ《これ以上書き続けることはできない》。

おほかたのことどもは、ひと夜のおなじこと《先夜の〔場合と〕同様である》。[一]上達部の禄は、御《み》簾《す》のうちより、女の装束、宮の[二]御衣《ぞ》など添へて出《い》だす。殿上人《〔の禄は〕》、頭ふたりをはじめて《蔵人頭二人をはじめとして》、寄りつつとる《次々やって来て受取る》。おほやけの《朝廷からの》禄は、[三]大袿《おほうちき》・[四]衾《ふすま》・[五]腰《こし》差《ざし》など、例のおほやけざまなるべし《いつものように公式通りなのであろう》。御乳つけつかうまつりし《奉仕した》橘《たちばな》の三位の贈り物、例の女の装束に、[六]織物の[七]細長《ほそなが》添へて、白銀《しろがね》の衣筥《ころもばこ》・[八]包みなども、やがて白きにや《変ることなく》、また[九]包みたる物添へてなどぞ聞きはべりし。くはしくは見はべらず。

八日、人々、[一〇]いろいろさうぞきかへたり。

十九日　九夜の産養

九日の夜は、春宮の[一一]権《ごん》の大夫《だいぶ》つかうまつりたまふ《〔産養を〕ご奉仕になる》。[一二]白き御厨子《みづし》ひとよろひに、まゐりすゑたり《おのせ申してある》。儀式いとさまことに《作法がとても変っていて》今めかし《新味がある》。白銀の御衣筥、[一三]海浦《かいふ》をうち出でて、[一四]蓬莱《ほうらい》など例のことなれど《誰もすることだが》、今めかし《新味があり》うこまかに《精巧で》をかしきを《すばらしいのを》、とりはなちては《一つ一つをとりたてては〔ここに〕表しつくせそうにもないの》、まねびつくすべきにもあらぬこそわろけれ《が残念である》。

一 中宮からの禄である。他の記録では、朝廷からの禄が先に渡されている。朝廷からの禄については、作者は直接見なかったため、作者の視点を中心にこのように書かれたのであろう。
二 若宮のお召し物。
三 禄として賜る袿で大きく仕立ててある。各自の身に合わせて縫い直して着る。
四 寝る時身をおおう夜具。
五 一疋《ひき》の絹を巻いたもの。賜った時、それを腰に差すところからこの名がある。
六 模様が織り出された絹布。
七 衽《おくみ》のない細長い感じの女の衣服で、小袿の上に着るものらしい。
八 衣筥を包むもの。
九 香や櫛《くし》の類であろう。
一〇 七夜までは調度も衣裳もすべて白であるが、八日目からは平常にもどるので、女房達もさまざまの色の衣裳に替えたのである。
一一 道長の長男頼通。当時、正三位で非参議。
一二 白い厨子一対に威儀の御膳をのせたのである。
一三 大きな波の線に、貝や海藻をあしらった模様。
一四 薄い金属に絵柄を彫り出して箱に打ち付けること。
一五 蓬莱山が海浦の絵の中に入っているのであろう。
一六 朽ちた板目の形の模様を布の表に染めてある几

こよひは、おもて[一六]朽木形《くちきがた》の几帳、例のさまにて《いつものようになって》、人々は、[一七]濃き打ちものを上に着たり。[一八]めづらしくて、心にくく《魅力があり》なまめいて《みずみずしく見える》見ゆ。透きたる唐衣どもに《〔の下〕》、つやつやと《つややかに一目に見わたされる》おしわたして見えたる、また、人の《〔打衣のさまが〕》すがたも、さやかにぞ見えなされける。

[一九]こまのおもとといふ人の、恥見《はぢみ》はべりし夜なり。

十月十余日までと、《〔中宮は〕》御帳出でさせたまはず。[二〇]西のそばなる御座《おまし》に、夜《よる》も昼もさぶらふ《〔私は〕控えている》。殿の、夜中にも暁にも参りたまひつつ《〔若宮のもとへ〕》、[二一]御乳母《めのと》の懐《ふところ》をひきさがさせたまふに《おさぐりになるので》、うちとけて寝たるときなどは《気をゆるして》、何心《それと》もなくおぼほれておどろくも《も気づかず寝ぼけながら目をさますのも》、いといとほしく見ゆ《気の毒に思われる》。[二二]心もとなき御ほどを、わが心をやりて《満足そうに》ささげ《〔若宮を高く〕さし上げ》うつくしみたまふも《おかわいがりになるのも》ことわりにめでたし《当然でありすばらしいことである》。ある時はわりなき[二三]わざしかけたてまつりたまへるを、[二四]御紐《ひも》ひきときて、御几帳のうしろにて《〔火に〕》あぶらせたまふ。「あはれ《ああ》、この宮の御しと《おしっこ》に濡《ぬ》るるは、うれしきわざかな。この濡れたるあぶるこそ

帳。七日までは白の無地の几帳だったのが、日常いつも用いられる朽木形の模様の几帳になったのである。

一七 濃紅の打衣《うちぎぬ》。打衣は砧《きぬた》で打ってつやを出した衣。袿の上、唐衣の下に着る。

一八 白の衣裳から色物に変り、新鮮に思うのである。

一九『小右記《しょうゆうき》』の七夜の記事の中に、公卿達が、少高嶋という字《あざな》の采女にふざけて酒を飲ませ酔談させたとある。「少」は「こま」と読み「こまのおもと」が恥ずかしい目にあったというのはこの事で、九夜の事とするのは作者の思い違いであろうといわれている。

行幸まで　**若宮をいつくしむ道長の有様**

二〇 御帳台の西側に中宮の御座所として茵《しとね》が敷かれてあり、そこに作者は控えていたのである。

二一 乳母に抱かれて寝ている若宮を抱くためである。

二二「心もとなし」は、気がかりな気持をいう。ここは、若宮の首も据わらずあぶなっかしい頃なのに、の意。

二三 難儀なこと、の意で、ここはおしっこをしかけること。

二四 直衣《のうし》の左右をうち合わす紐。

＊ 道長は、将来にわたって政権担当を確実にするには、娘に皇子の誕生が何としても願わしいことであった。それがかなった道長の満足そうな言動がよく出ている。

思ふやうなる《望みのかなった》ここちすれ」と、よろこばせたまふ。

〔殿は〕一中務の宮わたりの御ことを《中務の宮家とのご縁談を》、御心にいれて、〔私が〕二そなたの心よせある人《そちらへ親しい関係のある者》とおぼして、かたらはせたまふも《ご相談下さるにつけても》、まことに心のうちは、〔喜べないで〕思ひゐたることおほかり。

三行幸《ぎやうかう》ちかくなりぬとて、殿のうちをいよいよつくろひみがかせたまふ《一段と手入れをして美しくなさる》。世におもしろき《とても美しい》四菊の根をたづねつつ掘りてまゐる。いろいろ《様々の色に》五うつろひたるも、黄なるが見どころあるも、さまざまに植ゑたてたるも、朝霧の絶え間に見わたしたるは、六げに老いもしぞきぬべきここちするに《老いも退散しそうな気持がするのに》、〔若やげないのは〕なぞや《どうしてかしら》。七まして、思ふことの少しもなのめなる身ならましかば《物思いが少しでも並み一通りの身であったなら》、すきずきしくももてなし《今よりもっと色めかしくも振舞い》、若やぎて、つねなき世をも過ぐしてまし《無常な人生をも過すだろうに》。〔ところが〕めでたきこと、おもしろきことを見聞くにつけても、ただ八思ひかけたりし心のひくかたのみ強くて《日頃心に抱いてきた思いの支配する力ばかりが強くて》、ものうく、思はずに《心にそぐわずに》、なげかしきことのまさるぞ、いと苦しき。いかで《どうかして》、九いまはなほもの

中務の宮家との縁談

一 村上天皇の第七皇子具平親王。寛弘六年七月二十八日薨。当時、親王の娘と道長の長男頼通との縁談があり、道長は乗り気であった。

二 父為時および夫宣孝は、具平親王の家司《けいし》だったらしい。

行幸近き土御門殿と物思い

三 若宮と対面のための一条天皇の土御門殿への行幸。

四 今咲いている菊を探し、移し植えるのである。

五 菊は、盛りが過ぎて色変りしてゆく時が美しいものとして鑑賞された。当時の菊は小菊である。

六 菊は老いをとどめ忘れさせるという中国の伝説により、わが国でも歌や詩に詠まれている。「げに」は、菊についていわれているそれらの言葉通りに、の意。

七 今よりはもっと、の意で、「すきずきしくももてなし」以下へかかる。

八 出家をしたいと思いながら宮仕えのため思うようにそれがかなえられないことをいうとする説が多い。しかし、出家の思いと限定はできない。嘆かわしい身の上についての物思いが深いゆえに、その物思いから離れたいとの思いだったかと思われる。

九 日頃からのあれこれの欲求や物思いをするまいと思うのである。

忘れしなむ、思ふかひもなし、一〇罪も深かなりなど、明けたてば《夜が明けると》うちながめて、水鳥どもの思ふことなげに遊びあへるを見る。

一一 水鳥を水の上とやよそに見む
われも浮きたる世を過ぐしつつ

かれも、さこそ心をやりて《あのように満足そうに》遊ぶと見ゆれど身はいと苦しかんなりと《〔水鳥の〕身としてはとても苦しいようだと》、思ひよそへらる《わが身につい思い比べられる》。

一二 小少将の君の、文おこせたまへる《手紙をおよこし下さった》返りごと書くに、時雨《しぐれ》のさとかきくらせば《さっと降って空を暗くしたので》、使もいそぐ《〔帰りを〕》。「また空のけしきもうちさわぎてなむ《〔私の気持も〕空の様子もざわついていますので》」とて、一三腰折れたることや書きまぜたりけむ。暗うなりにたるに、たちかへり《折り返して》、一四いたうかすめたる濃染紙《こぜんし》に、

（小少将）一五 雲間なくながむる空もかきくらし
いかにしのぶる時雨なるらむ

書きつらむこともおぼえず《〔先に〕どんな歌を書いたのかも思い出せず》、

一〇 欲求や未練をもつことは現世に対し執着することで、極楽往生を妨げる罪とされた。

一一 水鳥の楽しげなさまを、水の上のことで私には関係のないこととして見られようか。傍目《はため》には私もはなやかな宮仕えにうわついた日々を過しているのに。

＊ 行幸を間近にして土御門殿は内も外も立派に整えられる。ところが作者の心は、その立派な様になじめず、逆に深い嘆きに向う。作者の深い物思いが支配している。こんな心の作者によって、このあと、行幸の日がすばらしいこととして描かれるので、行幸の日の記事に奥行を与えることにもなる。

小少将の君と文通

一二 源時通の女。倫子の姪で、中宮の上臈女房。この時は里に下がっていたらしい。

一三 腰折れ歌。第三句（腰の句）と第四句の続きの悪い歌をいう。また自分の歌を卑下していう。

一四 紙の上と下の部分に、雲のたなびく形を濃紫に染めてぼかしたものと考えられる。

一五 たえまなくもの思いに沈んで眺めている空をも、雲の切れ目もなくまっくらにして降るのは、今までどれほどこらえていた時雨なのでしょう。それはあなたが恋しくてたえきれず流れる涙のようです。「雲間なく」は雲の絶え間のない意で「間なく」の意をかけて「ながむる」へ続く。

[一]ことわりの時雨の空は雲間あれど
　　ながむる袖ぞかわくまもなき

土御門殿への行幸　十月十六日　御輿到着まで

[二]その日、あたらしく造られたる船ども、［殿が］さしよせさせて御覧ず。[三]龍頭鷁首《りようとうげきしゆ》の生けるかたち思ひやられて、あざやかにうるはし《立派である》。行幸は辰《たつ》[四]の時と、まだ暁より人々けさうじ心づかひす《女房達は化粧し心くばりをしている》。上達部《かんだちめ》の御座《おまし》は西の対なれば、[五]こなたは例のやうにさわがしうもあらず。[六]内侍の督《かん》の殿の御方《かた》に、［中宮方より］なかなか《かえって》人々の装束などもいみじうととのへたまふと聞こゆ。

暁に少将の君《小少将の君が》参りたまへり。もろともに頭《かしら》けづりなどす《髪を櫛でといたりする》。例の、[七]さいふとも日たけ[八]なむと、たゆき心どもはたゆたひて《油断した二人はぐずぐずして》、扇のいとなほなほしき《平凡なので》を、また人にいひたる持てこなむ《別に人にあつらえたのを持って来てほしい》と待ちゐたるに、鼓《つづみ》[九]の音を聞きつけて、いそぎ参る、［その］さまあしき《格好の悪いこと》。

御輿《こし》[一〇]迎へたてまつる船楽《ふながく》[一一]いとおもしろし。［寝殿に輿を］寄するを見れば、駕輿《かよ》[一二]

一　季節柄《がら》降るのが当然の時雨の空には雲の絶え間もありますが、あなたを思ってもの思いする私の袖は乾く間もありません。
二　十月十六日、行幸の当日。
三　龍と鷁は想像上の獣と鳥。楽人の乗る船の船首に龍頭と鷁首をつけて飾りとした。唐楽《とうがく》の船は龍頭、高《こ》麗楽《まがく》の船は鷁首という。
四　辰は午前七時から九時までをいう。『関白記』では午一点（午前十一時）に到着とあるが、他の記録では午の一刻または二刻に内裏を出発とある。
五　作者等、中宮の女房達のいる方をいう。作者の局は寝殿と東の対の間の渡殿にあった。
六　道長の次女妍子。母は倫子。後に三条天皇の中宮となり、陽明門院禎子を生む。当時十五歳。西の対に住んでいたらしい。
七　行幸は辰の時だといっても。
八　「日たく」とは日が高くなること。
九　行幸の折、雅楽寮《ががく》が路辺で奏する音楽の鼓。この時は土御門殿の北門の前で行ったと『不知記』にある。
一〇　特定の行幸以外は葱花輦《そうかれん》であるが、この時は鳳輦《ほうれん》であったと他の記録類にある。
一一　龍頭鷁首の船を漕ぎながら演奏する音楽。
一二　御輿を舁《か》く仕丁《じちよう》。舁手十二人、綱取る者十人。

御輿到着

丁《ちやう》の、さる身のほどながら《そういう〔低い〕身分なのに》、階《はし》[一三]よりのぼりて、いと苦しげにうつぶしふせる、なにのことごとなる《〔それは私の身の上と〕何の違いがあろう》、高きまじらひも《高貴な所でのご奉公も》、身のほどかぎりあるに《身分に限度があるから》、いとやすげなしかし《楽でないことだ》と見る。

内侍、剣璽《けんじ》を捧持する

御帳《〔中宮の〕》の西おもて《西側》に御座[一四]をしつらひて、南[一五]の廂の東《ひむがし》の間に、御倚子《ごいし》を立てたる、それより一間《ひとま》へだてて、東にあたれるきはに、北南のつまに御簾をかけへだてて女房のゐたる、《〔間の〕》南の柱[一六]もとより、簾《すだれ》をすこしひきあけて、内侍二人出づ。その日の髪上げ、うるはしき《端麗な》姿、唐絵《からゑ》[一七]をかしげに《美しく》かきたるやうなり。左衛門[一八]の内侍御佩刀《みはかし》[一九]とる。青[二〇]色の無紋の唐衣《からぎぬ》、裾濃《すそご》の裳《も》、領布《ひれ》[二一]・裙帯《くんたい》[二二]は浮線綾《ふせんりよう》[二三]を櫨緂《はじだん》[二四]に染めたり。表着《うはぎ》は菊[二五]の五重《いつへ》、掻練《かいねり》[二六]は紅《くれなゐ》、すがたつき、もてなし《振舞》、いささか《〔扇から〕少しばかりは》はづれて見ゆるかたはらめ《ずれて見える横顔》、はなやかにきよげなり《派手やかで美しい》。弁[二七]の内侍はしるし[二八]の御筥《はこ》。紅に葡萄染《えびぞめ》[二九]の織物の袿《うちき》[三〇]、裳・唐衣は、さきの《〔左衛門内侍と〕》同じこと。いとささやかに《小柄で》をかしげなる人《美しい人が》の、つつましげに《恥ずかしそうに》、すこしつつみたる《固くなっている》

一三 寝殿の南の階段から上って、前の轅《ながえ》を簀子にのせ、前の舁手は轅を肩にしたまま階段の上にうつ伏せに這いつくばるのである。

一四 天皇の座席。東の母屋の第四間であった。

一五『不知記』によれば南廂第四間に御倚子が立てられたとある。そこから一間隔てた南廂第二間との際に、南北に御簾をかけ南廂第三間と隔てをおいたのであろう。

一六『不知記』には東の端の簾中から内侍が出たとあり、南廂第一間の東端の柱もとから出たのであろう。

一七 中国の人物や自然を中国の技法により描いた絵。

一八 内裏女房。掌侍《しょうじ》橘隆子かといわれるが未詳。

一九 三種の神器の一の剣。天皇の行動に常に従う。

二〇 今日の緑色に相当する。

二一 首から肩にかける帯状の薄い絹地の布。

二二 裳の腰の左右に垂らす広幅の飾りの紐。

二三 織紋の糸を浮かせて織り出した綾。

二四 櫨色(黄味がかった赤色)と白とのだんだら染め。

二五 襲の色目。菊襲には種々の重ね方がある。

二六 表着の下、袿の上に着る練絹《ねりぎぬ》で打衣《うちぎぬ》のこと。

二七 内裏の女房と考えられる。素姓未詳。中宮の女房の「弁の内侍」とは別人であろう。

二八 三種の神器の一の八坂瓊勾玉《やさかにのまがたま》の入った箱。剣とともに天皇の行動に常に従う。

二九 葡萄紫《ぶどうむらさき》の色。薄紫色。

三〇 ここは表着の意であろう。

ぞ《のは》、心苦しう《いたわしく》見えける。扇よりはじめて、[一]好みましたりと見ゆ。領《ひ》布《れ》は[二]楝緂《あふちだん》。〔領布が〕夢のやうに[三]もこよひのだつほど、よそほひ《衣裳は》、むかし天降《あまくだ》りけむをとめごの姿も、かくやありけむとまでおぼゆ。[四]近衛司《このゑづかさ》、いとつきづきしき《いかにもこの場にふさわしい》姿して、御輿《こし》のことどもおこなふ《指揮をする》、いときらきらし。[五]頭の中将、御佩刀《みはかし》など執《と》りて[六]内侍につたふ。

御簾のなかを見わたせば、[七]色ゆるされたる人々は、例の青色赤色の唐衣に、[八]地摺《ぢずり》の裳、表着《うはぎ》は、おしわたして《すべて》[九]蘇芳《すはう》の織物なり。ただ[一〇]馬の中将ぞ葡萄染《えびぞめ》を着てはべりし。[一一]打ちものどもは、濃き薄き紅葉《もみぢ》をこきまぜたるやうにて、なかなる《〔打衣の〕下に着ている》衣《きぬ》ども《袿は》、例の、[一二]くちなしの濃き薄き、[一三]紫苑《しをん》色、うら青き[一四]菊を、もしは《もしくは》三重《みへ》など、心々なり。

[一五]綾《あや》ゆるされぬは、例のおとなおとなしきは《例の年輩の女房たちは》、〔唐衣は〕無紋の青色、もしは蘇芳など、みな[一六]五重《いつへ》にて、かさねどもは《重ねはすべて綾である》みな綾なり。大海の摺裳の《大海の摺模様の裳の》、水の色はなやかに、あざあざとして《くっきりとあざやかで》、〔裳の〕腰どもは[一七]固紋《かたもん》をぞおほくはし《多くの者が用い》

一 左衛門内侍のよりは趣向がまさっている。

二 薄紫と白のだんだら染め。

三 「もこよふ」は、ひらひら翻ること。「のだつ」は、すんなり伸び立つこと。

四 近衛府の役人で、宮中の警備や行幸の護衛などをつかさどる。

五 頭中将は源頼定だが、実際は宰相中将藤原兼隆がこの役だった。「藤中将」が「頭中将」に誤られたかという。

六 二人の内侍が剣璽を受け取ることはすでに述べられたが、その剣璽を誰が渡したかをここでいう。

女房達のさま

七 禁色である青色・赤色の織物の唐衣を着ることを許された女房達で、上臈の女房達。

八 白い地に模様を摺りつけた裳。禁色を許された者の裳である。

九 染色名で黒みがかった赤色。

一〇 内裏の女房か。左馬頭《さまのかみ》藤原相尹の女。道長の妻明子の姪。

一一 砧で打って光沢を出した絹で、打衣《うちぎぬ》のこと。

一二 襲の色目。表裏ともに黄色で、深支子《ふかくちなし》・黄支子・浅支子等がある。

一三 襲の色目。表薄紫、裏青とも、表紫、裏蘇芳ともその他諸説がある。

一四 襲の色目。「菊」とは総名で、裏の青い菊では、表白の葉菊、表黄の黄菊、表薄紫の移菊《うつろいぎく》等がある。

一五 綾織物の唐衣を着ることを許されない女房達。「色ゆるされぬ」と同義に用いられている。
一六 唐衣が青色または蘇芳色の濃淡五枚を重ねたものなのであろう。一説に、袖口や裾の部分を五重の袘《ふき》としたものとする。
一七 経《たていと》緯《よこいと》ともに染めた生糸で紋を浮かさず堅く織った織物。
一八 菊襲の三重が一組になったものと五重が一組になったものとであろう。
一九 「例のおとなおとなしき」に対している。
二〇 女の見て楽しむような大和絵《やまと》をいうらしい。四一頁には「唐絵」の美人にたとえられている。唐絵の女は衣裳や髪が唐風のものである。大和絵は、日本の自然や人物を描くものである。
二一 顔を隠している扇の上から見える額の様子。
二二 天皇の女房で、中宮の女房を兼任してお仕えしている五人。左衛門内侍と弁内侍との内侍二人、筑前命婦と左京命婦との命婦二人、「御まかなひ」の橘三位徳子、以上五人であろう。

たる《ている》。袿は菊の三重五重[一八]にて、織物はせず。若き人[一九]は菊の五重の唐衣を心々にしたり。上は白く《表は白で》、青きが上をば蘇芳《青色の上を蘇芳色にしたり》、一重は青きもあり《一枚は青いのもある》。上うす蘇芳《表は薄蘇芳色にして〔下へ〕》、つぎつぎ濃き蘇芳《次第に濃い蘇芳色にし》、なかに《中に》、白きまぜたるも《白いのをまぜたのもあるが》、すべて、しざまをかしきのみぞ《色の取り合せの趣のあるのだけが》、かどかどしく見ゆる《気がきいているように思われる》。いひしらずめづらしく《斬新で》、おどろおどろしき扇ども見ゆ《仰々しく飾り立てた数々の扇が目につく》。

うちとけたるをりこそ《〔平素の〕くつろいだ時には》、まほならぬかたち《整わない容貌も》もうちまじりて見えわかれけれ《中にまじっていると見分けがつくものだが》、心をつくしてつくろひ《着飾り》化粧《けさう》じ、劣らじとしたてたる《我劣らじと作り立てているのは》、女《をんな》[二〇]絵《ゑ》のをかしきに《美しいのに》いとよう似て、年のほどの《〔見分けがつかず〕年格好が》、おとなびいと若きけぢめ《ふけているかごく若いかの区別や》、髪のすこしおとろへたるけしき、またさかりのこちたきがわきまへばかり見わたさる《若い盛りでたくさんある様子の見分けくらいが》。さては《そのほかは》、扇[二一]より上《かみ》の額《ひたひ》つきぞ、あやしく《不思議に》人のかたちを、品々《しなじな》しくも下りてももてなすところなめる《上品にも下品にも見せるところであるらしい》。かかるなかにすぐれたりと見ゆるこそ、かぎりなきならめ《最上の美人なのであろう》。

かねてより《以前から》、上[二二]の女房、宮にかけてさぶらふ五人は、参りつどひてさぶらふ。内侍二人《ふたり》、命婦二人、御まかなひ《お給仕》の人一人《ひとり》。[一]御膳《おもの》まゐるとて、[二]筑前、[三]左京[四]ひともとの髪上げて、内侍の出で入るすみの柱もとより出づ。これは[五]よろしき《相当な》天女なり。左京は[六]青色に柳の無紋の唐衣、筑前は[七]菊の五重の唐衣、裳は例の摺裳《すりも》なり。御まかなひ[八]橘《たちばな》の三位、青色の唐衣、唐綾《からあや》の[九]黄なる菊の袿《うちき》ぞ、表着《うはぎ》なめる。ひともと〔髪を〕上げたり。柱がくれにて、まほに《まともには》も見えず。

若宮と対面

殿、若宮いだきたてまつりたまひて、〔主上の〕御前《おまへ》にゐてたてまつりたまふ《お連れ申し上げなさる》。上いだきうつしたてまつらせたまふほど《主上がお抱き取り申し上げなさる時に》、いささか泣かせたまふ。御声いとわかし《赤子らしい》。[一〇]弁の宰相の君、[一一]御佩刀《みはかし》とりて〔若宮のそばに〕まゐりたまへり。[一二]母屋《もや》の中戸より《を通って》西に、殿の上《殿の北の方が》おはするかたにぞ、若宮はおはしまさ《若宮はおいでになるように》せたまふ《おさせになる》。上《主上が》、[一三]外《と》に出でさせたまひてぞ、宰相の君はこなたに[一四]帰りて、「いと顕証《けそう》に《晴れがましく》、はしたなきここちしつる《きまりの悪い思いでした》」と、げに《言葉通り》面《おもて》うち赤みてゐたまへる顔、こまかにをかしげなり《ととのって美しい感じがする》。衣《きぬ》の色も、人よりけに《他の女房よりすぐれ》着

一 お膳。『不知記』によると朝餉《あさがれい》のお膳であった。朝餉は天皇の簡単な食事。
二 内裏女房。
三 内裏女房。素姓未詳。後に彰子に従い出家。
四 頭の上に髻《まげ》を一つ作り髪上げすること。
五 四二頁で天女にたとえたのに対し、ここは年輩の女なので相当な天女だと皮肉さをこめたようである。
六 青色の表着に柳襲の唐衣というのであろう。柳襲は表白、裏青。
七 菊襲の濃淡の五枚を重ねた唐衣なのであろう。
八 一条天皇の乳母、若宮の乳付役。藤原有国の妻。
九 黄菊襲は表黄、裏青。ここは袿が表着なのである。
一〇 中宮の上﨟女房。大納言道綱の女豊子。若宮の乳母。
一一 若宮の守り刀として帝から賜った刀。
一二 土御門殿の母屋は東西が七間で、東の母屋が四間、西の母屋が三間あり、東西の母屋の仕切りに襖《ふすま》障子がたてられており、それが「中戸」であったと考えられる。
一三 東母屋第四間の御座で若宮に対面の後、帝は簾の外すなわち南廂第四間の御倚子につかれたのである。
一四 宰相の君は若宮とともに西母屋へ行き、その後女房達のいる席へ帰って来たのであろう。

はやしたまへり（て着ばえがしていらっしゃる）。

管絃の遊び

暮れゆくままに、楽《がく》どもいとおもしろし。上達部[一五]、御前にさぶらひたまふ。万歳楽《まんざいらく》[一六]・太平楽《たいへいらく》・賀殿《かてん》などいふ舞ども。長慶子《ちやうげいし》[一七]を退出音《まかでおん》[一八]声《じやう》にあそびて、山のさきの道をまふほど（中島の角の船路を漕ぎ廻って行く時）、遠くなりゆくままに、笛の音《ね》も、鼓《つづみ》の音《おと》も、松風も、木深《こぶか》[一九]く吹きあはせて、いとおもしろし。

[二〇]いとよくはらはれたる遣水《やりみづ》の、ここちゆきたるけしきして（気持よさそうな様子で）、池の（〔流れ〕）水波たちさわぎ、そぞろ寒きに、上の御衵《あこめ》[二一]ただふたつたてまつりたる（二枚だけお召しであるのを）を、左京の命婦のおのが寒かめるままに（寒いらしいので）、いとほしがりきこえさする（ご同情申し上げるのを）を、人々はしのびて笑ふ。筑前の命婦は、「故院[二二]のおはしまししとき、この殿の行幸はいと度々《たびたび》ありしことなり。そのをり、かのをり」など、思ひ出でていふを、ゆゆしき[二三]こともありぬべかめれば（始末に困ると思って〔女房達は〕）、わづらはしとて、ことにあへしらはず（格別相手にもならず）、几帳へだててあるなめり。「あはれ（ほんにまあ）、いかなりけむ（どんなだったでしょう）」などだにいふ人あらば、うちこぼしつべ（〔筑前は〕すぐに涙をこぼし）

一五『不知記』によると、南の簀子に公卿の座が設けられ、南廂第四間の御倚子につかれた帝より酒饌《しゆせん》を賜っている。

一六『関白記』『小右記』では、唐楽と高《こ》麗楽《まがく》各二曲を演奏とし、『不知記』は、万歳楽・地久・酣酔《かんすい》と三曲の名をあげる。『日記』と『不知記』を総合するに、一番の左舞は唐楽の万歳楽、右舞は高麗楽の地久、二番の左舞は唐楽の太平楽、右舞は高麗楽の酣酔で、賀殿は作者の記憶違いかと思われる。

一七 楽曲の名。舞がなく退出音声に多く演奏される。

一八 舞楽が終り退出して行く時演奏する音楽。

一九 木深い松風の音と楽器の音が一緒になって、の意。

二〇 きれいに掃除された遣水の気持よさそうな流れや、池の波立ちをも行幸を喜ぶさまと見立てたのである。

二一 束帯や直衣の時、単《ひとえ》の上、下襲の下に着る中着。

二二 東三条院詮子。円融天皇の女御で一条天皇の母。正暦二年（九九一）東三条院となり長保三年閏《うるう》十二月崩御。道長の姉で土御門殿に住むことが時にあった。『権記』によると、正暦三年四月二十七日、同四年正月三日、同五年正月三日、長保三年十月九日に、東三条院のいる土御門殿に行幸が行われている。正月は朝《ちよう》覲《きん》、長保三年のは四十の賀のためである。

二三 泣き出すという縁起でもないことが起りかねないので。

かめり《そうである》。

御前の御あそび《管絃の演奏が》はじまりて、いとおもしろきに、若宮の御声[一]うつくしう聞こえたまふ。右の[二]大臣、「万歳楽御声にあひて《和して》なむ聞こゆる」と、もてはやしきこえたまふ。左衛門《さゑもん》[三]の督《かみ》など、「万歳千秋」[四]ともろごゑ《声をそろえて》に誦《ずん》じて、あるじのおほい殿《主人の大殿は》、「あはれ《ああ》、さきざきの《以前の》行幸を、などて《どうして》面目《めいぼく》ありと思ひたまへけむ《名誉なことだと思ったのでしょう》。[五]かかりけることもはべりけるものを《このような光栄なこともございましたのに》」と、酔ひ泣きしたまふ。さらなることなれど《いまさらめいたことだが》、〔今日の光栄を〕御みづからもおぼししるこそ《殿ご自身もお感じになっているのは》、いとめでたけれ《全くすばらしい》。

[六]殿はあなたに出でさせたまふ。上《うへ》は〔母屋の御座に〕入らせたまひて、右の大臣を御前に召して、筆[七]とりて書きたまふ。宮司《みやづかさ》[八]、殿の家司《けいし》[九]のさるべきかぎり《しかるべき者はすべて》加階す《位階が上がる》。頭の弁[一〇]して案内《あない》[一一]は奏せさせたまふめり。[一二]あたらしき宮の御よろこびに、〔殿は〕氏《うぢ》の上達部ひきつれて拝したてまつりたまふ《拝礼申し上げなさる》。藤原ながら《藤原氏であっても》門《かど》わかれたるは《門流の分れた方々は》、列にも立ちたまはざりけ

御前の御あそび

行幸の賞——加階《かかい》

一 お声がかわいいとお思われになる。「聞こゆ」は若宮の声が人に聞かれるという受身の意で「うつくしく」聞かれるということに「たまふ」がついたもの。
二 藤原顕光。正二位、六十五歳。
三 藤原公任。当時は従二位中納言で皇太后宮大夫と左衛門督を兼任。
四 諸本「万歳楽千秋楽」とあるが、楽の二字は衍字《えんじ》とし、『栄花物語』の「万歳千秋」をとる通説に従う。「嘉辰令月歓《ビ》無《ク》レ極《リ》、万歳千秋楽未《ミダ》レ央《なかばナラ》ズ」（『和漢朗詠集』）を歌ったのであろう。
五 娘の中宮が皇子を生み、そこへ行幸があり、親王宣下が行われたことによる幸福感と満足感は、以前の行幸の場合と比較にならなかったわけである。
六 『不知記』によれば演奏の後、帝は母屋の御座に、道長以下の公卿は西の対の公卿の座に復した。
七 命により右大臣が叙位の名簿を書いたのである。
八 中宮職の役人。
九 親王や公卿の家務をつかさどる四位五位の者。
一〇 弁官で蔵人頭を兼任の者。ここは源道方。
一一 叙位の草案。『関白記』や『不知記』によれば、内意が道方から道長に伝えられ、意見が奏上されている。
一二 若宮を親王とする宣下があり、それに対するお礼申し。

り。つぎに、別当《べたう》一三になりたる右衛門の督、大宮の大夫《だいぶ》よ、宮の亮《宮の亮で》、一四
加階したる《〔この日〕位の上がった》侍従の宰相、つぎつぎの人舞踏す。一五 宮の御方に入らせた《〔主上が〕中宮の御帳の中にお入り》まひてほどもなきに《になってどれほどもたたないのに》、「夜いたうふけぬ」一六「御輿《こし》寄す」とののしれば《騒ぎたてるので》、出でさせたまひぬ《還御になった》。

十七日　初剃・若宮の家司定め

またのあした《翌朝》に、うちの御使《おほんつかひ》一七、朝霧も晴れぬに参れり。うちやすみ過ぐして《〔私は〕寝過して》、見ずなりにけり。けふぞはじめて剃《そ》一八いたてまつらせたまふ。ことさらに行幸ののちとて。またその日、宮の家司《若宮の家司〔すなわち〕》、別当、おもと人《侍者などの》など、職《しき》さだまりけり《職員が決定した》。一九 かねても聞かで、ねたきことおほかり。

中宮御前のはなやかさ

二〇 日ごろの御しつらひ例ならずやつれたりしを《平素と違って簡略であったが》、あらたまりて《もとにもどって》、御前のありさまいとあらまほし《申し分がない》。二一 年ごろ心もとなく見たてまつりたま《長年待ち遠しくお思い申していらっしゃった〔御》ひける御事《子ご誕生の〕》のうちあひて《ことがうまくかなって》、明けたてば、殿の上《北の方》も参りたまひつつ、もてかしづき《お世話申し上げなさる》きこえたまふにほひいと心ことなり《〔その〕はなやかさは全く格別である》。

一三 権中納言で右衛門督と中宮大夫兼任の藤原斉信がこの日正二位となり、新親王の別当に任命された。「別当」は親王家の家司の長官。「大宮の大夫よ」は、「右衛門の督」の説明。

一四 参議で侍従と中宮権亮兼任の藤原実成。この日従三位となった。

一五 加階や任官の喜びを表わす作法で、庭前で行う。

一六 帰りをせきたてるのである。

一七 帝から中宮への後朝《きぬぎぬ》の文の使。

一八 「剃い」は「剃ぎ」のイ音便形。誕生後はじめて髪を剃ったのである。初剃《うぶぞり》を行幸の後にしたのは、初剃前の姿を帝に見せてからと考えたのであろう。

一九 宮の家司に選ばれることは、道長に目をかけられた現れであり、今後の出世に結びつく。作者は身内の者が宮の家司に選ばれることを期待していたのに、人選を前もって聞かないままに全く選からもれていたので、口惜しかったのだろう。

二〇 行幸を迎えるため、中宮の周囲の調度類が取りのけられ、簡略になっていたのであろう。

二一 中宮彰子は長保元年（九九九）十二歳で入内、今年は二十一歳である。

中宮大夫・亮、作者の局に来る

暮れて、月いとおもしろきに、宮の亮[一]、女房にあひて、とりわき（特別の昇進の）たるよろこびも啓せさせむとにやあらむ（お礼を〔中宮に〕言上させようというのであろうか）、妻戸《つまど》[二]のわたりも御湯殿《みゆどの》のけはひに濡れ、人の音もせざりければ、この[三]渡殿《わたどの》の東のつまなる宮[四]の内侍の局《つぼね》に立ち寄りて、「ここにや」と案内したまふ（声をおかけになる）。宰相[五]は中[六]の間《ま》に寄りて、まださささぬ（桟のさしてない）格子の上《かみ》押し上げて、「おはすや」などあれど、いらへもせぬに（返事もしないでいたが）、大夫[七]の、「ここにや」とのたまふにさへ、聞きしのばむもことごとしきやうなれば（聞き捨てにしてじっとしているのも勿体ぶったようなので）、はかなきいらへなどす（ちょっとした答えなどをする）。いと思ふことなげなる御けしきども（〔二人の〕）なり。「わが御いらへはせず（（宰相）私へのお返事は）、大夫を心ことにもてなしきこゆ（格別にお扱い申している）。ことわりながら（もっともなことだが）わろし。かかるところに、上下臈《じやうげらふ》のけぢめ（上役下役の差別を）、いたうは分くものか」とあはめたまふ（ひどくはっきりさせるじゃないかと非難なさる）。[八]「けふのたふとさ」など、声をかしううたふ。

夜ふくるままに月いとあかし（明るい）。[九]「格子のもと取りさけよ」とせめたまへど、いとくだりて上達部のゐたまはむも（ひどく下様の所に上達部がお坐りになるというのも）、かかる所と（このような〔私的な〕所と）いひな

一 中宮権亮。参議藤原実成。

二 寝殿の東南隅、南廂の東端に妻戸があり、そこを入って北側の東廂が御湯殿であった。

三 寝殿の東北から東の対へかけられた渡殿の北側に局が三つ並べて設けられていた。その東端の局。

四 中宮の上臈女房。もと東三条院の女房、橘良芸子。

五 宮の亮と同一人物。「宰相」は参議の唐名。

六 渡殿の局の中の間。因《ちな》みに、一二頁の「渡殿の戸口の局」によれば、作者は東端の局にいたことになり、宮の内侍と同居していたのであろう。宰相（宮の亮）は中の間の方から声をかけたものかと思われる。

七 中宮大夫藤原斉信。

八 催馬楽《さいばら》「安《あ》名尊《なとうと》」。「あな尊　今日の尊さ　や　古《いにしへ》も　はれ　かくやありけむ　や　今日の尊さ　あはれそこよしや　今日の尊さ」

九 格子は普通上下二枚からなり、開ける時は、上段は押し上げて水平に吊り、下段は取りのけるので、格子の下半分を取りのけて、長押《なげし》に腰をおろして話そうと考えたもの。

一〇（私のような年輩の者は）どうしてできよう、不謹慎だと思うので。

一一 誕生から五十日目に餅を供するお祝いで、この時は十月三十日が五十日に当っていたが、日がよくなかったので十一月一日に行われたと『小右記』にある。

一二「物合」は、歌合・菊合等左右に分れて何かを競

がらかたはらいたし《はいえみっともない》、若やかなる人こそ、もののほど知らぬやうに《ものの程合を弁えないふうにふざけ》あだへたるも罪ゆるさるれ《ているのも大目に見られるけれど》、[一〇]なにか、あざればましと思へば、はなたず《格子をはずさない》。

御五十日《いか》[一一]は霜月《しもつき》のついたちの日。例の《例のごとく》、人々のしたてて《着飾って》まうのぼりつどひたる御前のありさま、絵[一二]にかきたる物合《ものあはせ》の所にぞ、いとよう似てはべりし。御帳[一三]の東の御座《おまし》のきはに、御几帳を奥の御障子より廂《ひさし》の柱までひまもあらせず立てきりて、南おもてに《〔御座の〕南側に》御前の物はまゐりするゐたり《お膳部はお供えしてある》。西[一四]によりて大宮[一五]の御膳《おもの》、例の沈《ぢん》の折敷《をしき》、何くれの《何やかやの》台なりけむかし。そなたのことは見ず。御まかなひ《お給仕役は》宰相[一六]の君讃岐《さぬき》、取り次ぐ女房も釵子《さいし》[一七]・元結《もとゆひ》などしたり。若宮の御まかなひは大納言[一八]の君、東《ひむがし》に寄りてまゐりするゐたり。小さき御台[一九]・御皿ども、御箸[二〇]の台・洲浜《すはま》[二一]なども、ひひな[二二]遊びの具と見ゆ。それより東《ひむがし》の間《ま》の廂《ひさし》の御《み》簾《す》すこし上げて、弁[二三]の内侍・中務《なかつかさ》[二四]の命婦・小中将[二五]の君など、さべい《然るべき》

い合うこと。その場面を絵にしたものがあったのだろう。

一三 御帳台の東に中宮の御座があり、その東側に、母屋の北から南廂の柱まで几帳を立てたのである。

一四 中宮の御座の南にお膳を並べる時、西側に中宮のお膳、東側に若宮のお膳を置いたのである。

五十日《いか》の祝　十一月一日　お祝い膳を献上

一五 若宮に対して中宮を大宮といったもの。

一六 大納言道綱の女豊子。道長の姪で中宮の上臈女房。讃岐守大江清通の妻。敦成親王の乳母の一人。

一七 髪上げの時に髪の左右からさす道具。

一八 源扶義の女廉子。倫子の姪で中宮の上臈女房。

一九 御台盤、すなわち食卓であろう。

二〇 銀の鶴を向い合せにしたような箸置であろう。

二一 箸の台をのせる洲浜形の台盤。

二二 若宮用のものがすべて小作りなので、雛遊びの道具に見えたのである。

二三 中宮の女房。あるいは内裏の女房か。源扶義の後妻藤原義子とするが不明。

二四 中宮の女房。中務少輔源致時女、従三位隆子かという。

二五 定子所生の媄子内親王の乳母、後に三条天皇の当子内親王の乳母となった中将典侍かというが未詳。

かぎりぞ《女房だけが》取り次ぎつつまゐる。奥にゐてくはしうは見はべらず。

　こよひ、[一]少輔《せふ》の乳母《めのと》[二]色ゆるさる。ここしきさまうちしたり《おっとりした様子をしている》。宮い《若宮を》だきたてまつり、御帳のうちにて、殿の上《北の方が》いだきうつし《〔乳母から〕》たてまつりたまひて、ゐざり出でさせたまへる火影の御さまけはひことにめでたし《燈火に映えたお姿やご様子は格別立派である》。赤色の唐の御衣《ぞ》、地摺《ぢずり》の御裳うるはしくさうぞきたまへるも《きちんとお召しになっていらっしゃるのも》、[三]かたじけなくもあはれに見ゆ。大宮は《中宮は》、[四]葡萄染《えびぞめ》の五重《いつへ》の御衣《ぞ》、蘇芳《すはう》の御[五]小袿《こうちき》たてまつれり。殿、餅《もちひ》まゐりたまふ《〔若宮へ〕差し上げなさる》。

　上達部《かんだちめ》の座は、例の東の対の西おもてなり。[六]いま二ところの大臣《おとど》も参りたまへり。[七]橋の上に参りて、また酔ひみだれてののしりたまふ。[八]折櫃物《をりびつもの》・籠物《こもの》どもなど、殿の御方より、[九]まうち君たちとりつづきてまゐれる、高欄につづけてすゑわたしたり《高欄に沿って〔簀子に〕ずっと並べた》。[一〇]たちあかしの光の心もとなければ《頼りないので》、[一一]四位の少将などを呼びよせて、[一二]脂燭《しそく》ささせて《ともさせて》人々は見る。[一三]内裏《うち》の台盤所に持《も》てまゐるべきに、[一四]明日よりは御物忌《ものいみ》《〔帝の〕》とて、

一 大江清通の女。源為善または橘為義の妻かという。敦成親王の乳母の一人。
二 禁色の着用が許された。
三 中宮の地位を尊んで、その母の倫子が唐衣や裳を着て正装しているので、勿体なくもまたしんみりした気にもなったのである。
四 葡萄染の袿が五重だったのであろう。
五 裳・唐衣を着ない時の女の礼服で、唐衣の代りに袿の上に着る。
六 道長の他のもう二人の大臣。右大臣藤原顕光と内大臣藤原公季。
七 寝殿と東の対の間の透渡殿。
八 檜《ひのき》の薄板を四角や六角に折り曲げて作った箱に入れた御馳走が「折櫃物」で、籠に入れた果物が「籠物」。『小右記』には、善美を尽した折櫃物・籠物だったとある。公卿に披露の後、帝に献上。
九 ここは道長家の家司である諸大夫《しょだいぶ》。『小右記』では、地下《じげ》の四位五位とある。
一〇 手にもってかかげる松明《たいまつ》。
一一 倫子の兄時通の長男源雅通。従四位下右近衛少将。
一二 長さ五〇センチ細さ一センチくらいの松の先に油をしませた照明用具の一。
一三 清涼殿の西廂にある女房の詰所。台盤を置く所。

一四 個人によって特定の日に二日または四日間物忌が訪れる。そして物忌の日は一切の物を取り入れられないから、前夜のうちに運ぶのである。

一五 『不知記』によると、簀子敷に伺候したとあり、階段の東側の簀子敷に西を上席にしたことになる。出席の公卿は十九名。一間三名ずつとして十二名が南に、七名が東の妻戸の前の方に坐ったことになる。

一六 女房達は廂の間に二列または三列に重なって坐ることになったのである。

一七 源扶義の女廉子。倫子の姪で、中宮の上臈女房。

一八 大納言道綱の女豊子。道長の姪で中宮の上臈女房。

一九 源時通の女。倫子の姪で、中宮の上臈女房。

二〇 橘良芸子。もと東三条院の女房で中宮の上臈女房。

二一 藤原顕光。当時六十五歳。

二二 几帳の帷《かたびら》の一部を縫わずに残した部分。外を見たり風を逃がすためらしい。

二三 催馬楽、呂《りよ》の歌。「美濃山に しじにおひたる玉《たま》柏《かしは》 豊《とよ》の明《あかり》に あふがたのしさや あふがたのしさや」

二四 藤原実資《さねすけ》。当時、正二位按察《あぜち》使権大納言で右大将。五十二歳。

二五 几帳の下から押し出された着物の袖口や褄《つま》から、どんな着物を何枚着ているかを観察していたのだろう。

中宮、御前に上達部を召す

こよひみな急ぎてとりはらひつ《とりかたづけた》。

宮の〔中宮の〕大夫御簾のもとに参りて、上達部御前に召さむと啓したまふ《上達部を御前にお召しになるようにと言上なさる》。聞こしめしつとあれば《お聞き届けになったというので》、殿よりはじめたてまつりて、みな参りたまふ。一五階《はし》の東の間を上《かみ》にて、東の妻戸の前までゐたまへり。一六女房二重《ふたへ》三重《みへ》づつゐわたされたり。御簾どもをその間《ま》にあたりて《割り当てられて》ゐたまへる人々、〔御簾を〕寄りつつ捲き上げたまふ。一七大納言の君・一八宰相の君・一九小少将の君・二〇宮の内侍とゐたまへり。二一右の大臣よりて、二二御几帳のほころび引き断ち乱れたまふ《引き破り酔ってお乱れになる》。〔女房達が〕さだすぎたりとつきしろふも知らず《いい年をしてとつつき合って非難するのも知らず》、扇をとり、たはぶれごとのはしたなきもおほかり《〔冗談で聞きにくいことも多くおっしゃる》。大夫かはらけとりて《盃を持って》、〔とりなしに〕そなたに出でたまへり。二三美濃山《みのやま》うたひて、御あそびさまばかりなれど《管絃の演奏はわずかだが》、いとおもしろし。

そのつぎの間の、東《ひむがし》の柱もとに、二四右大将《うだいしやう》よりて、二五衣《きぬ》の褄《つま》・袖口《そでぐち》かぞへたまへるけしき、人よりことなり《他の人より違っている》。酔ひのまぎれをあなづりき《酩酊していらっしゃるからと軽くお思い》

こえ《申して》、また誰《なに》とかはなど思ひはべりて《［私を］誰とお気づきになるものかなど思って》、はかなきことどもいふに《とりとめないことを話したが》、いみじくざれ今めく人よりも《ひどくしゃれてはなやかな人よりも》、けにいとはづかしげにこそおはすべ《一段と気はずかしいほどにご立派でいらっしゃるよう》かめりしか《だった》。[一]さかづきの順《ずん》のくるを、大将はおぢたまへど《びくびくなさっていたが》、例《いつもの》のことなしびの《当りさわりのない》、[二]千歳万代《ちとせよろづよ》にて過ぎぬ。

[三]左衛門の督、「あなかしこ《恐縮だが》。このわたりに、[四]わかむらさきやさぶらふ《若紫は控えているかね》」とうかがひたまふ《様子をおさぐりになる》。[五]源氏にかかるべき人も見えたまはぬに《源氏の君にかかわりのありそうな方もお見えでないのに》、かの上はまいていかでものしたまはむと《あの紫の上はなおのことどうしておいでになることがあろうと》、［私は］聞きゐたり。「[六]三位《さんみ》の亮《すけ》、かはらけとれ」などあるに《［殿が］おっしゃるので》、侍従の宰相立ちて、[七]内の大臣《おとど》のおはすれば、下《しも》より出でたるを見て、大臣《内大臣は》酔ひ泣きしたまふ。[八]権中納言すみの間の柱もとによりて、[九]兵部のおもとひこしろひ《兵部のおもとを引っぱって》、聞きにくきたはぶれ声も《聞き苦しい戯れ言に対しても》、殿のたまはず《［何も］殿はおっしゃらない》。

おそろしかるべき夜の御酔ひなめりと見て《［殿の］今夜のお酔いぶりは恐ろしそうだと思って》、事はつるままに、[一〇]宰相の君にいひあはせて、隠れなむとするに、東《ひむがし》おもてに《東側の間に》殿の公達《きんだち》・

一　盃が順番に廻り、盃を受けて歌を詠み、次に盃を廻すのがしきたりであった。
二　神楽《かぐら》歌「千歳法《せんざいのほう》」。本「千歳千歳千歳や　千歳や　千年《ちとせ》の千歳や」末「万歳万歳万歳や　万歳や　万代《よろづよ》の万歳や」
三　藤原公任。当時は、従二位中納言で、皇太后宮大夫や左衛門督を兼ねていた。
四　『源氏物語』の若紫の巻で登場した紫の上を若紫と呼び、紫式部を若紫になぞらえて語りかけようとしたのである。
五　「源氏にるべき人」となっている本もある。
六　内大臣藤原公季の長男実成。当時従三位参議で、中宮権亮や侍従等を兼任。
七　侍従宰相すなわち実成の父公季。実成が道長に召されて下座から出て来たのを、父がその場にいて見たので感激したのであろう。
八　関白藤原道隆の三男隆家。皇后定子の弟で道長の甥。当時三十歳。
九　中宮の女房。素姓未詳。
＊　公任は当時の歌壇の第一人者である。その人が『源氏物語』を読んでいることを披露したことになる。それはその作者の仕える中宮への顧慮から生れた挨拶であった。「さぶらふ」も中宮に対する敬意から用いられている。

道長、紫式部に歌を詠ます

一〇　大納言道綱の女豊子。中宮の上臈女房。

一一宰相の中将など入りて、さわがしければ、二人御帳のうしろに居かくれたるを、一二とりはらはせたまひて、二人ながらとらへすゑさせたまへり。「和歌ひとつづつつかうまつれ《お詠み申せ》。さらば許さむ」とのたまはす。いとはしく恐ろしければ《逃げたくもあり恐ろしくもあるので》、聞こゆ。

一三いかにいかがかぞへやるべき八千歳《やちとせ》の
あまりひさしき君が御代をば

「あはれ《やあ》、つかうまつれるかな《〔うまく〕お詠み申したなあ》」と、ふたたびばかり誦《ず》ぜさせたまひて、いととうのたまはせたる《実に早くお詠みになった》。

一四あしたづのよはひしあらば君が代の
千歳の数もかぞへとりてむ

さばかり酔ひたまへる御ここちにもおぼしけることのさまなれば《〔この歌は〕日頃思っていらっしゃる筋のことなので》、いとあはれに《とても心にしみ》、ことわりなり《ごもっともなことだ〔と思う〕》。げにかくもてはやしきこえたまふに《〔若宮を〕お引き立て申し上げなさることに》こそは《よってこそ》、一五よろづのかざりもまさらせたまふめれ。千代もあくまじき《千年〔の寿命〕でももの た》

一一 関白藤原道兼の次男兼隆。道長の甥。二十四歳。

一二 御帳台のうしろに隠れた時、立てられていた几帳を道長がとりのけたものと思われる。

一三 今日は五十日のお祝いですが、これからの幾千年もというあまりに長い若宮の御齢《とし》を、一体、どのようにして数えつくすことができましょうか。「いかに」に「五十日に」をかけている。「いかに」「いかが」ともに、どのようにして、と方法を問う言葉だが、「いかが」には反語の意が含まれている。

一四 鶴のような千年の寿命が私にあったら、若宮の千年の御齢も数えとって遠い将来をお見届けできるだろう。

一五 万事にわたる若宮の栄光。「かざり」は、美しさ、栄光等の抽象的な意。

道長、仕合せそうに冗談

一 酔った上での自讃の冗談であるが、道長の幸福感が満ちている。開放的な道長の姿がよく出ている。

二 自称の代名詞。

三 よい夫を持ったことよと思っているようだ。

四 「さわがしきここちはしながら」に敬語がないので、作者または、一座の者の感想を述べたものと思われる。

五 中宮の御帳台の中。中宮は御帳台の東に設けられたお祝膳の席にいたから、御帳台の帷《かたびら》はあいていたのであろう。

六 親がしっかりしているから子供も立派に見えるのだ。

御行くすゑ《りないような御将来が》の、数ならぬここちにだに思ひつづけらる。「宮の御前聞こしめすや《中宮様お聞きですか》。つかうまつれり《〔うまく〕お詠み申しましたよ》」と、われぼめしたまひ《ご自讃なさって》て、「[一]宮の御てにてまろわろからず、[二]まろがむすめにて宮わろくおはしまさず。母も幸《さいはひ》ありと思ひて、笑ひたまふめり。[三]よい男《をとこ》はもたりかしと思ひたんめり」と、たはぶれきこえたまふも、こよなき《格別なご酩酊》御酔ひのまぎれなりと見ゆ《のせいなのだと思われる》。さることもなければ《たいしたこともないので》、[四]さわがしきここちはしながら、めでたくのみ《〔中宮は〕ただご機嫌よく》聞きゐさせたまふ。殿の上《北の方は》、聞きにくしとおぼすにや、渡らせたまひぬるけしきなれば《〔ご自分のお部屋へ〕お移りになった様子なので》、「送りせず《〔殿は〕見送らない》とて、母恨みたまはむものぞ」とて、いそぎて御帳[五]のうちを通らせたまふ。「宮なめし《失礼だ》とおぼすらむ。[六]親のあればこそ子もかしこけれ」と、うちつぶやきたまふを、人々笑ひきこゆ。

還啓まで

冊子作り

入らせたまふべきことも《〔中宮が宮中に〕お入りになるべきことも》近うなりぬれど、人々はうちつぎつつ心《女房達は次から次へと気もやすま》のどかならぬに《らない上に》、御前には《中宮の所では》御冊子《さうし》つくりいとなませたまふとて《せっせとお作りになるというので》、明《〔夜が〕》

けたてば、まづ向かひさぶらひて《中宮の御前に伺候して》、[七]色々の紙えりととのへて、[八]物語の本ども添へつつ、所々に文《ふみ》書きくばる。かつは《一方では》綴《と》ぢあつめしたたむるを役にて《冊子に仕立てるのを》明かし暮らす。(殿)[九]「なぞの子《こ》持《も》ちか、つめたきにかかるわざはせさせたまふ」と聞こえたまふものから《申し上げなさるものの》、よき[一〇]薄様《うすやう》ども筆墨などもてまゐりたまひつつ、御硯《すずり》をさへもてまゐりたまへれば、とらせたまへるを《〔中宮が私に〕下さったところ》、惜しみののしりて《〔殿は〕惜しがり騒いで》、「[一一]もののくにて向かひさぶらひて、[一二]かかるわざし出づ」と[一三]さいなむ。されど、〔殿は〕よき[一四]つきすみ・筆など賜はせたり。

[一五]局《つぼね》に、物語の本どもとりにやりて隠しおきたるを、〔私が〕御前にあるほどに、〔殿が〕やをらおはしまいて《そっとおいでになって》、あさらせたまひて《お探しになり》、みな[一六]内侍の督《かん》の殿にたてまつりたまひてけり《献上なさってしまった》。よろしう書きかへたりしは《どうにか見られる程度に清書したのは》、みなひき失ひて、心もとなき名をぞとりはべりけむかし《〔よくないのが伝わって〕かんばしくない評判を得たことであろう》。

若宮は、[一七]御物語などせさせたまふ。うちに心もとなくおぼしめす《主上におかれては待ち遠しくおぼしめすのも》、

七 さまざまの色の紙。
八 書写のための色とりどりの紙に物語の本を添え、書写依頼の手紙を、あちらこちらの人に配るのである。中宮の調度品としてであろう。
九 一体、どういう子持ちが、冷たいのにこんなことをなさるのですか。産前産後の冷えは禁物なのに、の心持を含んでいる。
一〇 鳥の子紙の薄いもの。
一一 中宮の付属物として、というような意か。「もののくま」という本もあるが、「向かひさぶらひて」ということと結びつかない。
一二 こんなことをしでかしている、の意で、折角献上したものを頂戴するなんてと、冗談まじりに非難したもの。
一三 上の人が下の者を責めたてる時に用いる語。
一四「継ぎ墨」で墨挾みとか、「つぎがみ」の誤りで継ぎ紙かとする説等あるが不明。
一五 物語の本を里へ取りにやって、自分の局に隠しておいたのを。この物語は『源氏物語』であろう。
一六 道長の次女妍子。中宮の同母妹。当時十五歳。後に、三条天皇の中宮となる。
一七 話をすること。ここは赤ん坊の意味のない発声を話をしているとみたもの。

ことわりなりかし。

里居の述懐

御前の池に、一水鳥どもの日々におほくなりゆくを見つつ、入らせ《〔宮中に〕》たまはぬさきに、雪降らなむ《雪が降ってほしい〔降ったら〕》、この御前のありさまいかにをかしからむと思ふに、あからさまにまかでたるほど《ちょっと〔里へ〕退出した間に》、二二日ばかりありてしも雪は降るものか。見どころもなき三ふるさとの木立《こだち》を見るにも、も《何と》のむつかしう《なく気持が重く》思ひみだれて、年ごろ《〔出仕前は〕》、つれづれにながめ《さびしく物思いをして》明かし暮らしつつ、花鳥の色をも音《ね》をも《花の色や鳥の声をも》、春秋にゆきかふ空のけしき《春秋に移り変る空の様子や》、月の影《月の光や》、霜雪を見て、その時来にけりとばかり思ひ分きつつ《その時節になったなあとだけは判断しながら》、四いかにやいかにとばかり、行くすゑの心ぼそさはやるかたなきものから《やるせないものの》、五はかなき物語などにつけてうち語らふ人、おなじ心なるは《〔中でも〕気の合う人とは》、あはれに書き《〔手紙を〕》かはし、すこしけどほき《〔その中で〕多少近づきにくい人は》、たよりどもをたづねてもいひけるを《あちこちの縁故を求めることをしてでも文通したが》、た六だこれをさまざまにあへしらひ《応答し》、そぞろごとに《とりとめないことに》つれづれをばなぐさめつつ、世にあるべき人かずとは《この世に生きている値打ちのある者とは》思はずながら、さしあたりて《その場において》、恥

一 鴨《かも》・雁《かり》などの渡り鳥や、鴛鴦《おしどり》・かいつぶり等のように冬に姿を見せる水鳥。

二 二日ほどして意地悪くも雪が降るではないか。「ものか」は、……というようなことはあってはならないのに、……がおこった、という詠嘆の意を表わす。

三 紫式部の実家。堤中納言といわれた曾祖父兼輔の家だったとする説がある。それは土御門殿からは近かった。

四 「世の中をかくいひいひてはてはてはいかにやいかにならむとすらむ」（『拾遺集』巻八雑上、題しらず、よみ人しらず）による表現で、歌によまれている通り、いかにやいかにならむとすらむ（どうなることだろう）というほどに、の意。

五 他愛のない物語。この物語は作り物語。当時、漢詩文や和歌に対し物語は女子供の慰み物として価値低きものとされていた。

六 気の合う人との文通で、物語について述べられた相手の意見を指すと考えられる。

づかし、いみじと思ひ知るかたばかりのがれたりしを《つらいと身にしみて感じることだけはまぬがれていたのに》、さも残ることなく思ひ知る身のうさかな《〔宮仕えに出て〕こんなにも残らず味わい尽すわが身の嘆かわしいことよ》。

[七]こころみに、物語をとりて見れど、見しやうにもおぼえず、あさましく《意外で》、[八]あはれなりし人の語らひしあたりも、われをいかに《どんなに》面《おも》なく《恥知らずで》心浅きもの《軽薄な女と》と思ひおとすらむと《軽蔑していることだろうと》、おしはかるに、[九]それさへいと恥づかしくて、えおとづれやらず《気軽に手紙も出せないし》、[一〇]心にくからむと思ひたる人は、おほぞうにては《〔私のような〕普通の〔宮仕えの〕者では》、[一一]文《ふみ》や散らすらむなど、うたがはるべかめれば《〔私を〕つい疑うことになるだろうから》、いかでかはわが心のうちあるさまをも深うおしはからむと《〔そんなことでは〕どうして私の心のありのままをも深く汲みとってくれようかと〔思うと〕》、ことわりにて《道理で》いとあいなければ《全くあじきない気がするので》、中絶ゆとなけれど《絶交したのではないが》、おのづからかき絶ゆるもあまた《交際の切れた人も多くあり》、[一二]住み定まらずなりにたりとも思ひやりつつ、おとなひくる人もかたうなどしつつ《訪ねてくれる人も来にくくなったりして》、すべて、はかなきことにふれても《ちょっとした事につけても》、あらぬ世《別世界》に来たるここちぞ、[一三]ここにてしもうちまさり、ものあはれなりける《もの悲しいことである》。

七「身のうさ」を忘れられるかと「こころみに」物語を読んでみるが、以前のように感興もわかず、自分の変化にあきれてしまい、の意。

八 仲のよかった人で親しく話し合った人々。「おなじ心なるは、あはれに書きかはし」とあった人々。

九「あはれなりし人の……思ひおとすらむ」とおしはかること。

一〇 奥ゆかしくしていたいと思っている人々。「すこしけどほき」とあった人々。

一一 私に手紙を書いても、その手紙をとり散らされ他人に見られることになりはしないか、の意。

一二 宮仕えに出るようになってからは、内裏とか道長邸とか里とか、私の住む所が定まらなくなっていると思い、の意。

一三 所もあろうに、心の休まるべきこの実家においてわけても、の意。「しも」は強意。

里にて大納言の君を恋う

[一]ただ、えさらずうち語らひ《始終話し合って》、すこしも心とめて思ふ《少しでも心にかけて思う》《〔人とか〕》、こまやかに《ねんごろにもの》ものをいひかよふ《を言いかわす》《〔人とか〕》、さしあたりて《現在のところ》おのづからむつび語らふ人ばかりを《自然に仲よく話し合う人ぐらいを》、すこしもなつかしく思ふぞ、[二]ものはかなきや。[三]大納言の君の、夜々《よるよる》は御前にいと近うふしたまひつつ、物語したまひしけはひの恋しきも、[四]なほ世にしたがひぬる心か。

[五]うきねせし水の上のみ恋しくて
鴨《かも》の上毛《うはげ》にさえぞおとらぬ

返し、

うち《〔大納言の君〕》[六]払ふ友なきころのねざめには
つがひし鴛鴦《をし》ぞよはに恋しき

書きざまなどさへいとをかしきを《趣があるので》、まほにもおはする人かなと見る《万事完全でいらっしゃる方だことと思う》。

里より出仕

「雪《〔中宮が〕》を御覧じて、《〔雪景色のきれいな〕》をりしも《折も折》《〔あなたが〕》まかでたることを《退出したのを》、いみじくにくませたまふ《遺憾にお思いです》」と、《〔他の〕》人々も《方々も》《〔手紙で〕》ものたまへり。殿の上の御せうそこには《お手紙には》、「ま《私が》

一 「ただ」は次行の「ばかり」に呼応している。これまでは、宮仕え以前の交友をなつかしみ、宮仕えのつらさを述べ、宮仕えして昔の交友の中絶えしたことを記したが、ここでは里居して宮仕えの友をなつかしく思うというように心境が変化している。
二 昔の友との交際が絶え、宮仕えに出てからの今の友を慕わしく思う自分の心の変化を知って、自分の心の頼りなさをなげいているのである。
三 源扶義の女廉子。倫子の姪で中宮の上臈女房。
四 宮仕えのつらさをあれこれ言いながら、やはり今の境遇に順応してしまった心であるよ。
五 中宮様の御前で、あなたと御一緒に仮寝した折がしきりに恋しくて、一人いる里の霜夜の冷たさは、鴨の上毛のそれにも劣りません。「うき」は「浮き」と「憂き」をかけ、「さえ」は冷える意の「冴ゆ」の名詞形。「うきね」「水の上」「鴨の上毛」は縁語。
六 上毛の霜を互いに払い合うように語り合う友もなく独りさびしい夜中に目が覚めると、おしどりのように離れずに過したあなたが恋しいことです。

ろがとどめし旅なれば《引きとめた里帰りだから》、ことさらに[七]、いそぎまかでてとく参らむとありしもそらごとにて《言ったのもうそで》、ほどふるなめり」と、のたまはせたれば、[八]たはぶれにても、さ聞こえさせ《そのように申し上げ》、賜はせ《〔お暇を〕》しことなれば、かたじけなくて参りぬ。

中宮還啓

十一月十七日　内裏（一条院）到着まで

[九]入らせたまふは十七日なり。戌《いぬ》[一〇]の時など聞きつれど、やうやう《次第に》夜ふけぬ。みな髪上げつつゐたる人《誰も髪上げをして坐っていた女房》三十余人、その顔とも見え分かず《誰の顔ともわからず》、母屋《もや》の東《ひむがし》おもて《東側の間や》、東の廂《ひさし》に、内裏《うち》の女房も十余人、南の廂の妻戸へだててゐたり。

御輿《こし》には宮の[一一]宣旨《せんじ》乗る。糸毛《いとげ》[一二]の御車に、殿の上、少輔《せふ》[一三]の乳母《めのと》若宮いだきたてまつりて乗る。大納言・宰相[一四]の君こがねづくりに、つぎの車に小少将[一五]・宮の内侍[一六]、つぎに馬の中将[一七]と乗りたるを《〔私が〕》、わろき人《いやな人》と乗りたりと思ひたりしこそ《〔様子〕は》、あなことごとし《まあ勿体ぶったことと》と、いとどかかる《このような〔宮仕えの〕》ありさまむつかしう《身の上を一層わずらわしく》思ひはべりしか。殿司《とのもり》[一八]の侍従の君・弁[一九]の内侍、つ

七「ほどふるなめり」を修飾する。里帰りを私がひきとめたので、わざと何日も里で日を送っているようですねと、出仕をうながしたもの。

八 倫子からの手紙が冗談であるにしても。「かたじけなくて」を修飾する。

九 中宮の参内する日。当時は一条院が里内裏《さとだいり》で、大宮大路の東、一条大路の南にあり、一町の大きさであった。

一〇『小右記』に戌二点（午後七時半）とあるが、これは予定時刻で、実際はもっと遅れたのであろう。

一一 中宮の宣旨で、上臈の女房。中宮へ宣旨を伝える役らしい。中納言源伊陟《いちょく》の女陟子か。

一二 牛車の一種。糸で車箱を飾ったもので、青糸毛車は皇族や摂関家の乗用車。『関白記』に若宮は金造りの車とあり、糸毛車に金色の金具を用いた車だった。

一三 大江清通の女、源為善の妻。一説に橘為義の妻。

一四 大納言道綱の女豊子。中宮の上臈女房。

一五 源時通の女。倫子の姪で中宮の上臈女房。

一六 中宮の内侍。もと東三条院の女房の橘良芸子。

一七 内裏の女房であろう。左馬頭藤原相尹女。道長の妻明子の姪。

一八 内裏の女房であろう。素姓未詳。

一九 内裏の女房と考えられる。素姓未詳。

ぎに[一]左衛門の内侍・[二]殿の宣旨式部とまでは次第知りて《順序が決っていて》、つぎつぎは、例の心々に《思い思いに》ぞ乗りける。[三]月のくまなきに、いみじのわざやと思ひつつ《月が明るいので〔顔を見られるのが〕恥ずかしいことと思って》、足をそらなり《足が地につかぬ思いである》。馬の中将の君をさきにたてたれば、[四]ゆくへもしらずたどたどしきさまこそ、わがうしろを見る人、はづかしくも思ひしらるれ。

局での述懐

[五]細殿《ほそどの》の三の口に入りてふしたれば、小少将の君もおはして、なほ、かかるありさまの憂きことを語らひつつ、すくみたる《〔寒さに〕こわばった》衣《きぬ》どもおしやり《着物をぬいで側にのけ》、あつごえたる着かさねて《厚ぼったい〔綿入れを〕上に着て》、[六]火取に火をかき入れて、身も冷えにけるもの《体も冷えてしまった者》のはしたなさをいふに《の不格好さを話し合っていると》、[七]侍従の宰相・[八]左の宰相の中将・[九]公《きん》信《のぶ》の中将など、つぎつぎに寄り来つつとぶらふも、いとなかなかなり《言葉をかけるのも〔今夜は〕かえって迷惑である》。こよひは、なきものと思はれてやみなばや《いないものと思われて過したいものだ》と思ふを、人に問ひ《〔私の居場所を〕》聞きたまへるなるべし。「いとあしたに《明朝早く》参りはべらむ。こよひはたへがたく《〔寒さが〕》、身もすくみてはべり」など、ことなしびつつ《何でもない挨拶をして》、[一〇]こなたの

一 掌侍橘隆子かといわれるが素姓未詳。
二 道長家の宣旨女房大式部。三二頁に陸奥守の妻とあるが、夫は橘道貞か藤原済家か未詳。
三 一条院での中宮の御座所は東北の対であった。女房達は一条院の東北の門で車を降りたらしい。そこから東北の対まで歩いた時のさまである。
四 馬の中将が周囲の人に顔を見られまいと気を配って、行く先も分らないようなおぼつかない足取りをして行く姿を見て、自分の後ろ姿もさぞかしと恥ずかしく思うのである。
五 殿舎の側面や背面などの細長い廂の間を「細殿」という。その端から三つ目の間が「三の口」。ここの細殿は東北の対の東長片廂にあったらしい。
六 香炉。ここは香炉で暖をとったというのである。
七 内大臣藤原公季の長男実成。従三位参議で中宮権亮・右近衛中将・侍従を兼任。三十四歳。
八 左大臣源高明の四男経房。従三位参議で左近衛中将。道長の妻明子と兄弟。四十歳。
九 太政大臣藤原為光の六男。従四位上少納言で右近衛権中将。敦成親王家司。三十二歳。
一〇 警固の武士の詰所を「陣」という。ここは東北対に近い東北門にあった陣であろう。

陣《ぢん》のかたより出づ。おのがじし家路といそぐも（めいめいが家路へと急ぐのも）、なにばかりの里人（どれほどの奥さんが〔いるのか〕とつい思いつつ見送る）ぞはと思ひおくらる。[一一]わが身によせてははべらず。おほかたの世のありさま、〔わけても〕小少将の君の、いとあてにをかしげにて（上品で美しい感じなのに）、世を憂しと思ひしみてゐたまへるを（思い込んでいらっしゃるのを）、見はべるなり（見ているからである）。[一二]父君よりことはじまりて、人のほどよりは（その人柄に比して）、幸《さいはひ》のこよなくおくれたまへるなんめりかし。

道長より中宮への贈物

[一三]よべの御おくりもの、けさぞこまかに御覧ずる。御櫛《くし》の筥《はこ》のうちの具ども（中の道具類は）、いひつくし見やらむかたもなし（形容し尽すことも見極めることもできない）。手筥《てばこ》ひとよろひ（一対）、かたつかたには（〔その〕一方には）、[一四]白き色紙つくりたる御冊子《さうし》ども、古今・後撰集・[一五]拾遺抄、その部どもは（その〔歌集〕一部は）五帖《でう》につくりつつ（五冊に仕立てて）、[一六]侍従の中納言と[一七]延幹《えんかん》と、おのおの冊子ひとつに四巻をあてつつ（一冊の草子に四巻分を割り当てて）、書かせたまへり（〔殿が〕お書かせになった）。表紙は羅《ら》[一八]、紐《ひも》おなじ唐《から》の組《くみ》、[一九]かけごの上に入れたり。下には[二〇]能宣《よしのぶ》・[二一]元輔《もとすけ》やうの、いにしへいまの歌よみどもの家々の集書きたり（家集を書いて入れてある）。延幹と[二二]ちかずみの君と書きたるはさるものにて（いうまでもなく立派で）、これは（これら〔の家集〕は）ただけぢかうもてつかはせた（身近にお使いになるものとして）

一一 こんなことを思うのは、自分が顧みられないことの口惜しさなどからではないと弁解したのである。

一二 小少将の君の父が幼い時に出家していることや、夫の源則理に見捨てられた等の不幸をいう。

一三 昨夜中宮還啓の際、道長から贈られた贈物。還啓が夜遅かったので翌朝になって見るのである。

一四 白い色紙で作った何冊もの草子。白い色紙といっても、胡粉や雲母《きら》で加工したものだったろう。

一五 『拾遺抄』といえば公任撰の十巻の歌集だが、一部五帖で、一帖に四巻を割り当てたのだから、二十巻からなる『拾遺集』のことと考えられる。

一六 藤原行成。従二位参議で侍従。寛弘六年三月四日権中納言となる。従って「侍従の中納言」の呼称は、この日記の執筆時期と関係する。能書家で三蹟の一人。

一七 大納言源清蔭の孫。僧で能書家。

一八 「羅」は薄絹。「紐」は表紙にかける紐。「組」は組紐。

一九 筥の身の縁にかけて入れ、重ねる筥。

二〇 大中臣能宣。『後撰集』撰者の一人。正暦二年歿。

二一 清原元輔。『後撰集』撰者の一人。永祚二年歿。

二二 清原近澄か。諸本「ちかずみ」とあるが、「侍従」とありたいところ。あるいは行成の別名か。

まふべき、見知らぬものどもにしなさせたまへる、今めかしうさま（〔私などの〕見知らぬ者たちにお書かせになったもので新しみがあり変った書）ことなり。（風である）

五節　十一月二十日　舞姫参入

一五《ご》節《せち》は二二十日に参る。三侍従の宰相に、舞姫（〔中宮から〕）の装束などつかはす。四右の宰相の中将の、五節に五かづら申されたる（〔ご下賜を〕お願いされたのを）、つかはすついでに、筥ひとよろひに（一対の筥に）薫物《たきもの》入れて、六心葉《こころば》、梅の枝をして、七いどみきこえたり。

にはかにいとなむつねの年よりも（〔さし迫って〕急いで準備する例年よりも）、いどみましたる聞こえあれば（一段と競って立派にしたとの評判なので）、東《ひむがし》の御前の向かひなる八立蔀《たてじとみ》に、ひまもなくうちわたしつつともしたる（すきまもなく並べたててともしてある）灯《ひ》の光、昼よりもはしたなげなるに（〔明るくて〕きまりが悪そうなのに）、〔舞姫たちが〕あゆみ入るさまども、あさましう（あきれるくらい）、つれなのわざやとのみ思へど（平然としていることよとただそんなに思うが）、人の上とのみおぼえず。〔中宮還啓の折も〕ただから九殿上人《てんじやうびと》のひたおもてにさし向かひ（じかに顔をつきあわせ）、一〇脂燭《しそく》ささぬばかりぞかし。一一屏幔《へいまん》引き、追ひやるとすれど、おほかたのけしきは、〔あの折と〕同じごとぞ見るらむと、思ひ出づるも、まづ胸ふたがる（胸がいっぱいになる）。

一　五節の舞姫のこと。公卿から二人（大嘗会《だいじょうえ》の年は三人）、受領から二人の舞姫が献ぜられる。この年、公卿分は、参議藤原実成と藤原兼隆、受領分は、丹波守高階業遠と尾張守藤原中清。

五節

二　十一月中《なか》の丑《うし》の日、舞姫が常寧殿（一条院では東の対と西の対）に参入し、四日間の五節の行事に参加する。

三　参議で中宮権亮と侍従兼任の藤原実成。

四　参議で右近衛中将兼任の藤原兼隆。

五　日蔭《ひかげ》の鬘《かずら》。舞姫の冠にたらしてつける造り物。

六　金・銀・糸等で作った造花で贈物の箱につける。

七　贈物に風流を尽し、兼隆の風流心をかきたてたのである。贈主は中宮だが、女房の手を経て贈られたので、女房が主語となったのであろう。

八　板張りの目隠しの塀。舞姫は東北の門から入り中宮の御座所の東北の対の東側から東の対に入ったと考えられ、東の対の北側に立蔀があったようである。

九　舞姫・童女・傅《かしずき》等の介添にそれぞれつく殿上人。

一〇　長さ五〇センチくらいの細い松の木の先端を焦がして油をぬって火をつける携帯用室内照明具。

一一　幔幕《まんまく》を引きめぐらし、見物人を追いやりなどはしているが、大体の様子はあの折と同様に見ているのだろうと、作者等の内裏参入の折を思い浮べているのである。

＊ 参入の女房達を見て、人に見られるきまり悪さをわが身の上に思いおよぼすところは作者らしい。

一二 丹波守で春宮権亮と敦成親王家司の高階業遠。

一三 舞姫の世話役としてつき従う女房。

一四 東北の対のどこにあったものか不明。

一五 中清のかしずきは。中清は尾張守藤原中清。

一六 便器の掃除をする下役の女。舞姫参入に当り、傅《かしずき》の後に従っていたのである。

一七 傅は普通六人から八人くらい。十人の傅は他よりも多かったことを示す。

一八 孫廂。母屋の廂の外にさらに差し出した廂。

一九 御簾の下からこぼれ出ている出し衣《いだしぎぬ》も、藤宰相の傅たちのは、他の得意顔のものよりすぐれて見えたのである。

二〇 寅の日、正午頃から殿上の淵酔《えんずい》（清涼殿に殿上人を召して賜る酒宴）があり、そのため殿上人が清涼殿へ参上するのをいうのであろう。

二十一日　御前の試み

一二業遠《なりとほ》の朝臣《あそん》の一三かしづき、錦の唐衣《錦の唐衣を着て》、闇の夜にも物にまぎれず《闇の夜でもほかのものに紛れないで》、めづらしう《立派に》見ゆ。きぬがちに《沢山着重ねていて》、身じろぎもたをやかならずぞ見ゆる《身動きもしなやかにゆかないように見える》。殿上人心ことにもてかしづく《特に気を配って世話をする》。こなたに上も渡らせたまひて御覧ず《こちらに主上もおこしになって〔舞姫の参入を〕》。殿もしのびて、一四遣戸《やりど》より北におはしませば、心にまかせたらずうるさし《〔私どもは〕気ままにできず面倒である》。一五中清《なかきよ》のは、たけどもひとしくととのひ《背丈が同じくらいに揃っていて》、いとみやびかに《優雅で》心にくきけはひ、人におとらずとさだめらる《ほかのにひけをとらないと批評される》。右の宰相の中将の、あるべきかぎりはみなしたり《〔かしずきは〕なすべきことはすべて整えている》。一六樋洗《ひすまし》の二人、ととのひたるさまぞ《うち揃った様子を》、さとびたり《ひなびている》と人ほほゑむなりし。はてに、藤宰相の、思ひなしに今めかしく《〔かしずきは〕気のせいか新鮮さがあり》心ことなり《特別な趣がある》。一七かしづき十人あり。一八又廂《またびさし》の御簾《みす》下ろして、一九こぼれ出でたる衣《きぬ》の褄《つま》ども、したり顔に思へるさまどもよりは、見どころまさりて《一段と見るべきものがあって》、火影に見えわたさる《灯の光に見わたされる》。

二〇寅《とら》の日のあした、殿上人参る。つねのことなれど、月ごろにさとびにけるにや《数か月の間に里住まいに馴れたのか》、若人たちのめづらしと思へるけしきなり《若い女房達は〔殿上人を〕珍しいと思っている様子である》。さるは《といっても》、摺《す》[一]れる衣《ころも》も見えずかし。その夜さり、春宮《とうぐう》[二]の亮《すけ》召して、薫物《たきもの》賜ふ。おほきやかなる筥《はこ》ひとつに、高う入れさせたまへり。尾張[三]へは、殿の上ぞつかはしける。その夜は、御前《おまへ》[四]の試みとか、〔中宮は〕上に渡らせたまひて《清涼殿においでになって》御覧ず。若宮おはしませば、散米《うちまき》しののしる《大声を上げる》。つねにことなるここちす。

ものうければ《気分が重いので》、しばしやすらひて《休息して》、ありさまにしたがひて参らむ《様子次第で参上しよう》と思ひてゐたるに、小兵衛[五]・小兵部[六]なども炭櫃《すびつ》[七]にゐて、「いとせばければ《〔人が多くて〕とても狭いので》、はかばかしうものも見えはべらず《思うようには何も見えません》」などいふほどに、殿おはしまして、「などてかうて過ぐしてはゐたる《どうしてこのようにぼんやりしているのか》。いざもろともに〔行こう〕」と、せめたてさせたまひて《おせきたてになって》、心にもあらずまうのぼりたり《気が進まぬまま参上した》。舞姫[八]どもの、いかに苦しからむと見ゆるに、尾張の守のぞ《尾張守の舞姫が》、ここちあしがりていぬる《気分を悪がって退出したのは》、夢[九]のやうに見ゆるものかな。こと果てて〔中宮は〕下りさせたまひぬ。

一 卯《う》の日の新嘗会、辰《たつ》の日の豊明節会《とよのあかりのせちえ》の神事に奉仕する人達は、白布に草や鳥の模様を山藍《やまあい》で摺ったもの(小忌衣《おみごろも》)を着るが、今日は寅の日で着ていないのである。

二 春宮権亮高階業遠。

三 尾張守藤原中清。

四 寅の日の夜、天皇が舞姫を清涼殿に召してその舞をご覧になること。一条院では、南殿(寝殿)が紫宸殿で、中殿(北の対)が清涼殿であった。

五 左京大夫源明理の女《むすめ》で、中宮の若い女房。

六 六位蔵人藤原庶政の女か。中宮の若い女房。

七 囲炉裏。

八 舞姫は年若く、重い衣裳をつけて、晴れがましい場所に出るのだから、どんなにかつらいことだろうと作者は同情して見るのである。

九 うつつとは思えず、夢の中の光景と思えたというのである。

一〇 舞姫達の控室で、内裏では常寧殿の四隅に設けられたが、一条院では東の対と西の対に設けられた。
一一 御簾の上部に細く横に引き廻す布。
一二 端近くに出ていた女房達の髪の格好。
一三 聞きづらいことを話している。見物されたり、興味本位に話題にされたりしているのを聞くのがたえがたいのであろう。

二十二日　童女御覧

一四 今年は例年より立派にしようと競いあっているとの評判であるが、そうでない普通の年でさえ。
一五 卯の日は紫宸殿で新嘗会があり、また帝は、清涼殿の孫廂に舞姫の従者の童女を二人ずつ、庭に下仕え《しもづかえ》四人ずつを召してご覧になる。これを「童女御覧」という。
一六 中宮亮という関係から実成の舞姫達に好意を寄せる気持のあったことは前に述べているが、特別深くひいきしなければならないほどのことではなかったのであろう。
一七 この晴れの場に、あれほど皆が競争心をもって差し出したためか、の意。
一八 童女には一人ずつ殿上人が扶持に付き添う。ここは公達というから良家の若い男子である。

このころの公達《きんだち》は、ただ[10]五節所《ごせちどころ》のをかしきこと《魅力がある》を語る。「簾《すだれ》のはし、[11]帽額《もかう》さへ、心々にかはりて《趣がそれぞれ変っていて》、[12]出でゐたる頭《かしら》つき、もてなすけはひなどさへ《立ち居の様子などまで》、さらにかよはず《少しも似ていず》、さまざまになむある《それぞれに趣がある》」と、[13]聞きにくく語る。

[14]かからぬ年だに、[15]御覧《ごらん》の日の童女《わらは》のここちどもは、おろかならざるものを《並み大抵のことではないのに》、まして〔今年は〕いかならむなど、心もとなくゆかしきに《気になって早く見たいと思っていると》、歩みならびつつ出で来たるは、あいなく胸つぶれて《わけもなく胸がどきどきして》、いとほしくこそあれ《いたわしい思いがする》。さるは《といっても》、[16]とりわきて深う心よすべきあたりもなしかし《ひいきをしなければならない所もないのである》。われもわれもと、[17]さばかり人の思ひてさし出でたることなればにや、目うつり〔どの童女にも〕つつ、劣りまさりけざやかにも見え分かず。今めかしき人の目に《現代的な感覚の人の目になら》こそ、ふとものののけぢめも見とるべかめれ《たやすく物のよしあしも見分けがつくのであろう》。ただかくもりなき昼中《ひるなか》に、〔顔を隠す〕扇もはかばかしくも持たせず、[18]そこらの公達のたちまじりたるに、さてもありぬべき身のほど《このような所に出ても恥ずかしくない身分》、心もちゐ《心構えがあるとはいうものの》といひながら、人に劣ら

じとあらそふこころも、いかに臆すらむと《どんなに気おくれするだろうと》、あいなくかたはらいたきぞ《わけもなく気の毒に思われるとは》、かたくなしきや《〔私は〕固苦しい性分だよ》。

丹波《たんば》の守《かみ》の童女《わらは》の、青い白橡《しらつるばみ》[一]の汗衫《かざみ》[二]、をかしと思ひたるに、藤《とう》宰相の童女は赤色[三]を着せて、下仕《しもづかへ》[四]の唐衣《からぎぬ》に青色をおしかへしたる《対照的にしているのは》、ねたげなり《ねたましいほどである》。童女のかたちも《容貌も》、一人は《〔丹波守の〕》いとまほには見えず《十分には思われない》。宰相の中将は、童女いとそびやかに《とても背がすらりとして》、髪どもをかし《髪の具合も美しい》。なれすぎたる一人を《〔その中の〕物馴れしすぎた一人を》、いかにぞや人のいひし《どうもよくないと人々は話題にした》。[五]みな濃き袙《あこめ》に、表着《うはぎ》は心々なり《各自思い思いである》。汗衫は五重《いつへ》なる中に、尾張はただ葡萄染《えびぞめ》[六]を着せたり。なかなか《〔それが〕かえって品格があり》ゆゑゆゑしく心あるさまして《よい好みの様子であって》、ものの色あひつやなど、いとすぐれたり。

下仕《しもづかへ》の中にいと顔すぐれたる《〔者に〕》、扇とるとて[七]、六位の蔵人《くらうど》どもよるに、心と《自分から》投げやりたるこそ《〔扇を〕投げ出したのは》、やさしきものから《つつましい手つきであったが》、あまり女にはあらぬか《度の過ぎたことで女ではないのか》と見ゆれ。

[八]われらを、かれがやうにて《あの人たちのようにして》出でゐよとあらば、またさてもさまよ《〔私も〕またあのようにまごつ》

一 「白橡」には「青白橡」と「赤白橡」があり、それぞれ「青色」「赤色」ともいう。「青白橡」は刈安《かりやす》と紫草とで染めたもので、黄がちの萌黄色。今日の緑色に相当する。

二 童女の表着の上に着る礼服。

三 赤白橡の汗衫。赤白橡は黄櫨《はじ》を下染めにし灰汁《あく》を媒染にして茜《あかね》を染めたもので、黄色に赤味の加わった色。

四 童女は清涼殿の孫廂に、下仕えはその東(一条院では南)の庭に控えている。作者の目は童女から下仕えへ移ったのである。

五 童女たちは皆紅の濃い袙で。婦人や童女の着る袙は、肌着の衣《きぬ》と表着との間に着るもの。

六 他の童女は五重で色々の色の組合せを見せているのに、尾張守の童女だけは、葡萄染だったのである。「葡萄染」は襲の色目で、表紫、裏赤。

七 童女や下仕えが座につくと、帝は顔を見るため、扇を下に置くように命ずる。童女には殿上人が、下仕えには六位の蔵人が介添についている。その介添役が顔にかざした扇をとりおろさせるのである。

八 私のようなものを。「ら」は謙遜の気持を表わす接尾語。

ひありくばかりぞかし《いて歩きまわるだけであるよ》。かうまで《こんなにまで》〔人前に〕立ち出でむとは思ひかけきやは《立ち出でようなどとは以前に考えたろうか》。されど、目に見す見す《見ているうちにあきれるほどに》あさましきものは《〔変化する〕ものは》人の心なりければ、今よりのちのおもなさは《厚かましさは》、ただ馴れに馴れすぎ《〔宮仕えに〕すっかり馴れすぎて〔人と〕直接顔を合わせるようになるのも》、ひたおもてにならむもやすしかしと《簡単なことだよと》、身のありさまの夢のやうに思ひつづけられて、九あるまじきことにさへ思ひかかりて、ゆゆしくおぼゆれば《そら恐ろしく思われるので》、目とまることも例のなかりけり《〔眼前の儀式には〕いつものように目もとまらなかった》。

左京馬へのいたずら

一〇侍従の宰相の五節局《ごせちつぼね》、宮の御前のただ見わたすばかりなり。立部《たてじとみ》の上《かみ》より、一一音に聞く簾《すだれ》のはしも見ゆ。人のものいふ声もほの聞こゆ。「一二かの女御の御方に《〔いた〕》、一三左京馬《さきやうのむま》といふ人なむ、いと馴れてまじりたる《〔介添に〕》」と、一四宰相の中将、むかし見知りて語りたまふを《〔その人を〕以前ご存じでお話しになるのを》、「ひと夜《先夜》、かの《あの》かいつくろひにてゐたりし《〔舞姫の〕介添役で坐っていた》、東《ひむがし》なりしなむ左京《〔中の〕》」と、一五源少将も見知りたりしを、もののよすがありて《何かのついでがあって》伝へ聞きたる人々、「をかしうもありけるかな《おもしろいことだわね》」といひつつ、いざ《さあ》、知らず顔にはあらじ《知らん顔はしないでおこう》、むかし《昔いかに》

九 あってはならないこと。男の人と親しく交わること、さらには色恋の関係をもつようなことであろう。

＊ 多くの男の人にまじって見られている童女たちの心の中を想像すると気の毒に思えてならない。そんな自分を融通がきかないことだとも思うほど、人前に出るのは恥ずかしいものとする作者である。だが、宮仕えに馴れるにつれ自分もどんなに変るかもしれないと思う。見物を楽しまず、自分の身の上に思い及ぶ、というのが作者の辿《たど》るいつもの軌跡である。

一〇 実成の舞姫の控所は東の対の北側にあったらしい。

一一 簾の縁取《ふちど》りがすばらしいと評判だったのであろう。

一二 内大臣公季の女で実成の姉、弘徽殿女御義子。

一三 「左京君《さきやうのきみ》」の誤りか。以前弘徽殿女御に仕えていて、その関係で介添に選ばれたらしい。

一四 関白藤原道兼の次男兼隆。道長の甥。

一五 源済政か、あるいは源雅通。済政は敦成親王の家司。雅通は時通の長男で倫子の甥。

心にくだちて見ならしけむ（も上品そうに住みならしていたという）内裏《うち》（宮中に）わたりを、かかるさまにて（こんな〔介添なんかで〕）やは出でたつべき（出てこられるものだろうか）、しのぶと思ふらむを（人目を忍んでいる気らしいが）、あらはさむの心にて（暴露してやろうというつもりで）、[一]御前に扇どもも、あまたさぶらふ中に、[二]蓬莱つくりたるをしもえりたる（蓬莱山の絵を描いてあるのを特に選んだのは）、[三]心ばへあるべし、見知りけむやは（〔その趣向が〕わかっただろうか）。[四]筥のふたにひろげて（〔扇を〕）、日蔭をまろめて（〔その上に〕日蔭の鬘をまるめて）、[五]そらいたる櫛《くし》ども、[六]白き物忌《ものいみ》して、つまづまを結ひそへたり（〔櫛の〕両端を結んで添えた）。「すこしさだすぎたまひにたるわたりにて（〔左京は〕少しお齢を召していらっしゃる方なので）、櫛のそりざまなむなほなほしき（〔これでは〕櫛の反り具合が平凡だ）」と、公達《きんだち》のたまへば、今様《いまやう》のさまあしきまでつまもあはせたるそらしざまして（今はやりのどぎついほどに両端もくっつくくらいの反らし具合にして）、[七]黒方《くろぼう》をおしまろがして、ふつつかに（不格好に）後先《しりさき》切りて、[八]白き紙一かさねに、立文《たてぶみ》にしたり。[九]大輔《たいふ》のおもとして書きつけさす。

[一〇]おほかりし豊《とよ》の宮人さしわきて
　しるき日かげをあはれとぞ見し

御前には（中宮におかれては）、「おなじくは、をかしきさまに（趣のあるように）しなして、扇などもあま

一 中宮のお側に扇がたくさん置かれていた中に、の意。数多くの扇なので「扇ども」という。扇を主語とし中宮に対し謙譲した関係で存在するものとして、「さぶらふ」を用いている。

二 蓬莱山。中国の東方の海中にあり、不老不死の仙人が住むという神仙思想から生れた伝説上の山。

三 そこに趣向があるにちがいない、の意。年老いても若々しく介添となっている左京に、不老不死の仙人の住む蓬莱山の絵の扇こそふさわしいと、皮肉な趣向があったのであろう。

四 扇を箱の蓋に拡げて。贈物は硯箱の蓋に入れることが多い。

五 反《そ》らした櫛。歯たけ五分、長さ六七寸の差櫛の峰を反らしたのを五節の折には物忌の上にさす。

六 白い薄様《うすよう》の紙を重ねて幅三分に切ったものを「物忌」とし、五節の童女たちは左右の耳の前につける。

七 「黒方」は薫物《たきもの》の名。黒方を棒状にまるめて、両端を切ったのである。

八 白い紙二枚を重ねて黒方を包み、立文の形にしたのである。「立文」は正式の書状形式で、書状を縦長に巻いて包み、包み紙の上下を左右に折って更に裏に折ったもの。おそらく、黒方を包んだ内側の紙に歌を書いたのであろう。

九 大中臣輔親女。伊勢の大輔、中古三十六歌仙の一人。

一〇 豊明節会《とよのあかりのせちえ》に奉仕した大勢の人々の中でひときわ

目立つ日蔭の鬘のあなたを感慨深く拝見しました。「豊」は豊明節会をさし、「おほかり」と縁語。「豊明節会」は五節の第四日目、辰の日に紫宸殿で行われる。帝の御前で舞姫は五度袖を翻して舞う。なお、「さし」と「日かげ」も縁語。

一一 先方に顔がはっきりと知られていないはずの局の召使をやって。

一二 これは、中納言の君から預ったお手紙で、女御様からのものです、の意。「中納言の君」の素姓は不明。あるいは架空の人物かもしれない。女御の意を体して中納言の君がととのえたものといわせたのである。

＊「かしずき」となった左京の君への女房達のいじわるないたずら。作者もその仲間の一人だった。しかし中宮の言葉はいかにも大様である。

臨時の祭

五節過ぎて・高松の小公達

一三 五節の後の巳の日に行われる調楽。「調楽」は、祭・行幸・賀などの折の舞楽を楽所《がくそ》で行う下稽古。ここは賀茂の臨時の祭のため。

一四 道長の妻の一人明子（左大臣源高明の女）腹の息子たち。当時十六歳の頼宗、十五歳の顕信、十四歳の能信らがいた。「高松」は源高明の邸の名。

一五 中宮が一条院へ十一月十七日還御した時から、女房の局への出入りが許されたのである。

たこそ」と、のたまはすれど、「おどろおどろしからむも（大げさにいたしますというのも）、事のさまにあはざるべし（今の場合に合わないでしょう）。わざとつかはすにては（〔中宮様が〕特別にお贈りになるのでしたら）、しのびやかにけしきばませたまふべきにもはべらず（〔こんなに〕内証で意味ありげになさるべきではございません）。これは、かかる（この程度の）わたくしごとにこそ」と聞こえさせて（申し上げて）、一一顔しるかるまじき局の人して、「一二これ、中納言の君の御文《ふみ》、女御殿《にようごどの》より。左京の君にたてまつらむ（さし上げて下さい）」と、高やかに（大きな声で）さしおきつ（〔述べて〕置いた）。ひきとどめられたらむ（〔使が〕）こそ見苦しけれと思ふに、走り来たり。女の声にて、「いづこより入り来つる（〔使者は〕）」と問ふなりつる（尋ねるようだったのは）は、女御殿のと（女御様からのものと）、うたがひなく思ふなるべし。

なにばかりの耳とどむる（大して聞き耳を立てるほどの〔面白い〕）こともなかりつる日ごろなれど（こともなかったこの数日間ではあったが）、五節過ぎぬと思ふ内裏《うち》わたりのけはひ、うちつけにさうざうしきを（にわかにものさびしいが）、一三巳《み》の日の夜の調楽《てうがく》は、げにをかしかりけり。若やかなる殿上人など、いかになごりつれづれならむ（どんなに〔五節の〕後はものさびしいことだろう）。

一四高松の小《こ》公達《きんだち》さへ、一五こたみ（今回）入らせたまひし夜よりは、女房ゆるされて、ま[一]のもなく通りありきたまへば、いとどはしたなげなりや《〔以前より〕一層気まりが悪い気がする》。

さだすぎぬる[二]を高家《かうけ》にてぞかくろふる。〔この公達は〕五節恋しなども、ことに思ひたらず、やすら[三]ひ・小兵衛[四]などやうの裳《も》の裾《すそ》・汗衫《かざみ》にまつはれて《まといついて》ぞ、小鳥のやうにさへづりざれおはさうずめる《ふざけていらっしゃるようである》。

二十八日　臨時の祭

臨時《りんじ》[五]の祭《まつり》の使《つかひ》は、殿の権《ごん》[六]の中将の君なり。その日[七]は御物忌《ものいみ》なれば、殿、御宿直《とのゐ》せさせたまへり。上達部《かんだちめ》も舞人《まひびと》の公達《きんだち》も〔宮中に〕こもりて、夜ひと夜《一晩中》、細殿[八]わたりいとものさわがしきけはひしたり。

つとめて《翌朝》、内[九]の大殿《おほいどの》の御随身《みずいじん》、この殿の御随身にさしとらせていにける《受け取らせて行ったのは》、ありし《先日の》筥《はこ》の蓋《ふた》に、白銀《しろがね》の冊子《さうし》筥《ばこ》をするゑたり。鏡おし入れて、沈《ぢん》の櫛・白銀の笄《かうがい》[一〇]など、使の君の鬢《びん》かかせたまふべきけしきをしたり《鬢をおととのえになるようにとの体裁にしてある》。筥[一一]の蓋に葦手《あしで》[一二]にうち出でたるは、日蔭[一三]の返りごとなめり。文字[一四]二つ落ちて《抜けていて》、あやしう《どうも変だし》、〔さらに〕事の心たがひてもあるかなと見えしは《事の趣旨がくい違っているなと思われたのは》、かの大臣の、宮より《中宮から》と心得たまひて、かうことごとしくしなしたまへ《このように大げさになさったものだったのだ》

一 語義は不確かだが、無頓着に、ぐらいの意か。
二 年をとっているのを頼みとして隠れている。「高家」は頼る所、逃げ場所。
三 素姓未詳。中宮の童女。
四 左京大夫源明理の女。中宮の若い女房。
五 十一月下《しも》の酉《とり》の日が賀茂神社の臨時の祭。祭の使は帝の名代として御幣を捧げ、宣命を読む等をする。
六 道長の五男教通。母倫子。従四位上右近衛権中将兼近江介。十三歳。
七 帝が物忌の日。その日参内しても公儀に参加できない。そこで公儀の日が帝の物忌に当る時は、関係ある侍臣は前日から参内し、宿直するならわしであった。
八 作者の局が細殿にあったらしい。「細殿」は六〇頁注五参照。
九 内大臣藤原公季。弘徽殿女御の父。
一〇 鬢をかきあげるのに用いる細長い具。
一一 冊子筥の蓋であろう。
一二 流水・葦・岩・水鳥など水辺の風物を描き、そこに絵画化した文字を散らし書きにしたものをいう。
一三 左京に先日贈った「しるき日かげ」の歌の返事らしい。
一四 この時の歌は、『後拾遺集』に藤原長能《ながとう》の歌として、「日かげ草輝くかげやまがひけむますみの鏡曇らぬものを」とある。長能は代作したのであろう。先日は日光の輝きで人をお間違えになったのでしょう。これをさし上げる方はこの鏡のようにはっきりしていますのに、の意。

一五 祭の使が出発する前に清涼殿（一条院では中殿）の前庭で使や舞人に帝から宴を賜い、舞人が舞を演ずる等のことがあり、倫子はそれらを見物しに来たのである。

一六 祭の使の插頭《かざし》は藤の花で造花。冠の左にさす。

一七 大中臣輔親の妻。教通の乳母。見物《みもの》である舞人の方には目もくれず教通の成人ぶりに涙したのである。

一八 賀茂の社頭の儀が終り、夜宮中に帰って御前で神楽が行われる。これを還立《かえりだち》の御神楽という。二十八日は、御物忌であったから二十八日中に帰れない。そこで、御物忌の明ける二十九日の丑《うし》の刻（午前一時～三時）に帰り、夜明けまでのわずかな間神楽が行われたのである。

一九 正六位上左近将監尾張兼時。神楽の舞の名手。

二〇 臨時の祭の後間もなく里に帰っていたらしい。正月のための参上か。

二一 作者の宮仕えの時のことを語る唯一の資料である。宮仕えの年については、寛弘二年、寛弘三年等の説がある。

るなりけりとぞ聞き《〔後で〕》はべりし。はかなかりしたはぶれわざを《ちょっとしたいたずらだったのに》、いとほしう《気の毒なことにも》ことごとしうこそ《大げさに〔おとりになって〕》。

殿の上も、まうのぼりて《参上して》もの御覧ず[一五]。使の君の藤かざし[一六]て、いとものものしく《堂々と》おとなびたまへるを、内蔵《くら》[一七]の命婦は、舞人には目も見やらず、うちまもりうちまもりぞ泣きける《見つめては泣き見つめては泣きしていた》。

御物忌なれば、御社《みやしろ》より、丑《うし》の時にぞ帰りまゐれば、御神楽《かぐら》[一八]などもさまばかりなり《ほんの形式だけである》。兼時《かねとき》[一九]が、去年《こぞ》まではいとつきづきしげなりしを《いかにもうってつけの感じであったのに》、こよなくおとろへたるふるまひぞ、見知るまじき人の上なれど《自分には関係のない人の身の上だが》、あはれに《感概深く》、思ひよそへらるること《〔わが身に〕なぞらえて思われることが》おほくはべる。

年の暮

十二月二十九日 里より参上・述懐

[二〇]師走《しはす》の二十九日に参る。[二一]はじめて参りしもこよひのことぞかし。いみじくも夢路にまどはれしかな《〔あの時は〕全く夢の中でまごついているようだったなあ》と思ひ出づれば、こよなく立ち馴れにけるも《〔今は〕すっかり馴れきってしまったのも》、うとましの身のほどや《いやなわが身だな》とおぼゆ。

夜いたう《〔帰参した時は〕》ふけにけり。御物忌《〔中宮は〕》におはしましければ、御前にも参らず、心細くてうちふしたるに、前なる人々《女房達が》の、「内裏《宮中という所はやはり》わたりはなほ《［ほかとは］全く様子が違っているわ》いとけはひことなりけり。里にては、今は寝なましものを《今頃は寝ているでしょうに》。さも[一]いざとき沓《くつ》のしげさかな」と、色めかしく《色っぽく》いひゐたるを聞き、

[二]年暮れてわがよふけゆく風の音に
　　こころのうちのすさまじきかな

とぞひとりごたれし。

大晦日《つごもり》の夜　宮中での引剝《ひきはぎ》

つごもりの夜《大みそかの夜》、追儺《ついな》[三]はいととく果てぬれば、[四]はぐろめつけなど、はかなきつくろひどもすとて《ちょっとしたお化粧をしようと》、うちとけゐたるに《くつろいでいたところへ》、弁[五]の内侍《ないし》来て、物語して、臥《ふ》したまへり。

内匠《たくみ》[六]の蔵人《くらうど》は長押《なげし》[七]の下《しも》にゐて、あてき[八]が縫ふものの、かさね[九]、ひねり教へなど、つくづくとしゐたるに《しんみりとしていたところ》、御前のかたにいみじくののしる《大声がする》。内侍起こせど、とみにも《すぐにも》起きず。人の泣きさわぐ音の聞こゆるに、いとゆゆしく《恐ろしく》、ものもおぼえず。火《火事》かと思へど、さにはあら

一 ほんとに寝つけないほど、しきりに沓《くつ》の音がするわね。「沓」には、麻製・革製・木製等がある。女の局を訪れる男や警固の役人の沓音であろう。
二 今年も暮れて私の齢も老いてゆく。折から吹いてゆく夜ふけの風の音を聞いていると、心が寒々して寂しいことだ。「よ」は年齢の意の「よ」と「夜」の、「ふけゆく」は年をとる意と夜が更けてゆく意の懸詞。
＊ 十二月二十日には若宮の誕生百日のお祝いがあったが、作者は里にいて見なかったためか一言もふれていない。色めいた若い女房達の会話になじめないで寂しい思いの年末である。
三 大晦日の夜、悪鬼を追いはらうための朝廷の儀式。「儺《な》やらひ」ともいう。
四 鉄を酢《す》につけて酸化させ、これに五倍子《ふし》の粉をつけて歯を黒く染める液。おはぐろ。
五 中宮の女房。源扶義の後妻藤原義子とするが未詳。内裏女房にも同名の者がいる。同一人か。
六 中宮の女房。女蔵人。素姓未詳。
七 母屋と廂、廂と簀子との境に横に渡した材木。この「長押の下」は廂の間。
八 中宮の童女。素姓未詳。
九 布の重ね方や捻《ひね》り方などを教えるのであろう。「ひねり」は、単衣《ひとえ》の袖口や褄を縫いつけず、糊をつけて捻っておく仕立方の一種。

ず。「内匠の君いざいざ」と先におしたてて、「ともかうも《ともかく》、宮下《しも》[一〇]におはします、まづ参りて見たてまつらむ」と、内侍をあららかにつきおどろかして《起して》、三人震《ふる》ふ震ふ、足も空にて《足も宙に浮いた思いで参上すると》参りたれば、裸《はだか》[一一]なる人ぞ二人ゐたる。靫負《ゆげひ》[一二]・小兵部[一三]なりけり。かくなりけりと見るに《こういうことだったのだ》、いよいよむくつけし《気味が悪い》。

御厨子所《みづしどころ》[一四]の人もみな出で、宮のさぶらひ[一五]も、滝口《たきぐち》[一六]も、儺《な》やらひ[一七]果てけるままに、みなまかでにけり《退出してしまったのだ》。手をたたきののしれど《大声で人を呼ぶけれど》、いらへする人もなし。御膳宿《おものやどり》[一八]の刀自《とじ》を呼び出でたるに《呼び出したが》〔その刀自に〕、「殿上に〔いる〕[一九]兵部の丞《じよう》といふ蔵人呼べ呼べ」と、恥《はぢ》[二〇]もわすれて口づからいひたれば、たづねけれど、〔兵部丞は〕まかでにけり。つらきことかぎりなし《恨めしいことはこの上もない》。式部の丞[二一]資業《すけなり》ぞ参りて、ところどころ《あちらこちらの》のさし油[二二]ども、ただひとりさし入れられて[二三]ありく。

人々《女房達の中には》、ものおぼえず《ぼんやり顔を見合わせているものもある》向かひゐたるもあり。上《うへ》より御使[二四]などあり。

一〇 天皇の御座所の清涼殿（一条院では中殿）に召されている場合に対し、中宮の常の御座所（一条院では東北の対）を下《しも》といったもの。

一一 引剝により裸にされたのである。

一二 中宮の女房。素姓未詳。

一三 中宮の若い女房。六位蔵人藤原庶政の女らしい。

一四 御厨子所の男の官人。「御厨子所」は食膳を調達する所で、後涼殿の西廂にある（一条院では不明）。

一五 中宮職所属の侍。

一六 蔵人所に属し、滝口の陣に詰めて禁衛にあたる武士。

一七 悪鬼を追い払うこと。「追儺《ついな》」である。

一八 「御膳宿」は、お膳を設けておく所。「刀自」は、身分の低い女官をいう。

一九 藤原為時の長男惟規《のぶのり》。紫式部の弟（一説に兄）。当時兵部丞で六位蔵人。後、式部丞となっている。

二〇 作者と刀自の間には身分の差が大きく、直接命令することは宮廷社会の秩序に反した。今直接命じたことは我を忘れ取り乱したことで恥と思ったのである。

二一 藤原資業。式部丞で六位蔵人。敦成親王の家司。父は参議有国。母は一条天皇の乳母で敦成親王の乳付役の橘徳子。

二二 灯台の油皿につぎたす油。

二三 諸本「られ」とあるが、「らる」の用い方として不審。「られ」はあるいは衍字《えんじ》かもしれない。

二四 天皇から中宮へのお見舞の使。

一 累代の御物や衣服などを納める所で、宮中では宜陽殿にある。一条院では不明。
＊ 皇子誕生というめでたい年のとじめに宮中で引剝《ひきはぎ》という恐ろしい事件。この事件の描写は『源氏物語』の夕顔の巻を思い出させる。泣き声を聞いてまず中宮の安否を気づかったが、安泰で何よりであった。

寛弘六年

二 お正月は不吉なことを口にしてはいけないのに、昨夜の盗難のことを話さずにはいられないのである。
三 陰陽道で諸事に凶であるとする日。
四 正月、小児の頭上に餅をのせて祝言する儀式。
五 恐らく戴餅の儀のためであろう。若宮が三日に初めて清涼殿へ参上したのである。
六 源扶義の女廉子。倫子の姪で中宮の上﨟女房。
七 紅の打衣《うちぎぬ》に葡萄染の表着。
八 白い布を型木にのせ摺り染めにしたもの。
九 紅梅の織物の表着に濃い紅の搔練の打衣。
一〇 地摺の中の一つで多くの色を用いた摺り染め。
一一 襲の色目。表白、裏濃紫、または表白、裏赤花。
一二 経《たていと》緯《よこいと》ともに蘇芳の染め糸(紫色)で織ったもの。
一三 以下は三日間の装束を一括して述べている。
一四 襲の色目。「萌黄」は表薄青、裏縹《はなだ》。または、表

いみじうおそろしうこそはべりしか。[一]納殿《をさめどの》にある御衣《ぞ》とり出でさせて、この人々に賜ふ。朔日《ついたち》の装束はとらざりければ、さりげもなくてあれど、裸姿《はだかすがた》はわすられず。おそろしきものから、をかしうともいはず。

何もなかったように　恐ろしいものの〔一方おかしくもあるが〕　しているが

正月一日～三日　中宮のお給仕・御戴餅《いただきもちい》

正月一日、[二]言忌《ことい》みもしあへず。[三]坎日《かんにち》なりければ、若宮の[四]御戴《いただき》餅《もちひ》のこと停《と》まりぬ。[五]三日ぞまうのぼらせたまふ。ことしの御まかなひは、[六]大納言の君。装束、朔日《ついたち》の日は、[七]紅、葡《え》萄染《びぞめ》、唐衣《からぎぬ》は赤色、[八]地摺《ぢずり》の裳。二日、[九]紅梅の織物、搔練は濃き、青色の唐衣、[一〇]色摺の裳。三日は、唐綾《からあや》の[一一]桜がさね、唐衣は[一二]蘇芳《すはう》の織物。[一三]搔練《かいねり》は、濃きを着る日は紅はなかに、紅を着る日は濃きをなかになど、例のことなり。[一四]萌黄《もえぎ》・蘇芳・山吹の濃き淡《うす》き・紅梅・淡色《うすいろ》など、つねの色々をひとたびに六つばかりと、表着とぞ、いとさまよきほどにはべる。

今年の〔中宮の屠蘇の〕お給仕は〔その〕　搔練〔の打衣〕は濃い紅　〔の表着に〕　〔紅〕　いつものとおりである　普通の色目の袿を　とても体裁のよい着こなしである

[一五]宰相の君の、御佩刀《みはかし》とりて、殿の、《〔若宮を〕》いだきたてまつらせたまへるにつづきて、《〔戴餅のため清涼殿へ〕》まうのぼりたまふ。紅の[一六]三重《みへ》五重《いつへ》、三重五重と《〔色を〕》まぜつつ、《〔それは〕》おなじ色の打ちたる[一七]七重《ななへ》に、一重《ひとへ》を縫ひかさね、[一八]かさねまぜつつ、上におなじ色の[一九]固紋《かたもん》の五重、[二〇]袿《うちき》、葡萄染の浮紋《うきもん》の[二一]かたぎの紋を織りたる、縫ひざまさへ《縫い方までも気がきいている》かどかどし。三重がさねの裳、赤色の唐衣、[二二]ひえの紋《模様》を織りて、しざま《〔模様の〕作り方も》もいと唐めいたり。いとをかしげに髪などもつねよりつくろひまして《いつもより一段ととのえてあって》、やうだいもてなし《容姿や態度も》、らうらうしく《物馴れていて》をかし《すばらしい》。たけだち《背丈もほどよい高さで》よきほどに、ふくらかなる人の、顔いとこまかに《ととのって》、にほひ《色つやも美しく思われる》をかしげなり。

大納言の君は、いとささやか《小柄で》に、ちひさしといふべきかたなる人《むしろ小さいといってもよい方の人で》の、白ううつくしげに、つぶつぶと肥えたるが《まるまると太っているのだが》、うはべはいとそびやかに《見た目にはとてもすらりとしていて》、[二三]髪、丈《たけ》に三寸ばかりあまりたるすそつき《〔その〕裾の様子》、[二四]髪ざしなどぞ、すべて似るものなくこまかにうつくしき《よくととのっていて美しい》。顔もいとらうらうしく《愛らしく》、

裏ともに萌黄。「蘇芳」は表薄茶、裏濃赤。「山吹」は表薄朽葉《うすくちば》、裏黄。「紅梅」は表紅、裏紫または蘇芳。「淡色」は表薄縹、裏薄紫または白。

一五 大納言道綱の女豊子。道長の姪で中宮の上臈女房。

一六 紅の濃淡の三枚の衣を色目の一組にしたものと五枚の衣を一組にしたものを一緒に縫ったのであろう。

一七 三重五重の衣の地についての説明。この八枚の中の砧《きぬた》で打ってつやを出した衣七枚と打衣でない一枚を縫いつけたものと思われる。

一八 打衣と打衣でないのをまぜて重ねるのである。八枚のものが二組ということになる。

一九 経《たていと》緯《よこいと》ともに染めた生糸で紋を浮かさず堅く織った織物。

二〇 諸本「うちき」とあるが、「うはき」（表着）の意で用いたのであろう。

二一 「かたぎ」は樫や柏など薪炭用材となる堅い木で、その木の葉を浮紋にしてあるのか。あるいは、「かたぎ」は「型木」で、それで摺り出す模様を織り出してあるということかもしれない。具体的にはここでは不明。

二二 「ひえ」は「ひし」（菱）の誤りであろう。

二三 髪が長く多いことは女の容姿に重要な要素であった。

二四 額のあたりの髪の生え具合。

一「宮の宣旨」のことで、中納言源伊陟の女陟子かといわれる。

二 宣旨の髪が仮髪よりも一尺ほど長いというのである。「仮髻《すゑ》」は髪の上をおおう仮髪で、儀式に用いるようである。

＊お正月の中宮のお膳の給仕役の大納言の君の衣裳から、若宮の守り刀を持った宰相の君の衣裳を述べることへ移り、続いて宰相の君と大納言の君の容姿態度を讃美、そしてこの二人の女房と同様上臈の女房である、宣旨の君の容姿態度を讃美する。所詮、中宮の第一級の女房達の讃美であり、他の女房達を批評する次の文の枕ともなっている。

消息

女房の容姿

三 ここから一〇〇頁一二行目までは消息文の体裁である。日記体では書けないさまざまのことを消息体に文体をかえて書こうとしているのである。消息の受け手は架空であろう。（解説参照）

——宰相の君

四 従三位左兵衛督藤原遠度の女《むすめ》。遠度は師輔の子、道長の叔父に当る。一説に菅原輔正の女かともいう。

五「宰相の君」という女房には、藤原道綱の女の豊子がいるのでそれと区別して、北野三位すなわち遠度

身ごなしなどは　可憐で　物やわらかである
もてなしなど、らうたげになよびかなり。

小柄な感じの人で　とてもほっそりと背が高く
一宣旨《せんじ》の君は、ささやけ人の、いとほそやかにそびえて、髪のすぢ

ととのって美しく
こまかにきよらにて、二生ひさがりの仮髻《すゑ》より一尺ばかりあまりたま

全くこちらが恥ずかしくなるほど　限りなく上品な様子をしていらっしゃる
へり。いと心はづかしげに、きはもなくあてなるさましたまへり。

物陰から思いがけず歩み出ておいでになった時でも　煩わしいほどに気をつかわずにいら
ものよりさしあゆみて出でおはしたるも、わづらはしう心づかひせ

れない気がする　上品な人とはこういうものなのだろうと　気立てにも　ちょっとも
らるるここちす。あてなる人はかうこそあらめと、心ざま、ものう

のをおっしゃるのにも
ちのたまへるも、おぼゆ。

お話し申し上げたら　口が悪いということに
三このついでに、人のかたちを語りきこえさせば、ものいひさがな

なりましょうか　［それも］現存の人ではね　現に顔を合わせている人　面倒だ
くやはべるべき。ただいまをや。さしあたりたる人のことは、わづ

し　どうかななどと　［容姿が］少しでも不十分に思える人については
らはし、いかにぞやなど、すこしもかたほなるは、いひはべらじ。

体つきが
四宰相の君は、五北野の三位のよ、ふくらかに、いと六やうだいこまめ

才気の感じられる顔立ちをした人で　長く付
かしう、かどかどしきかたちしたる人の、七うちゐたるよりも、見も

き合っていくうちに格段に見まさりがし　物なれていて　口もとに　気のおける
てゆくにこよなくうちまさり、らうらうしくて、口つきに、はづか

の女のあの宰相の君だと説明したのである。
六 諸本「こまめかし」とあるが、「いまめかし」の誤りか。
七 何気なく一緒に坐っていた頃よりも。「うちみたる」の誤りかもしれない。

——小少将の君

八 源時通の女。倫子の姪。源則理と結婚したが別れて後、中宮の女房となる。
九『源氏物語』で、女三の宮を二月二十日頃の青柳のしだれはじめた感じだとたとえている。
一〇 人目に立つのを恥ずかしがり。
* 小少将の君は作者の親密感をもった女房である。なよやかな美しさ、遠慮がちな性格、そして不幸な身の上、作者のいたわりを誘ったのであろう。

——宮の内侍

一一 中宮の女房、橘良芸子。もと東三条院の女房。

しげさも《ような気品も》、にほひやかなる《美しい色つやも》ことも添ひたり。もてなし《物腰》など、いとびびしく《全くほどよく》、はなやかにぞ見えたまへる。心ざまもいとめやすく《気立ても全く難点がなく》、心うつくしき《心も素直だが》ものから、またいとはづかしきところ《一面とても気おくれするような気品が》添ひたり。

[八]小少将の君は、そこはかとなく《どことなく》あてになまめかしう《上品で美しく》、[九]二月ばかりのしだり柳のさましたり。やうだいいとうつくしげに《姿態はとても美しく》、もてなし心にくく《物腰は奥ゆかしく》、心ばへ《性質》なども、わが心とは思ひとるかたもなきやうに《自分自身の心では何も決めようがないというように》ものづつみをし《遠慮をして》、いと[一〇]世をはぢらひ、あまり見苦しきまで子めいたまへ《見るにしのびないほど純でいらっしゃる》り。腹きたなき人《意地の悪い人や》、あしざまにもてなしいひつくる人あらば《ひどい扱いをしたり悪い噂をたてたりする人がいると》、やがて《すぐに》それに思ひ入りて《そのことばかり思いつめて》、身をも失ひつべく《死んでしまいそうに》、あえかにわりなきところついたまへる《弱々しくてどうしようもないところがおありなのが》ぞ、あまりうしろめたげなる《あまりにも気がかりな感じである》。

[一一]宮の内侍ぞ、またいときよげなる《きれいな》人。丈だちいとよきほどなるが《背丈はちょうどよいくらいだが》、ゐたるさま《坐っている様子や》、姿つき《体の格好は》、いとものものしく《実に堂々として》、今めいたるやうだいにて《晴れやかな体つきで》、こまかにとりたててをかしげにもみえぬものから《いちいち取り立てて「どこに」魅力があるというようには見えないが》、いとものきよげ《清楚で》

一にそびそびしく、二なか高き顔して、色のあはひ《〔髪と〕顔の色合や〔肌の〕》、白さなど、人にすぐれたり。かしらつき《頭の格好》、髪ざし《前髪の生え具合》、額つき《額の様子》などぞ、あなものきよげと見えて《まあきれいなことと思われて》、はなやかにあいぎやうづきたる《愛らしさがある》。三ただありにもてなして、心ざまなどもめやすく《性格も難がなく》、つゆばかりいづかたざまにもうしろめたいかたなく《どの方面でも気づかわしいところが少しもなく》、すべてさこそあらめと《あのようであるべきだと》、人のためしにしつべき《人の手本にしたいような》人がらなり。艶《えん》がりよしめくかたはなし《気取ったり風流心があるようにすることはない》。

四式部のおもとはおとうと《妹》なり。いとふくらけさ過ぎて肥えたる人《全くふっくらという程度をこえて太っている人で》の、色いと白くにほひて《つややかで》、顔ぞいとこまかによくはべる《顔はよくととのってよい器量です》。髪もいみじく《非常に》うるはしくて《きちんとしているが》、長くはあらざるべし、五つくろひたるわざして宮には参る《中宮に出仕した》。ふとりたるやうだい《〔その折は〕太った体つきが》の、いとをかしげにも《とても魅力的でしたよ》六はべりしかな。七まみ、額つき《額の様子》など、まことにきよげなる《きれいである》。うち笑みたる《にっこりした時は》、あいぎやうもおほかり。

若人の中に、かたちよし《器量がよい》と思へる《〔皆が〕》は、八小大輔《こたいふ》・九源《げん》式部など。大輔

一 「そびそびし」は「そびゆ」の語幹からできた語で、すらりとしたさまをいうようである。
二 中央の高い感じの顔。鼻筋の通った顔をいうのであろう。
三 気取らず、ありのままに振舞って。
＊ 「艶がりよしめくかたのな」いこの美点は、後で作者の批判する女房達にないもので、人の手本にしたいというのもそのためであろう。

——式部のおもと

四 橘良芸子の妹。上野介《こうずけのすけ》橘忠範の妻で、寛弘三年（一〇〇六）夫と死別し、その後中宮に出仕したらしい。
五 かつらをつぎたしたのであろう。
六 式部のおもとが中宮に出仕した当時を回想しているため用いられた助動詞。
七 物を見る目つき。目もとの意にもとれる。
＊ 北野三位の宰相の君以下ここまでは、上臈の女房達の容姿について述べられている。

——若く美しい女房達

八 中宮の女房。素姓未詳。一説に伊勢大輔を古参の大輔の命婦と区別して小大輔と呼んだのではないかという。三〇頁参照。

九 中宮の女房。従五位下加賀守源重文の女。三〇頁参照。

一〇 中宮の女房。左京大夫源明理の女。三〇頁参照。

一一 中宮の女房。素姓未詳。肉親または夫が大宰少弐だったのであろう。

一二 小大輔以下の若くて美人と思われている女房達。

＊ 少弐はここに出るだけである。小大輔が大輔と同じなら、少弐以外は、敦成親王の五夜の産養のお膳を運ぶ役に選ばれた若く美しい女房達である。三〇～三一頁参照。

――以前宮仕えしていた女房

一三 中宮の女房。素姓未詳。この文を執筆当時以前に退下《たいげ》し、あるいは死亡していたらしい。

一四 もと通り童女でいさせたい様子だったが。「童女」は童女姿《わらわすがた》をした召使。

一五 この表現から、宮木の侍従の死亡が感じられる。

は、ささやかなる人の《小柄な人で》、やうだいいと今めかしきさまして《体つきはとても若々しい様子で》、髪うるはしく《きちんとしていて》、もとはいとこちたくて《以前はとてもたくさんあって》、丈《たけ》に一尺余《よ》あまりたりけるを、おち細りてはべり《少なくなっています》。顔もかどかどしう《才気が感じられ》、あなをかしの人やとぞ《ああすてきな人だことと》見えてはべる。かたちはなほすべきところなし《難点をつけるようなところがない》。源式部は、丈よきほどに《背丈も適当で》そびやかなるほどにて《すらりとしている方で》、顔、こまやかに見るままにいとをかしく《よく見るにつれて美しく感じられ》、らうたげなる《可憐な感じで》けはひ、ものきよくかはらかに《すがすがしくさっぱりしていて》、人のむすめ《良家のお嬢さん》とおぼゆるさましたり。一〇小兵衛・一一少弐《せうに》なども、いときよげにはべり。一二それらは、殿上人の見残す、すくなかなり《見過すことは少ないようである》。誰も、とりはづしてはかくれなけれど《うっかりすると人に知れわたるものだが》、人ぐまをも用意するに《人の見ない所でも用心しているので》、かくれてぞはべるかし《気づかれずにいるのですよ》。

一三宮木の侍従こそいとこまかにをかしげなりし人《〔顔が〕ととのって美しかった人である》。いと小さく細く、一四なほ童《わらは》にてあらせまほしきさまを、心と老いつき《自分から老いこんで》、やつしてやみはべりにし《剃髪してそれっきりになってしまいました》。髪の、袿《うちき》にすこしあまりて《袿の丈に少し余っていたが》、末をいとはなやかにそぎ《美しく切り揃えて》て参りはべりしぞ、一五果てのたびなりける《出仕の最後の時であった》。《〔尼姿の〕》顔もいとよかりき。

[一]五節《ごせち》の弁といふ人はべり。[二]平《へい》中納言の、むすめにしてかしづくと[三]聞きはべりし人。[四]絵にかいたる顔して、額いたうはれたる人の、まじりいたうひきて、顔も、ここはやと見ゆるところなく、色白う、手つきかひなつき、いとをかしげに、髪は、見はじめはべりし春は、丈に一尺ばかりあまりて、こちたくおほかりげなりしが、あさましう分けたるやうに落ちて、[五]すそもさすがに細らず、長さはすこしあまりてはべる[六]めり。

[七]小馬《こま》といふ人、髪いと長くはべりし。むかしはよき若人《わかうど》、いまは[八]琴柱《ことぢ》に膠《にかは》さすやうにてこそ、里居してはべるなれ。

かういひいひて、心ばせぞかたうはべるかし。それもとりどりに、いとわろきもなし。また、すぐれてをかしう、心おもく、かど、ゆゑも、よしも、うしろやすさも、みな具することはかたし。さまざま、いづれをかとるべきとおぼゆるぞ、おほくはべる。さもけしか

（傍訳）養女にして世話をしていたと／額がとても広い人で／目尻がとても長く／ここはまあと難点に思われる所がなく／手の様子や腕の様子が／実に美しく／多すぎるほどに多いようだったのが／意外にも／分けとったように少なくなったが／このように述べてきたが／気立てのよい人となるとなかなかないものです／それぞれ個性があり／しかし／格別に立派で／落着きがあり／才気や／たし／なみも／風流心も／信頼できる点も／各人各様／で／まあ実にけしか

一　中宮の女房。
二　従二位中納言平惟仲。寛弘二年（一〇〇五）六十二歳で死去。それは作者の宮仕え以前と考えられる。
三　平惟仲の生前に聞いたというより、五節の弁が宮仕えしていた頃聞いたと解すべきであろう。
四　引目《ひきめ》鉤鼻《かぎはな》の絵のような顔。
五　元来多すぎるほどだったので、へってもさすがに髪の裾が細くならずに、の意。
六　「めり」は、見たところ……のようだ、という意を表わす。断定せずに「めり」を用いたのは、五節の弁がこの頃は宮仕えから退いて、作者が会う機会が少なかったからであろう。
七　中宮の女房。三〇頁に「左衛門佐みちのぶがむすめ」とある。「みちのぶ」は高階道順であろう。この文執筆当時は宮仕えから退いていたことがここで分る。
八　『史記』の「廉頗藺相如《れんぱりんしょうじょ》列伝」に、「藺相如曰、王以レ名使レ括、若ニ膠レ柱而鼓レ瑟耳。括徒能読ニ其父書伝一、不レ知レ合レ変也」とあり、その他にも似た用例がある。琴柱は動かして調子を調えるものなのに、膠で固定させては曲に応じて変化させることができないので、一定の考えにのみ従い臨機応変の態度のとれない譬《たと》え。

人の心はさまざま

＊　中宮の女房の容姿の美点を述べることをここでしめくくり、心のすぐれた人はなかなかいないものだということを具体的に述べる序となっている。

らずもはべ《らん言い草ですこと》ることどもかな。

中将の君の手紙

九斎院に、一〇中将の君といふ人はべるなりと聞きはべる《いるようだと聞いていましたが》、たよりあり《つてがあって》て、人のもとに書きかはしたる文《ふみ》を、みそかに《こっそりと》一一人のとりて見せ《〔私に〕》はべりし。いとこそ艶に《とても気取って》、われのみ世にはもののゆゑ知り《自分だけがこの世では物事の情趣がわかり》、心深き《思慮の深さは》、た《例》ぐひはあらじ《があるまい》、すべて《〔自分以外の〕》世の人は心も胆《きも》もなきやうに思ひてはべるべかめる《感受性も分別心もないと思っているような》、見《手紙を》はべりしに、すずろに心やましう《むやみに不愉快で》、おほやけばらとか《他人事ながら腹が立つとか》、よからぬ人《いやしい人》のいふやうに、にくくこそ思うたまへられしか《憎らしく思われたことでした》。「文書《手紙の書》きにもあれ《きぶりであっても》、歌《〔また〕》などのをかしからむは《すぐれたのがあるなら》、一二わが院よりほかに、誰か見《お見》知りたまふ《分けになる方》人のあらむ。世に《今の世に〔歌の〕》をかしき人の生ひ出でば《すぐれた人が出現するなら》、わが院のみこそ御覧じ知るべけれ《ご鑑別になれるでしょう》」などぞはべる。

中将の君の手紙への反駁
―斎院の環境と女房

一三げにことわりなれど、わがかたざまのことをさしもいはば《自分の側のことをそんなにも言うのなら》、斎院《斎院方》より《から》出で来たる歌の、すぐれてよしと見ゆるも、ことにはべらず。ただ《〔斎院は〕》いとをかしう《実に風情があり》、よしよししうはおはすべかめるところのやうな《風流な生活をなさってはいらっしゃる所のようである》

九 天皇一代の間、賀茂神社に仕える未婚の内親王をいう。当時は、村上天皇の第十皇女選子内親王が斎院。選子内親王は、円融・花山・一条・三条・後一条の五代にわたり斎院となり、大斎院といわれた。斎院の御所は紫野の有栖川のほとりにあった。

一〇 斎院の女房。斎院の長官源為理の女。母は大江雅致の女（和泉式部の姉妹）。紫式部の弟惟規《のぶのり》の恋人。

一一 弟の惟規であろう。

一二 中将の君の仕える斎院。

一三 以下に中将の君の手紙に対する反駁《はんばく》をするのであるが、まず一応相手の意見を肯定し、その中から反駁の糸口を引き出すわけである。

り。さぶらふ人をくらべていどまむには、この見たまふるわたりの人に、かならずしも彼はまさらじを。

一つねに入り立ちて見る人もなし。をかしき夕月夜、ゆゑある有明、二花のたより、ほととぎすのたづねどころに、参りたれば、院はいと御心のゆゑおはして、所のさまはいと世はなれかんさびたり。また、まぎるることもなし。上にまうのぼらせたまふ、もしは、殿なむ参りたまふ、御宿直《とのゐ》なるなど、ものさわがしきをりもまじらずもてつけ、おのづから、三しかこのむ所となりぬれば、艶なることどもをつくさむ中に、何の奥《あう》なきいひすぐしをかはしはべらむ。

四かういと埋《むも》れ木を折り入れたる心ばせにて、五かの院にまじらひはべらば、そこにて知らぬ男に出であひ、六ものいふとも、人の、奥なき名をいひおほすべきならずなど、心ゆるがして、おのづからなまめきならひはべりなむをや。まして、若き人の、かたちにつけて、

〔しかし〕お仕えしている女房を比較して優劣を争うなら 私が見ておりますこちらの女房に
あちらはまさっていないでしょうに
〔斎院に〕 美しい夕月〔の頃〕 風情のある有明〔の頃〕
参上してみると 斎院様は実に
お心が風流であらせられ 場所柄は実に俗界から離れていて神々しい
〔斎院は〕 雑事にとり紛れることもない 〔例えば中宮が〕清涼殿に参上なさるとか
〔殿が〕 お泊りになる 心の落着かないこともおこらないで身の廻
りをとりつくろい 気のきいた歌のかぎ
りを詠み出そうとする中では どんな 軽薄な言いそこないをしましょうか
お仕えしたなら
ば 応対に出て 〔周囲の〕者が 軽薄だ
との評判を〔私に〕負わせるはずがないなどと 元気を出して 色めい
た交際にきっと馴れるでしょうよ 若い女房で 容貌につけても

一 斎院は神域だから祭など特別の場合でない限り、人の出入りが少ないのである。

二 花見のために、あるいは、時鳥《ほととぎす》の声を聞きに行く所として、の意。「たより」は縁とか関係の意。「たづねどころ」は探し求めて行く所。

三 そのように風情をこのむ所。「しか」は、「をかしき夕月夜……ほととぎすのたづねどころ」となっていることをさす。

四 私のこのように世間から引き籠ったような心の者でも、の意。「埋れ木」は土や水の中に長い間埋れ、石のようになった木で、世から離れ見捨てられているさまに譬えられる。その埋れ木を更に土や水の中に折っておし入れたというので、引き籠ったさまを強調した譬喩を用いたものである。

五 斎院。

六 歌を詠み交わしたとしても。

としよはひにつつましきことなきが《年齢においても引け目をもたない者が》、おのおの心に入りてけさうだ《思う存分に色めかしくし》ち、ものをもいはむと《歌も詠み交わそうと》このみだちたらむは《本気になったなら》、七こよなう人に劣るもはべるまじ。

七 そんなにひどく斎院の女房に劣る者もないでしょう。

——中宮の環境と女房

されど内裏わたりにて《〔こちらは〕宮中であって》、明け暮れ見ならし《顔を見馴れて》、八きしろひたまふ《競争をなさる》女《にょう》御《ご》・后《きさい》おはせず、九その御方、かの細殿《ほそどの》と、いひならぶる御あたりもなく、男も女も、いどましきこともなきにうちとけ、宮のやうとして《競争心を燃やすこともないのに気を許してしまい〔また〕中宮の気風として》、色めかしきをば、いとあはあはし《軽薄だ》とおぼしめいたれば、すこしよろしからむと思ふ人は《少しはましにしていようと思う女房は》、おぼろけにて出でゐはべらず《並大抵のことでは〔男との応対に〕出ません》。心やすく《気軽に》、ものはぢせず、とあらむかからむの名をも惜しまぬ人《ああだろうこうだろうという人の評判を気にしない女房は》、一〇はたことなる心ばせ述ぶるもなくやは。たださやうの人のやすきままに《気がおけないからと〔男が〕》、立ち寄りてうち語らへば、一一中宮の人埋《うも》れたり、もしは用意なしなどもいひはべるなるべし。上臈中臈のほどぞ《上臈や中臈あたりの人々は》、あまり引き入りざうずめきてのみはべるめる《あまりにも引き込み上品ぶってばかりいるようです》。さのみして《そうばかりしていては》、宮の御ため、もののかざりにはあ《何の引き立て役にもならずに》

八 彰子の唯一の競争相手は皇后定子であったが、定子は、彰子が中宮になった長保二年（一〇〇〇）の十二月に崩じ、それ以後彰子の競争相手はいなかった。

九 何々の御方、何々の細殿の方と、中宮と並べていうようなお方もなく。女御や后は、その住んでいる建物の名（例えば弘徽殿とか桐壺など）をつけていうので「その御方」といったもの。「細殿」は建物の中の細長い廂の間をいい、一条院は建物も少ないので、細殿に住んでいる後宮の婦人がいて、それを「かの細殿」といったのであろう。

一〇 さすがに、中宮の意向とは違った色っぽい気持を述べることもないわけではない。

一一 中宮の女房は沈滞しているとか、あるいは風流の心得がないなどと、世間では噂するのでしょう。「埋れたり」というのは、男との応対に積極的に出る者がいないことから、また、「用意なし」は心やすく応対に出る一部の女房に対する印象から出た噂であろう。

らず、見苦し《〔かえって〕みっともない》とも見はべり。

一これらを、かくしりてはべるやうなれど、二人はみなとりどりにて、こよなう劣りまさることもはべらず《ひどく優劣があるものでもありません》。そのことよければ《すぐれていると》、かのことおくれなどぞはべるめるかし《劣ったりなどするようです》。されど、若人だにおもりかならむと《慎重に振舞おうと》まめだちはべるめる世に《まじめにしているような世に》、見苦しうざれはべらむも《〔上臈中臈の人々が〕みっともないほどふざけるのも》、いとかたはならむ《実に不体裁でしょう》。ただおほかたを《全体のこととして》、三いとかく情《なさけ》なからずもがなと見はべり。

――中宮の人柄と女房

さるは《とはいっても》、宮の御心あかぬところなく《不足なことは何もなく》、らうらうしく《洗練されていて》、心にくくおはしますものを《奥ゆかしくていらっしゃるのに》、あまりものづつみせさせたまへる御心に《控え目になさるご性分だから》、何とも《〔女房たちには〕》いひ出でじ《何も口出しすまい》、いひ出でたらむも《口にしたとしても》、四うしろやすく恥《はぢ》なき人は、世にかたいもの《ほんとになかなかいないもの》とおぼしならひたり《だと常にお思いである》。げに《その通り》、五もののをりなど、なかなかなることとし出でたる《なまじっかなことをしでかしたのは》、おくれたるには劣りたるわざなりかし《出来の不十分なのよりもよくないものであるよ》。ことにふかき用意なき人の《思慮のない人で》、六所につけてわれは顔なるが《得意顔をしている者が》、なまひがひがしきことどもを《どうも見当違いの数々を》、もののをりにいひ出だしたりけるを《ある特別の折に口にしたのを》、まだいとをさな《〔中宮が〕》

一 こんなことをいうと、上臈や中臈の女房をこのように心得ているようだが、の意。この表現には、上臈中臈の女房一人一人についてそう考えているわけではないという気持が含まれている。

二 批判した上臈中臈の女房も、一人一人を見れば人は皆各人各様であり、の意。

三 全くこんな批判のように、風情がないということはないようであってほしいと思います。「かく」は中宮の女房に対する世間の批判をさす。

四 することに安心感がもて、どこに出しても恥ずかしくない人。

五 年中行事や臨時にある特別の行事をさす。

六 その場所において。ここは中宮御所において。

きほどにおはしまして、世になうかたはなりと聞こしめし《またとなく聞き苦しいことだとお聞きになり》おぼほし《［そう］心底から》しみにければ《お思いになったので》、ただことなるとがなくて《特に目立つ欠点がなくて》過ぐすを、ただめやすきこ《全く無難なこととお考》とにおぼしたる御けしき《えになっているご意向に》に、七うちこめいたる人のむすめどもは、み《皆》ないとようかなひきこえさせたるほどに《とてもよくご意向にお応え申しているうちに》、八かくならひにけるとぞ《このような状態に馴れてしまった》心得てはべる《のだと解釈しています》。

――中宮御所と男達

［中宮は］今はやうやうおとなびさせたまふままに、九世のあべきさま、人の心のよきもあしきも、過ぎたるもおくれたるも《過度なのも不足なのも》、みな御覧じ知りて《お分りになり》、一〇この宮わたりのことを、殿上人もなにも《他の人も》目馴れて、ことにをかしき《特に興味のあることも》ことなしと思ひいふべかめりと《ないと思いもし言ってもいるようだと》、みな知ろしめいたり《ご存じになっている》。

さりとて、一一心にくくもありはてず、とりはづせば《ちょっと間違うと》、いとあはつけいことも《はなはだ軽薄なこと》出でくるものから《もおこってくるものだが》、なさけなく引き入りたる《無風流に引き込んでいる》、［女房達に］一二かうしてもあらなむと、おぼしのたまはすれど《［中宮は］お考えになりそうもおっしゃるけれど》、そのならひなほりがたく《その［今までの］習慣はなおりにくく》、また、今やうの公達といふもの《当世の貴公子方というものは》、一三たふるるかたにて、一四あるかぎりみな

七 子供らしい良家の子女達。「うちこめく」というのは子供のように悪ずれしていないこと。

八「かく」は上述のような中宮の女房の「埋れたり」「情なし」と批評されるような状態をさす。

九 世の中の本当の姿。「あべき」は「あるべき」の撥音便による「あんべき」の「ん」の無表記の形。

一〇 中宮御所のこと。

一一 男達が魅力を感じるように振舞い通せるものではなく、の意。

一二 このようにしてほしい、の意だが、「かう」の内容は具体的に書かれていない。文意からすれば、もっと積極的であってほしい中宮の気持を「かう」と表現したものと考えられる。

一三 周囲の気風に従う傾向があり。「たふる」は「倒る」であるが、屈する、靡《なび》く等の意。

一四 中宮御所へ出入りする「今やうの公達」はすべて中宮御所では生真面目なのである。ところが、斎院など風流を求めうる所では風流を求めることになるというのである。

一「斎院などやうの所にて」は「おのづからもとめ」へかかる。

二 普通の会話でも、歌や詩の言葉に関係づけて風流に解し、の意。「聞き寄す」は何かに関係づけて聞くこと。

三 私自身は中宮方の女房で、男の人達の評判を直接聞くことができないので、実際のところは知りようもない。「見る」は、経験する、際会するの意。

——中宮女房の応対

四「かならず」は「いらへをせむからに」にかかる。

五 ところがその当然のことができない、これをもって、難点のない人の心はめったにないというもののようです。

六 中宮大夫藤原斉信。この消息文を執筆したと考えられる寛弘七年当時は正二位権大納言。

七「させ」は使役。斉信が女房に中宮へ取りつがせるのである。

まめ人なり。一斎院などやうの所にて、〔公達は〕月をも見、花をもめづる、〔そういう〕ひたぶるの艶なることは《風流一方の気取った会話を》、おのづからもとめ《自然と望み》、思ひてもいふらむ《心がけてもするであろう》。朝夕《朝夕》たちまじり《出入りして》、ゆかしげなきわたりに《魅力の感じられないところで》、二ただごとをも聞き寄せ、〔自分でも〕うちいひ、もしは、〔男から〕をかしきことをもいひかけられて《興あることを話しかけられて》、いらへ恥なからずすべき人《返事を恥ずかしくない程度にできる女房は》なむ、世にかたくなりにたるをぞ《ほんとに少なくなったことを》、人々はいひはべる《男の人達は話題にしている》める《ようです》。三みづからえ見はべらぬことなれば、え知らずかし。

四かならず、人の立ち寄り、〔話しかけた時〕はかなきいらへをせむからに《ちょっとした返事をしようとしては》、にくい《不愉快な》ことをひきいでむぞあやしき《ことをしでかすのは困りものである》。いとようさてもありぬべきことなり《うまく応対してそれで当然なことである》。五これを、人の心ありがたしとはいふにはべるめり。などかかならずしも、面《おも》にくく引き入りたらむがかしこからむ《小づら憎いまで引き込んでいるのがよいことであろう》。また、などてひたたけて《どうしてだらしなく》さまよひさし出づべきぞ《ふらふらと人前に出しゃばってよいであろう》。よきほどに、をりをりのありさまにしたがひて、用ゐむことのいとかたきなるべし《配慮するということがとてもむずかしいのであろう》。

まづは《まず第一に》、六宮の大夫《だいぶ》参りたまひて、七啓せさせたまふべきことありけ

八 中宮大夫と応対なさることはめったにない。
九 応対に出たとしても何を話せよう。

一〇 一切自分の言葉を聞かれまいと思うこと。結局、一切応対に出ないことにしようということ。
一一 簾や几帳越しに自分のちょっとした振舞さえも知られまいとする、の意と考えられる。「見えじ」の下に「とす」というような語がほしい。「見えし」と読んで、上﨟女房のけはいを中宮大夫に見て取られたとする説があるが落着かない。
一二 中宮御所以外のよその女房は、そんなではなさそうである。「ざなる」は「ざるなる」の撥音便による「ざんなる」の「ん」の無表記の形。
一三 みな世のならわしに従うものなのに。女房として宮仕えに出た以上、男との応対に出るのが女房の役目であった。
一四 中宮大夫藤原斉信は、寛弘六年三月四日権大納言になっている。
一五 思っていらっしゃるようなので。「たなれば」は「たるなれば」の撥音便による「たんなれば」の「ん」の無表記の形。

るをりに、いとあえかに子めいたまふ《弱々しく子供っぽくていらっしゃる》上﨟たちは、[八]対面《たいめん》したまふことかたし。また、[九]あひても何事をか。はかばかしくのたまふべくも《はきはきおっしゃれそうにも思えない》見えず。言葉の足るまじきにもあらず《〔応対の〕言葉が十分でないからでもなく》、心の及ぶまじきにもはべらねど《理解力が足りないからでもありませんが》、つつまし《気がひける》、はづかしと思ふに、ひがごともせらるるを《つい間違いをしでかすので》、あいなし《いやなことだ》、[一〇]すべて聞かれじと、[一一]ほのかなるけはひをも見えじ。[一二]ほかの人はさぞはべらざなる。かかるまじらひなりぬれば《こういう宮仕えが始まると》、こよなきあて人も《とても高貴な生れの人も》、[一三]みな世にしたがふなるを、ただ《〔中宮の所では〕全く》姫君ながらのもてなしにぞ《〔宮仕え以前の〕姫君の時のままの振舞で》、みなものしたまふ《みないらっしゃる》。下﨟《げらふ》の出であふをば《応対に出るのを》、[一四]大納言こころよからずと[一五]思ひたまうたなれば、さるべき人々里にまかで《しかるべき女房達が実家に退ったり》、局なるもわりなき暇にさはるをりをりは《休憩で局におりている女房も差支えがあってどうにもならない時は》、対面する人なくて、まかでたまふ《退出なさる》ときもはべるなり。

そのほかの上達部、宮の御方に参り馴れ《中宮の御所へよく参上し》、ものをも啓せさせたまふは《物事を〔中宮へ〕お伝えさせなさる方は》、おのおの《めいめいが》、心寄せの人《ひいきの女房と》、おのづからとりどりにほの知りつつ《いつのまにか各人各様に親しんでいて》、

一 斎院方の人。中将の君を念頭においている。
二 中宮方の「埋れたり」と非難される点。
三 目も物のよしあしが分らないだろう。
四 自分の心をうまくはたらかすことは、むずかしいはずなのに。「かたかべい」は「かたかるべき」が音便で「かたかんべい」となり、「ん」が無表記の形。

——反駁の結び

＊ 斎院をほめちぎった中将の君の手紙への反駁は、斎院は中宮よりも風雅な環境に恵まれていることを述べ、中宮方の上﨟の女房が男の人に進んで応対しないため、中宮方の評判が悪いのも一理あると認めるが、しかし人間は一長一短があるのだから、人を非難し自分だけがよいとする態度は、浅はかな性根を示すものとしめくくる。これは上﨟の女房の態度の変革を希望し、一方、中宮方に対する一般の批判への弁護ともなっている。

和泉式部について

その人ないをりは、すさまじげに思ひて立ち出づる人々の《おもしろくないように思って退出する人々が》、ことにふれつつ《何か機会のある時は》、この宮わたりのこと《中宮方のことを》、埋《うも》れたりなどいふべかめるも、ことわりにはべる《一理あることです》。

一斎院わたりの人も、二これをおとしめ思ふなるべし《さげすむ気持になるのであろう》。さりとて、わがかたの《自分の方には》、見どころあり《いい所があり》、ほかの人は三目も見知らじ、ものをも聞きとどめじと《［よい］ものも心をとめて聞かないだろうと》、思ひあなづらむぞ《軽蔑するのは》、またわりなき《これまた筋が通らない》。すべて《総じて》人をもどく《非難する》かたはやすく《ことはたやすく》、四わが心を用ゐむことはかたかべいわざを、さは思はで、まづわれさかしに《自分は賢いという態度で》、人をなきになし《人をないがしろにし》、世をそしるほどに《世間を非難しているうちに》、心の《［当人の］》きはのみこそ見えあらはるめれ《性根の程度だけが見えすいてくるようだ》。

いと御覧ぜさせまほしうはべりし文書きかな《全くお見せ申し上げたいような手紙の書きぶりでした》。人の《ある人が》隠しおきたりけるをぬすみて《そっと取り出し》、みそかに《こっそりと》見せて、とりかへしはべりにしかば、ねたうこそ《残念なことで》。

五和泉式部《いづみしきぶ》といふ人こそ、おもしろう書きかはしける《興をそそる手紙をやりとりした人［である］》。されど、六和泉はけしからぬかたこそあれ、うちとけて文はしり書きたるに《気楽に手紙を走り書きにした時に》、そ《その》のかたのざえある人《方の［文章の］才のある人で》、はかない言葉のにほひも見えはべるめり《ちょっとした言葉の美しさも感じられるようです》。歌は、いとをかしきこと《うまく趣向をこらすこと》、ものおぼえ《古歌についての知識》、うたのことわり《歌のよしあしの判断［これらの点では］》、まことの歌《本》よみざまにこそはべらざめれ《当の歌人という感じではないようですが》、口にまかせたることどもに《口から出るにまかせたあれこれの歌に》、かならずをかしきひとふしの《魅力のある一点で》、目にとまるよみそへはべり《目にとまるものが詠みそえてあります》。それだに《そうであっても》、人のよみたらむ歌、難じことわりゐたらむは《非難し批評している場合には》、いでや《さあ》さまで《それほど》[七]心は得じ、口にいと歌のよまるるなめりと《実にうまく歌がつい口に出てくるのであろうと》ぞ、見えたるすぢにはべるかし《思われるたちの歌人ですよ》。は《気》づかしげの歌よみや《はずかしくなる立派な歌人だな》とはおぼえはべらず。

赤染衛門について

[八]丹波《たんば》の守《かみ》[九]の北の方をば、宮・殿などのわたりには、匡衡《まさひら》衛門とぞいひはべる。ことにやむごとなきほどならねど《格別すぐれているというほど［の歌人］ではないが［歌は］》、まことにゆゑゆゑ《風格があり》しく、歌よみとて《歌人だからといって》、よろづのことにつけてよみちらさねど、聞こえ《世に知ら》たるかぎりは《れているものはみな》、はかなきをりふしのことも《ちょっとしたその時々の歌も》、[一〇]それこそはづかしき口《立派なよみぶり》つきにはべれ。

五 大江雅致の女で橘道貞の妻。小式部内侍の母。為尊親王や敦道親王と愛情生活をもつ。寛弘六年初夏ごろ中宮の女房となり、後、藤原保昌の妻となる。
六 和泉の手紙にはよくない点があるのだが。自由奔放な和泉式部の行動が「けしからぬかた」とみるのが通説だが、前後の文は手紙について述べているから手紙に関してとみる。
七 歌というものが十分わかっていないのだろう。
＊ 和歌史の面からすると、当時は『古今集』以来の知的に趣向をこらした歌が尊ばれていた。ところが、和泉式部の歌は感情を素直に歌う新しい歌風であった。作者は伝統的な歌をよしとする立場から和泉式部の歌を批評している。因《ちな》みに、応徳三年（一〇八六）成立の『後拾遺集』には和泉式部の歌が最も多く選ばれ、六十七首も入集している。
八 大江匡衡。文章博士《もんじょうのはかせ》、式部大輔、東宮学士であったが、寛弘七年三月三十日丹波守に任ぜられた。
九 赤染衛門。赤染時用女。実は平兼盛女。大江匡衡の妻。挙周《たかちか》・江侍従《ごう》の母。倫子の女房で、中宮の所へも出入りした。当時女流第一の歌人で、『栄花物語』上編の作者といわれている。
一〇 和泉式部について「はづかしげの歌よみやとはおぼえはべらず」といったのに対していると思われる。

[一]ややもせば、[二]腰はなれぬばかり折れかかりたる歌を詠み出で、えもいはぬよしばみごとしても、われかしこに思ひたる人、にくくもいとほしくもおぼえはべるわざなり。

[三]清少納言こそ、したり顔にいみじうはべりける人。さばかりさかしだち、[四]まな書きちらしてはべるほども、よく見れば、まだいとたらぬことおほかり。かく、人にことならむと思ひこのめる人は、かならず見劣りし、行くすゑうたてのみはべれば、艶になりぬる人は、いとすごうすずろなるをりも、もののあはれにすすみ、をかしきことも見過ぐさぬほどに、おのづから、さるまじくあだなるさまにもなるにはべるべし。そのあだになりぬる人の果て、いかでかはよくはべらむ。

[五]かく、かたがたにつけて、ひとふしの思ひ出でらるべきことなくて、過ぐしはべりぬる[六]人の、ことに行くすゑのたのみもなきこそ、

何と も言うにたえない気取ったことをしてまでも 自分こそすぐれていると 見づらくも

得意顔をして大変鼻もちならない人です あれほどかしこがって 漢字を書きちらしているその学力も 不十分なこと 人とは違った特色を発揮しようと心がけそうしたがる人は 将来は悪くなってゆくばかりであるから 風流を気取ることになった人は ひどく殺風景で何でもない時でも しんみり感動しているように振舞い 興あることも見逃さないようにするうちに 見当はずれの実意のない振舞ともなるのでしょう その軽薄になってしまった人の「身の」最後は どうしてよいことがありましょう

一つとして心に思い浮ぶような取柄もなくて 人で これという将来の希望もない者は

一 ここからは、赤染衛門とは対照的な人物の作歌態度を非難する。

二 上の句と下の句が離れてしまいそうに腰折れになりかかった歌を詠み出し。

＊中宮の女房中第一の歌人の赤染衛門の歌や作歌態度をほめ、対照的な人物を非難。それは清少納言批判をよびおこしているようである。

清少納言について

三 清原元輔女。定子皇后の女房。『枕草子』の作者。

四 清少納言が漢字を書きちらしていたという資料はないが、『枕草子』には、漢学の才をひけらかしたところがいくつかあり、それらをさすのであろう。

＊皇后定子に対する一条天皇の愛情は深く、定子の崩後も、中宮彰子方の人々の定子一族に対する風当りは強かった。『枕草子』は定子の豊かな教養や人柄と、はなやかな日常を伝え、漢学の才を示しながらそこで活躍した清少納言の姿を伝えている。こうして定子のすばらしさを宣伝しえた清少納言に、紫式部は強い対抗意識をもっていたようである。

深い嘆きの現状

五 女房の容姿才能について述べてきたが、それらそれぞれの方面において、自分はどうかと考えてみるのである。

六 作者自身のこと。

七 廂《ひさし》の間《ま》の簀子に近いあたり。

なぐさめ思ふかただにはべらねど《なぐさめに思う点さえありませんが》、心すごうもてなす身ぞとだに思《せめてすさんだ振舞をする自分だとだけは思い》ひはべらじ《ますまい》。その心なほ失せぬにや《消えないのか》、物思ひまさる秋の夜も、[七]はしに出でゐてながめば《[外を]眺めたら》、いとど《以前より一層》、[八]月やいにしへはめでけむと、見えたるありさまをもよほすやうにはべるべし、[九]世の人の忌むといひはべる咎《とが》をも、かならず《[わが身は]》わたりはべりなむと、はばかられて、すこし奥に引き入りてぞ、さすがに心のうちにはつきせず思ひつづけられはべる。

風の涼しき夕暮、聞きよからぬ《聞きよくもない》[一〇]ひとり琴《ごと》をかき鳴らしては、[一一]なげきくははると、聞き知る人やあらむと、ゆゆしく《いまわしく》などおぼえはべるこそ、をこにもあはれにも《おろかしくもあり悲しいことでもあります》はべりけれ。

さるは《とはいっても》、あやしう《見苦しく》黒みすすけたる[一二]曹司《ざうし》に、[一三]箏《さう》の琴《こと》・[一四]和琴《わごん》しらべながら、心に入れて《気をつけて》[一五]「雨降る日、琴柱《ことぢ》倒せ」などもいひはべらぬままに、塵《ちり》つもりて、寄せたて《[箏や和琴を]》たりし[一六]厨子《づし》と柱とのはざまに[一七]首さし入れ

八 月を昔の人は賞美したろうか、老いるのをきらって賞美しなかったと、月が以前からわが身の老いを感じさせている有様を表わすことになるであろう、の意。「おほかたは月をもめでじこれぞこのつもれば人の老《おい》となるもの」（『古今集』雑上、在原業平）による表現。「いにしへはめでけむ」は諸本「いにしへほめてけむ」とあるが「ほ」は「は」の誤写と考えた。

九 月はさまざまの思いをさそうので、月を見ることは忌むならわしであった。そのならわしに従わねば物思いするという過ちを犯すのである。「咎」とは過失の意。

一〇 人に聞かせるのでなく独りで琴を弾くこと。

一一 「わび人のすむべきやどとみるなへになげきくははる琴の音ぞする」（『古今集』雑下、ならへまかりける時にあれたる家に女の琴ひきけるを聞きてよみていれたりける　良岑宗貞）による。自分の琴を聞いて、悩みごとがふえて嘆きが一段と加わったのかと分る人があるかもしれない、と思うのである。

一二 ここは自宅の部屋。

一三 箏は十三絃、和琴は六絃。

一四 琴柱を立てて調べをととのえたままで。「塵つもりて」へ続く。

一五 雨の日、琴柱を立てて絃を張ったままにすれば、湿気で絃がゆるみ、音が悪くなるからである。

一六 調度類を載せる置戸棚。

一七 琵琶の海老尾（棹《さお》の先端の部分）の方。

つつ、琵琶《びは》も左右に立ててはべり。

大きなる厨子ひとよろひ《一対》に、ひまもなく積みてはべるもの、ひと《〔その〕》つには、古歌《ふるうた》・物語のえもいはず虫の巣になりにたる《なったのがあり》、むつかしく《〔紙魚が〕気味悪く》はひ散れば《逃げ出すので》、あけて見る人もはべらず。片つかたに、書《ふみ》[一]ども、わざ《〔があり〕大》と置き重ねし人もはべらずなりにしのち《切に重ねて置いていた夫のいなくなった後は》、手ふるる人もことになし。それらを、つれづれせめてあまりぬるとき《所在なさがあまりにひどい時》、一つ二つ引き出でて見はべるを、女房あつまりて、「御前《おまへ》[二]はかくおはすれば、御幸《さいはひ》はすくなきなり。なでふ[三]女か真名書《まんなぶみ》は読む。昔は経読むをだに人は制しき」と、しりうごちいふを《陰口を言うのを》聞きはべるにも、物忌みける人の《縁起をかついだ人が》、行く《将来寿》するいのち長かめるよしども《命が長いようだということは》、見えぬためしなりと《例が見当らないことだと》、いはまほしくはべれど、思ひぐまなきやうなり《〔それでは〕思いやりがないようである》。ことはたさもあり《実際はやはり女房の言う通りでもある》。

よろづのこと、人によりてことごとなり《まちまちである》。誇りかにきらきらしく《いかにも得意そうに派手で》、ここちよげに見ゆる人あり。よろづつれづれなる人の《何かにつけ所在なくさびしい人が》、まぎるるこ《気のまぎれるこ》

一　漢籍。夫宣孝には何人もの妻や子供がいたし、作者との結婚生活はわずか二年余だから、宣孝の家に移ったとは考えにくく、一方宮仕えに出てからの作者が帰る所は「ふるさと」といい、生家と考えられる。従って、この漢籍は作者の家にあるもので、宣孝の生前使用したものなのであろう。

二　奥様。敬意をもって人をさす語。

三　どういう女の人が漢籍を読むでしょう。当時、女は正式に漢学を学ぶことはなかったし、漢籍を読むことはよしとされなかった風習による言葉である。

＊　さまざまの女性の容姿や才能について批評してきた作者は、自己のありようへと目を向ける。他者への目が自己へと向う。作者の常にたどる道である。『源氏物語』の作者として認められても、夫なき作者の心に未来は暗く、物思いは深い。もの悲しい秋の自分を見つめることになっている。

自己の性格と行動

となきままに《とのないままに》、[四]古き反古《ほんご》ひきさがし、[五]行ひがちに、[六]口ひひらかし、数珠《ずず》の音高きなど、いと心づきなく見ゆるわざなりと思うたまへて《〔他人には〕好感がもてないものだと存じまして》、心にまかせつべきことをさへ《自分の思うままにしてよい》、ただわが使ふ人の目にはばかり《目にふれるのを憚り》、[七]心につつむ。まして、[八]人のなかにまじりては、いはまほしきこともはべれど、[九]いでやと思ほえ、心得まじき人には《分ってくれそうにない人には》、いひてやくなかるべし《言っても無駄であろう》、ものもどきうちし《何かと文句をつけて》、われはと思へる人の前にては《我こそはと得意になっている人の前では》、うるさければ《面倒だから》、ものいふことも、ものうくはべり《気がすすまない》。[一〇]ことにいとしもののかたがた得たる人はかたし。ただ、[一一]わが心の立てつるすぢをとらへて《自分の心に立てた主義主張をとりあげて》、人をばなきになすなめり《他人を無視するもののようである》。

[一二]それ、心よりほかのわが面影をばつと見れど、えさらずさし向かひ《避けられずに》、まじりゐたることだにあり《皆と一緒に坐っていることさえある》。しかじかさへもどかれしと《かくかくとまで非難されたと》、はづかしきにはあらねど《恥ずかしいわけではないが》、むつかしと思ひて《〔弁解するのも〕面倒だと思って》、[一三]ほけ痴《し》れたる人にいとどなり果ててはべれば、「かうは推しはからざりき《〔あなたが〕こんな人だとは思わなかった》。いと艶に《とても気取って》、はづ《気がお》

四 思い出となる故人や友人等から来た手紙の類であろう。

五 仏前のお勤めに身を入れて。

六 口を盛んに動かして読経し。「ひひらかす」は、しきりに口を動かしてしゃべること。

七 心の中に納めて言動に出さない。

八 宮仕えに出て人の中に交わること。

九 さあどうかな、この人には言わない方がよい、と思われて。

一〇 特にあれもこれもすぐれている人は、そんなにいるものではない。「いとしも」は打消の語と呼応して、それほどは、の意。ここは「かたし」にかかっている。

一一 主語は「ものもどきうちし、われはと思へる人」。

一二 それについては、本心をかくした私の顔を人はじっと見るが。

一三 人前では、ますますぼけた人間のようになっているので。「ほけ痴る」は、ぼけて愚かになる意。

かしく、人見えにくげに、そばそばしきさまして、物語このみ、よしめき、[一]歌がちに、人を人とも思はず、ねたげに見おとさむものとなむ、みな人々いひ思ひつつにくみしを、見るには、あやしきまでおいらかに、こと人かとなむおぼゆる」とぞ、みないひはべるに、はづかしく、人にから[二]おいらけものと見おとされにけるとは思ひはべれど、ただこれぞわが心と、ならひもてなしはべるありさま、宮の御前《おまへ》も、「いとうちとけては見えじとなむ思ひしかど、人よりけにむつましうなりにたるこそ」と、のたまはするをりをりはべり。くせぐせしくやさしだち、[三]はぢられたてまつる人にも、そばめたてられではべらまし。

（け　近づきにくいように　よそよそしい様子をして　物語好きで　風流ぶって　憎らしいほどに人を軽蔑するような人だと　言いもし思いもして　会ってみると　不思議なくらいおっとりして　別人かと思われる　これが私の本性なのだと　振舞いなれている私の有様を　本当にうちとけては付き合えないだろうと　他の人よりずっと親しくなったのは［不思議だ］　癖があり恥ずかしそうにし［そのため］　うとまれずにいたいものです）

女のありかた

さまよう、すべて人はおいらかに、すこし[四]心おきてのどかにおちゐぬるをもととしてこそ、ゆゑもよしもをかしく、心やすけれ。もしは、色めかしくあだあだしけれど、[五]本性《ほんじやう》の人がらくせなく、[六]かた

（見苦しくないよう　人は穏やかにして　落着いているのを　たしなみも風流さも魅力があり　親しみがもてる　あるいは　色っぽく浮気ではあるが）

一 何かというと歌を詠み。歌が詠めることを鼻にかけたようにすぐ何でも歌に詠んで、の意。

二 「おいらか」という情態語を名詞化した「おいらけ」に「者」のついたもので、おっとりした者の意と考えられる。

三 ついいつも恥ずかしくお思い申し上げている方。中宮以外で「たてまつる」を用いる人だから、大納言の君・宰相の君・宣旨の君等か。

＊ 宮仕え前の作者は、人々から気取り屋で、人づき合いの悪い、気位の高い人物と考えられていたらしい。『源氏物語』の作者としてそんな印象をもたれ、評判にもなったのであろう。ところが、宮仕えに出た作者は、何をするにも周囲の思惑《おもわく》を考え、人と争うことを避け、「ほけ痴れたる」態度をとり、人々に予想とはちがった印象を与えたのである。

四 心構え。心の持ち方。

五 生来の人柄に癖がなく。

六 傍《そば》で見る者にとって、見っともない振舞をしないようにさえなれば。

はらのため見えにくきさませずだになりぬれば、にくうははべるまじ《いやな感じはしないであろう》。

われは[七]と、くすしくならひもち、けしきことごとしくなりぬる人は《態度が勿体ぶったふうになってしまった人には》、立ち居につけてわれ用意せらるるほどに《こちらで自然に注意するようになるから》、その人には目とどまる。目をしとどめつれば、かならず、ものをいふ言葉の中にも、来《来》てゐる《て坐る》ふるまひ、立ちて行くうしろで《後ろ姿》にも、かならずくせは見つけらるるわざにはべり。ものいひすこしうちあはずなりぬる人と《言うことが〔前後〕少しくい違うようになった人と》、人《他》の上うちおとしめつる人とは《人のことをけなした人とは》、まして耳も目もたてらるるわざにこそはべるべけれ《なおのこと耳をそばだて目を見はるようになるものでありましょう》。人のくせなきかぎりは《癖のない人にはすべて》、いか[八]ではかなき言の葉をも聞こえじとつつみ、なげ[九]の情《なさけ》つくらまほしうはべり。

人、すすみてにくいことし出でつるは《故意にいやなことをしでかした時は》、わろきことをあやまちたらむも《〔また〕あやまってまずいことをしたとしても》、いひ笑はむに《話題にし笑うことに》、はばかりなうおぼえはべり《遠慮のいらないことだと思われます》。いと心よからむ人は《至極心の美しい人には》、われをにくむとも、われはなほ人を思ひうしろむべけれど《自分はやはり〔その〕人に好意をもち世話をすべきだが》、

七 自分は人と違うのだと、神妙に振舞うことに慣れて。気取った態度をとるのが癖になっているのである。

＊『源氏物語』の帚木の巻では、男の立場から見た妻のあり方が論じられているが、この段では、女の側から見た女のあり方の論である。

八 何とかしてちょっとした噂でもお聞かせしないようにしようと遠慮し。「はかなき言の葉」は、その人に関するとりとめない噂とか批評をいうのであろう。「聞こえじ」の「聞こゆ」は「くせなき」人への敬愛の気持から用いられたのであろう。

九 お世辞の好意でも示したくなる。「なげの情」は心のこもらない、かりそめの好意。

いとさしもえあらず《とてもそんなにはできない》。慈悲ふかうおはする仏だに《仏でさえ》、[一]三宝そしる罪は浅しとやは説いたまふなる《軽いなんてお説きになっているだろうか》。まいて、かばかり濁り深き世の人は《これほど濁りきった世の人としては》、[二]なほつらき人はつらかりぬべし。それを《それなのに》、われまさりていはむと《自分がすぐれているように言おうと》、いみじき言の葉をいひつげ《ひどい言葉を言いふらし》、向かひゐてけしきあしうまもりかはす《険悪な面持でにらみ合っているのと》[三]とも、さはあらず《そうではなく》もてかくし《〔心の中を〕出さず》、うはべはなだらかなるとのけぢめぞ《違いに》、心のほどは見えはべるかし《心根のよしあしは現れるものでしょう》。

作者への中傷と漢学の学識

[四]左衛門の内侍といふ人はべり。あやしうすずろによからず思ひけるも《変にわけもなく〔私を〕快からず思っていたが》、え知りはべらぬ心うきしりうごとの《〔私には〕心当りのないいやな陰口が》、おほう聞こえはべりし。うちの上の《主上が》、源氏の物語、人に読ませたまひつつ聞こしめしけるに、「この人は、[五]日本紀《にほんぎ》をこそ読みたるべけれ。まことに[六]才《ざえ》あるべし」と、のたまはせけるを、ふと推しはかりに《〔内侍は〕当て推量に》、「[七]いみじうなむ才がる」と、殿上人などにいひちらして、日本紀の御局《みつぼね》とぞつけたり《〔あだ名を〕》ける。いとをかしくぞはべる《実におかしいことです》。このふるさとの女の前にてだに《私の実家の召使の女の前でさえ》つつ《つつし》

一 仏と、仏の説いた法と、その仏法をひろめる僧。
二 自分に薄情な仕打ちをする人には、やはりこちらも薄情となるであろう。
三 諸本「とも」とあるが、「も」は衍字《えんじ》であろう。
＊ 宮仕えにおいては、いやな癖のない人には好意をもつようになり、いやなことをする者にはそれに応じた態度をとることになる。このような女房の態度を述べたのは、作者にとっていやな人物だった「左衛門の内侍」について次に述べるきっかけとなっている。
四 内裏の女房。掌侍橘隆子かといわれるが未詳。
五 日本紀を読んでいるにちがいない。「日本紀」は『日本書紀』をいうが、ここは漢文で書かれた国史、六国史の類をいう。『源氏物語』の中には、歴史事実をふまえ、それになぞらえた話が多いので、それを感じとっての感想と思われる。「読みたるべけれ」は、底本「よみたまへけれ」。なお「よみ給ふへけれ」という写本もあるが、敬語使用に不審があるので、『花鳥余情《かちようよせい》』に引用されている「みたるへけれ」を参考にした。「ま」は「る」の誤写であろう。
六 漢学の学識。
七 ひどく学問を鼻にかけている。「才がる」は、諸本「さえかある」または「さえある」。『花鳥余情』引用の「さえかる」による。

みはべるものを（んでいますのに）、さる所にて、才さかし出ではべらむよ（学識をひけらかしますなんて）。

この八式部の丞《じよう》といふ人の、童《わらは》にて九書読《ふみ》みはべりしとき、聞きならひつつ、かの人はおそう読みとり（暗誦するのに手間どったり）、忘るるところをも、（〔私は〕）あやしきまでぞさとくはべりしかば、書に心入れたる親は（学問に熱心だった父親は）、一〇「一一口惜しう、男子《をのこご》にてもたらぬこそ幸《さいはひ》なかりけれ」とぞ、つねになげかれはべりし。

一二それを、「男《をとこ》だに才がりぬる人はいかにぞや（学問を鼻にかけた人はどんなものでしょう）。はなやかならずのみはべるめるよ（きまって栄達しないようですよ）」と、一三やうやう（次第に）人のいふも聞きとめてのち、一四一といふ文字をだに書きわたしはべらず（ちゃんと書きませんし）、いとてづつにあさましくはべり（実に不調法であきれるばかりです）。

読みし書などいひけむもの、目にもとどめずなりてはべりしに、一五いよいよ、一六かかること聞きはべりしかば、いかに人もつたへ聞きてにくむらむとはづかしさに、一七御屏風《びやうぶ》の上《かみ》に書きたることをだに読まぬ顔をしはべりしを、宮の（中宮が）、御前にて一八文集《もんじふ》のところどころ読ませたまひ（〔私に〕お読ませになり）などして、一九さるさまのこと知ろしめさまほしげに（お知りになりたそうに）おぼいたりしか

八 藤原惟規《のぶのり》。紫式部の弟と考えられる。寛弘五年十二月三十日には蔵人で兵部丞であったらしい（七三頁参照）が、いつ式部丞になったか明らかでない。
九 漢籍。傍注本では「史記といふふみ」とある。
一〇 藤原為時。文章生《もんじようのしよう》出身。
一一 残念なことに、この子を男の子として持てなかったのは不運というものだ。
一二 そんなふうだったのに。
一三 「やうやう」は「聞きとめて」へかかる。
一四 漢学の素養のあることを人前でひたすら隠そうとする決意のあらわれである。
一五 「いよいよ」は「聞きはべりしかば」にかかり、更にその上に、の意。
一六 作者が漢学の才を鼻にかけているという左衛門内侍の伝えた陰口。
一七 屏風の上に貼ってある色紙形に書かれた漢詩文。
一八 『白氏文集』。白楽天の詩集で七十五巻あったが、散佚して七十一巻となった。白楽天の詩は、漢詩としては当時最も好まれたものである。
一九 『白氏文集』のような漢詩文に関する種類のこと。

ば、いとしのびて、人のさぶらはぬもののひまひまに《女房がお側に控えていない合間に》、をととし[一]の夏ごろより、楽府《がふ》[二]といふ書二巻《くわん》をぞ、しどけながら《正式にではないが》、教へたてきこえさせてはべる、隠しはべり。宮もしのびさせたまひしかど、殿もうちも《主上も》けしきを知らせたまひて、御書《ふみ》どもをめでたう《すばらしく》書かせたまひてぞ、殿はたてまつらせたまふ。まことにかう《〔私に〕》読ませたまひなどすること、はたかのものいひの内侍は《ひょっとするとあの口うるさい左衛門内侍は》、え聞かざるべし《聞けないでいるのであろう》。知りたらば、いかにそしりはべらむものと《悪口をいうことでしょうと〔思われ〕》、すべて世の中、ことわざしげく《何かとことが多く》、憂きものにはべりけり。

いかに《ほんとに》、いまは言忌《こといみ》[三]しはべらじ。人、といふともかくいふとも、ただ阿弥陀仏《あみだほとけ》に《〔向って〕》たゆみなく経をならひはべらむ《くり返し唱えましょう》。世[四]のいとはしきことは、すべて露ばかり心もとまらずなりにてはべれば《まったく少しの未練もなくなりましたので》、聖《ひじり》[五]にならむに、懈怠《けたい》すべうもはべらず。ただひたみちにそむきても《一途に出家しても》、雲に乗ら[六]ぬほどのたゆたふべきやうなむはべるべかなる《気持がぐらつくようなことがありそうです》。それにやすらひは《そのためにためらっている》

一 このいわゆる消息文の部分の執筆は寛弘七年のことと考えられるので、「をととしの夏」とは寛弘五年の夏であろう。

二 「楽府」は詩の一体で、『白氏文集』では巻三・四の二巻が、楽府五十篇を収めている。

＊ 当時、女は漢籍を学ぶ必要がなく、正式に学ぶことはなかった。女が漢学の才のあることを外に表わすことはよくなかった。作者は、男に生れなかったことを漢学者の父に惜しまれるほど漢学の才に長じ、『源氏物語』の中でそれを発揮した。一条天皇はそれを認め称賛したのだが、左衛門内侍からは悪意をもって宣伝されてしまった。作者自身は「才がる」ことを極力さけていたのであるが。

三 いまはもう遠慮いたしますまい。「言忌み」は不吉なことを言うのを慎むこと。

誦経生活への願い

四 仏教の立場から、厭うべきこととされるこの世のさまざまのこと。

五 出家した場合、聖の生活をすることにおいてなまけるようなことはありません。「聖」は、出家して一切を顧みず仏道修行に専念する人。「懈怠」は仏道修行をなまけること。

六 聖衆来迎《しょうじゅらいごう》の雲に乗らないうちは。「雲に乗る」とは、臨終の時、阿弥陀仏や諸菩薩が迎えに来る折に乗ってくる雲に乗ること。

べるなり《のです》。

七 としもはた《年齢もともかく》、よきほどになりもてまかる《〔出家には〕適当な頃になっています》。いたうこれより《今よりもひどく》老いほれて《耄碌して》、はた目暗うて《あるいは目が悪くなり》経よまず、心もいとどたゆさまさりはべらむ《ものうさが強くなるでしょうから》ものを、心深き人まねのやうにはべれど《信心深い〔人の〕人まねのようですが》、いまはただ、八 かかるかたのことをぞ思ひたまふる。それ《その願いも》、罪九 ふかき人は、またかならずしもかなひはべらじ。一〇 さきの世知らるることのみおほうはべれば、よろづにつけてぞ悲しくはべる。

消息の結び

一一 御文《ふみ》にえ書きつづけはべらぬことを、よきもあしきも、世にあること、身の上のうれへにても、残らず聞こえさせおかまほしうはべるぞかし《申し上げておきたいと思っているのです》。

けしからぬ人を思ひ《不都合な人のことを頭において》、聞こえさすとても《お話し申し上げるとしても》、一二 かかるべいことやははべる《こんなことをしてよいものでしょうか》。されど、一三 つれづれにおはしますらむ。また、つれづれの《〔私の〕》心を御覧ぜよ《〔これによって〕》。また、おぼさむことの《〔あなたが〕お考えのことで》、いとかうやくなしごと《無益なこと》おほから

七 作者は何歳であったかは不明だが、近い将来「老いほれ」「目暗う」なりそうな年齢とすると四十歳に近かったものと考えられる。

八 誦経《ずきょう》の生活。

九 生れながらに罪業の深い私なんかは。

一〇 前世からの宿命の拙《つたな》さが感じられることが多うございますので。

＊ 後世を願い、誦経の生活を望みながら、出家生活に徹しきれない懸念から出家をためらう作者の本心を述べたところである。

一一 この消息の受け手へ作者の日頃書いている手紙。ただし、この消息は、日記体では書けないことを消息体によって書いた虚構であり、消息の受け手は架空と考えられる。

一二 「残らず聞こえさす」ことをさす。

一三 所在なく、さびしさや悲しさの続く状態。

一 古い手紙の類であろう。当時は、親しい間では、手紙の裏に手紙を書くことがあった。反古を破り焼いたのは、誦経生活への身辺整理のためか。
二「紙にはわざと書かじ」と思うのは、意図してのことなのだというのである。人目につかないためにであろう。
三 なあに、構いません。無理をしてお読み下さるには及ばない、の意。
四 その揚句にこの手紙をしめくくるのですから。
五 わが身を捨て切れないこの世に対する未練な心が何と深いことでしょう。
* この日記のいわゆる消息文の結びでいかにも特別の私信らしい結びである。今はひたすら誦経の生活に入りたいと思いながらも、反面、世間の評判をひどく気にしつづけている自分の、この世への執着の深さを思い知り、嘆かわしく思うと自省するところはまことに紫式部らしい。
六 年月については諸説があるが、行事および月の出の時刻から、寛弘五年五月二十二日土御門殿で行われた法華三十講結願の記事で、断簡と考えられる。「十一」は「廿二」の誤りであろう。

断簡　某月十一日——御堂詣で

ずとも、書かせたまへ。見たまへむ《見せて頂きましょう》。夢にても《万一にも》散りはべらば《〔これが〕人目にふれましたら》、いといみじからむ《ほんとに大変でしょう》。耳もおほくぞはべる。

このごろ、反古《ほんご》[一]もみな破《や》り焼き失ひ、ひひななどの屋づくりに《人形などの家をつくるのに》、この春しはべりにしのち《使ってしまいましてから》、人の文もはべらず、紙にはわざと書かじと思ひはべるぞ《〔しかも〕まともな紙にはことさら書くまいと思っておりますのは》、いとやつれたる《誠に貧相ですね》。ことわろきかたにははべらず《〔でも〕手許不如意のためではありません》。ことさらにょ[二]。

御覧じては《ご覧になったら》、とうたまはらむ《〔これは〕早くお返し下さい》。え読みはべらぬところどころ《あちこち〔私も〕読めないところや》、文字《文字の脱けたところもありましょう》おとしぞはべらむ。それはなにかは[三]、御覧じも漏らさせたまへかし《読まずにお置き下さい》。

かく、世の人ごとの上を思ひ思ひ《世間の評判のことを気にしながら》、果てにとぢめはべれば[四]、身を思ひすてぬ心の、さも深うはべるべきかな[五]。なにせむとにかはべらむ《一体どうしようというのでしょう》。

十一日[六]の暁《あかつき》、御堂へ[七]渡らせたまふ《〔中宮が〕》。御車には殿の上、人々は《女房達は》舟に乗りてさし渡りけり。〔私は〕それにはおくれて、ようさり（夜になる頃）参る。教化《けうげ》[八]おこなふところ〔であり〕、山・寺の（比叡山と三井寺の）作法うつして、大懺悔《おほいさんげ》[九]す。

[一〇]しらいたうなど、多う絵にかいて、興じ遊びたまふ上達部《かんだちめ》、おほくはまかでたまひて、すこしぞとまりたまへる。後夜《ごや》[一一]の御導師[一二]、教化ども説相（讃嘆の仕方は各人各様で）みな心々、二十人ながら（全部）、宮のかくておはしますよしを、こちかひきしな[一三]、言葉絶えて（言葉がとぎれて）、笑はるることも、あまたあり。

——舟遊び

事果てて、殿上人舟に乗りて、みな漕《こ》ぎつづきて遊ぶ。御堂の東《ひむがし》のつま、北向き[一四]におしあけたる戸の前、池[一五]につくりおろしたる階《はし》の高欄をおさへて（に手をかけて）、宮の大夫[一六]はゐたまへり（坐っていらっしゃる）。殿あからさまに（殿がちょっと）参らせたまへるほど（〔中宮の御前に〕参上なさっている間）、宰相の君[一七]など、物語して（話をして）、御前なれば、うちとけぬ（気をゆるさぬ）用意、内も外も（心遣いは〔御簾の〕と）、をかしきほど（興趣ある状態である）なり。

月おぼろ[一八]にさし出でて、若やかなる公達《きんだち》、今様歌《いまやううた》[一九]うたふも、舟に

七 土御門殿の西中門の南、池に臨んであった御堂。
八 法要の時、仏前で朗唱される讃歌の一。四句を基本とし、その倍数の句も用い、韻文も散文もある。
九 「阿弥陀懺法《せんぽう》」の一作法で、所定の懺悔文を読む。
一〇 未詳。「しらいんたふ」（白印塔）が「しらいたう」と書かれたものか。白印塔は塔形を白胡粉で捺印するものだが、この時は絵に描いたのであろうか。
一一 一日に六回行う勤行の一つで午前三時頃行う。
一二 教化は導師一人が行うものだが、この時は法楽の余興として二十人の僧が、それぞれ導師になって教化したのであろう。
一三 未詳。「こちたくひきては」の誤りで、語尾をひどく引き伸ばしては、の意であろうか。
一四 堂の南廂の東端に妻戸があり、その妻戸は南側と北側に押し開かれるので、北向きに開けた方の戸。
一五 堂から舟に乗れるように階段が作られていたのであろう。
一六 中宮大夫藤原斉信。当時、従二位権中納言。
一七 中宮の上﨟女房。大納言道綱の女豊子。
一八 後夜の後に月が出ているので、十一日という本文は誤りと考えられる。月が「おぼろ」と表現されるのは普通春であるが、五月にもそう表現した例はある。
一九 神楽や催馬楽のような雅楽的な歌謡に対して当時流行し出した俗謡。七五調四句のものが多い。

乗りおほせたるを《うまく乗りこんだので》、若うをかしく聞こゆるに、一大蔵卿《おほくらきやう》の、二おほなおほなまじりて、さすがに声うち添へむもつつましきにや《気がひけるのか》、しのびやかにてゐたるうしろでの《ひっそりと坐っている後ろ姿が》、をかしう見ゆれば、御簾《みす》のうちの人も、みそかに《こっそりと》笑ふ。「三舟のうちにや老いをばかこつらむ」〔私が〕といひたるを、聞きつけたまへるにや、大夫、「四徐福文成誑誕《じよふくぶんせいきやうたん》多し」と、うち誦《ずん》じたまふ声も、さまも、こよなう今めかしく《格別新鮮に感じられる》見ゆ。「五池の浮草」とうたひて、笛など吹きあはせたる、暁がたの風のけはひさへぞ心ことなる《格別の風情がある》。はかないことも《とりとめないことも》、所がら《場所柄や》、をりから《時の具合》なりけり〔で感動するもの〕である。

道長のたわぶれ

源氏の物語、〔中宮の〕御前にあるを、殿の御覧じて、例のすずろ《とりとめない》言《ごと》ども〔冗談など〕出できたるついでに、六梅の下に敷かれたる紙に書かせたまへる《お書きになった》、

七すきものと名にし立てれば見る人の
をらで過ぐるはあらじとぞ思ふ

〔という歌を〕たまはせたれば《下さったので》、

一 関白太政大臣藤原兼通の六男正光。当時従三位参議で五十二歳。「大蔵卿」とは大蔵省の長官。
二 語義未詳。本気になって、精一杯に、の意とする説があるが、ここは、あぶなっかしく、やっとのことで、というくらいの意であろう。
三 『白氏文集』巻三、新楽府の中の、天子が不死の薬を求めるのを戒めた「海漫漫」という詩に、「童男丱《くわん》女舟中ニ老ユ。徐福文成多シ二誑誕一」とあるのによる。詩では、蓬萊山へ向いながら蓬萊山を見ずに若い男女が舟中で老いたというのだが、ここは、大蔵卿が舟中で自分の老いを嘆いているのかと見立てたもの。
四 徐福や文成の言うことはうそが多い。注三参照。「徐福」は秦の始皇帝の時不死の薬を求めに海に出たという方士。「文成」は漢の武帝側近の方士。
五 今様の一節であろうが、未詳。
六 梅の実。梅の実のとれる頃だから、五月末から六月初めのことであろう。これも寛弘五年のことと考えられる。
七 浮気者という評判が立っているので、そなたを見る人で口説かずにすます人はあるまいな。「すきもの」は好色者の意だが「酢《す》き物」の意を含み、「をる」は口説き靡《なび》かせる意で、「すきもの」「をる」は梅の縁語。
八 人にまだ口説かれたこともありませんのに、誰がこのように浮気者だなんて評判を立てたのでしょう。
＊ 寛弘五年四月十三日から六月十四日まで中宮は土御門殿に滞在した。その間に前段のような法華三

十講が行われた。この段は前段から間もない頃のことであろう。
九 寛弘五年六月頃、土御門殿でのことと考えられる。七月十六日に中宮がお産のため土御門殿に退出して以後の作者の局は、寝殿と東の対との間の渡殿にあったが、ここの渡殿がどこであるかはわからない。
一〇 訪問者が誰か分らないためであろう。

道長の訪問

一一 昨夜は、水鶏にもまして泣く泣く真木《まき》の戸口で、夜通し叩きあぐねたことだ。『新勅撰集』では道長の歌としている。水鶏は歌では夏の部に入り、鳴き声が戸を叩く音に似ているので、鳴くのを「叩く」という。「まき」は、松・杉・檜の類。
一二 ただごとではあるまいと思われるほどに戸を叩く水鶏なのに、戸を開けては、どんな悔しい思いをしたことでしょう。「とばかり」は、と思うばかり、の意。「あけ」は戸を開ける意と夜の明ける意をかけている。
一三 中宮の生んだ敦成親王（寛弘五年九月十一日誕生）と敦良親王（寛弘六年十一月二十五日誕生）。
一四 正月、小児の頭上に餅をのせて祝言する儀式。

寛弘七年正月

若宮たちの御戴餅

一五 道長の長男頼通。当時十九歳で従二位権中納言。春宮権大夫と左衛門督を兼任。
一六 清涼殿東側の室の名。但し寛弘六年十月五日に一条院が焼亡し当時の内裏は枇杷殿であった。

「八人にまだをられぬものを誰かこの
　　すきものぞとは口ならしけむ
めざましう《心外なことにも》」と聞こゆ。

九渡殿に寝たる夜、戸をたたく人ありと聞けど、一〇おそろしさに、音《返事》もせで明かしたるつとめて《もせずに夜を明かした翌朝［殿から］》、

一一夜もすがら水鶏《くひな》よりけになくなくぞ
　　まきの戸口にたたきわびつる

返し、

一二ただならじとばかりたたく水鶏ゆゑ
　　あけてはいかにくやしからまし

ことし、正月三日まで、一三宮たちの御戴餅《いただきもちひ》一四に日々にまうのぼらせたまふ《［清涼殿へ］参上なさる》御供に、みな上臈《じやうらふ》も参る。一五左衛門の督《かみ》いだいたてまつりたまうて《お抱き申し上げになって》、殿、餅《もちひ》は取り次ぎて、上にたてまつらせたまふ《主上にお差し上げになる》。一六二間《ふたま》の東

の戸に向かひて、上《主上が》の戴かせたてまつらせたまふなり《［若宮達の頭に］おのせ申し上げなさるのである》。おりのぼら《［清涼殿へ］参上》せたまふ《退下なさる》儀式、見ものなり。大宮《母宮》はのぼらせたまはず。

ことしの朔日《ついたち》、御まかなひ《お給仕は》宰相[一]の君。例[二]のものの色あひなどこと《格別で》に、いとをかし。蔵人[三]は、内匠《たくみ》[四]・兵庫《ひやうご》つかうまつる。髪上げたるかたちなどこそ、御まかなひはいとことに見えたまへ《異様にお見えになるが》、わりなしや《やむをえないことだ》。薬の女官《にようくわん》[五]にて、文室《ふや》[六]の博士、さかしだち《利口ぶって》さひらき[七]ゐたり。膏薬《たうやく》[八]くばれる、例のことどもなり。

二日、宮の大饗《だいきやう》[九]はとまりて《とりやめになり》、臨時客《りんじきやく》[一〇]、東《ひむがし》[一一]おもてとりはらひて、例のごとしたり。

上達部は、傅《ふ》[一二]の大納言・右大将[一三]・中宮の大夫[一四]・四条の大納言[一五]・権[一六]中納言・侍従の中納言[一七]・左衛門の督[一八]・有国《ありくに》[一九]の宰相・大蔵卿《おほくらきやう》[二〇]・左兵衛[二一]の督・源《げん》[二二]宰相、向かひつつゐたまへり《向い合って坐っていらっしゃる》。源中納言[二三]・右衛門の督[二四]・左[二五]右の宰相の中将は、長押《なげし》[二六]の下《しも》に、殿上人の座の上《かみ》に着きたまへり。

一 中宮の上臈女房。大納言道綱の女豊子。
二 女房達は一定の色の衣裳をつけるが、陪膳役だけは尋常の色の衣裳で目立ったのである。
三 女蔵人役としては。
四 内匠・兵庫共に中宮の女房だが素姓未詳。

中宮の御薬の儀

五 御薬（屠蘇《とそ》や白散《びやくさん》など）を三日間供する女官。
六 内侍司の女史（掌侍に次ぐ位）を「博士の命婦」といい、中宮に御薬を供する長で、ここは文室時子。
七 先ばしり出しゃばる意か。
八 「かうやく」の音を忌み「たうやく」というのだという。正月三日、典薬寮から膏薬が献上され、主上が無名指（薬指）で額と耳の裏にぬる儀がある。ここは、中宮が使用後女房に配られたのであろう。

二日　中宮の臨時客

九 正月二日親王や公卿以下が中宮と東宮に拝賀の後、それぞれから賜る饗宴。
一〇 招待をせずに年始に来客者をもてなす饗宴。
一一 中宮御所の東廂の建具類を取り外すのであろう。
一二 正二位大納言で春宮傅の藤原道綱。五十六歳。
一三 正二位大納言で右大将の藤原実資。五十四歳。
一四 正二位権大納言で中宮大夫の藤原斉信。四十三歳。
一五 従二位権大納言の藤原公任。四十五歳。
一六 従二位中納言の藤原隆家。彼は寛弘六年三月四日中納言に昇任しているのに前官で呼んだことになる。
一七 従二位権中納言で侍従の藤原行成。三十九歳。

〔殿は〕若宮いだき出でたてまつりたまひて、例のことども《〔若宮に〕挨拶の言葉を》いはせたてまつり、うつくしみきこえたまひて《おかわいがり申し上げなさって》、上に《北の方に》、「いと宮《弟宮を》いだきたてまつらむ」と、殿ののたまふを、〔若宮は〕いとねたきことにしたまひて《とてもおやきになって》、「ああ」とさいなむを《お責めになるのを》、うつくしがりきこえたまひて《かわいくお思い申しになって》、申[二七]したまへば、右大将など興じきこえたまふ。

子の日

[二八]上に参りたまひて、上《主上は》、殿上に《殿上の間に》出でさせたまひて、御あそび《管絃の御遊が》ありけり。殿[二九]、例の酔《ゑ》はせたまへり。〔私は〕わづらはし《面倒なことだ》と思ひて、かくろへゐたるに《隠れていたのに》、「など《なぜ》、御てての[三〇]、御前の御あそびに召しつるに、さぶらはで《お仕えしないで》、いそぎまかでにける《退出してしまったのか》。ひがみたり《ひねくれている》」など、むつがらせたまふ《ご機嫌を損じていらっしゃる》。「ゆるさるばかり《〔父の罪が〕勘弁してもらえるほど》、歌ひとつつかうまつれ《〔見事に〕歌を一首お作り申せ》。親のかはりに、初《はつ》[三一]子《ね》の日なり、よめよめ」と、せめさせたまふ《お責めになる》。うち出でむに《〔言われるままに〕歌を詠んだら》、いとかたはならむ《みっともないことだろう》。こよなからぬ[三二]御酔《ゑ》ひなめれば、いとど御色あひきよげに《いつもより一層お顔色が美しく》、火《ほ》影《かげ》[三三]はなやかに《はれやかで》、あらまほしくて《申し分なくて》、「年ごろ《(殿)年来》、宮のすさまじ《〔お子様もなく〕中宮がも》

一八 従二位権中納言で左衛門督の藤原頼通。十九歳。
一九 従二位参議の藤原有国。六十八歳。
二〇 従三位参議で大蔵卿の藤原正光。五十四歳。
二一 従三位参議で左兵衛督の藤原実成。三十六歳。
二二 正四位下参議の源頼定。三十四歳。
二三 従二位権中納言の源俊賢。五十一歳。
二四 正三位参議で右衛門督の藤原懐平。五十八歳。
二五 左中将は従三位参議の源経房。四十二歳。右中将は従三位参議の藤原兼隆。三十六歳。
二六 廂の間の下長押の下の簀子敷であろう。
二七 道長が詫びの言葉をいうのであろう。
二八 中宮の臨時客の上達部や殿上人が、清涼殿へ参上したのである。
二九 道長も清涼殿へ参上し、酒宴と管絃の事があり、酔って再び中宮御所へ来たものと思われる。
三〇 作者の父藤原為時をさす。
三一 挿入句。「初子」は正月最初の子の日。この日には、野に出て小松を根引きにし、若菜を摘み、長寿を祝う。この初子にちなんだ歌を詠めと言われたのである。
三二 格別ひどいお酔いでもないようなので。一説に、「こよなからず」は「こよなし」と同義で、ひどく酔っていらっしゃるようなので、の意。
三三 灯火の光に照らされた姿。

げにて《のさびしげで》、ひとところおはしますを《お一人でいらっしゃるのを》、さうざうしく見たてまつりしに《物足りない思いで拝していたのに》、かくむつかしきまで《うるさいほどに》、[一]左右《ひだりみぎ》に見たてまつることそうれしけれ」と、おほとのごもりたる《お休みになっている》宮たちを、[二]ひきあけつつ見たてまつりたまふ。[三]「野べに小松のなかりせば」と、うち誦《ずん》じたまふ。あたらしからむことよりも《新しく詠まれる歌であるよりも》、をりふしの人の御ありさま《折に合った〔歌を引かれる〕殿のご様子が》、めでたくおぼえさせたまふ《思われなさる》。

またの日《翌日》、夕つかた、いつしかと霞みたる空を《早くも霞んでいる空を》、つくりつづけたる軒のひまなさにて《〔いくつも〕建て続けた〔御殿の〕軒の隙間もないので》、ただ渡殿の上のほどをほのかに《わずかに》見て、[四]中務《なかつかさ》の乳母《めのと》と、[五]よべの御口ずさびをめできこゆ。[六]この命婦《みやうぶ》ぞ、ものの心えて《ものの道理をわきまえ》、かどかどしく《才気がある》はべる人なれ。

あからさまにまかでて《ちょっと〔里に〕下がって》、[七]二の宮の御五十日《いか》は、正月十五日《〔なので〕》、その暁に参るに、[八]小少将の君、明け果ててはしたなくなりたるに《間が悪くなった頃に》参りたまへり。[九]例のおなじ所にゐたり。ふたりの局をひとつにあはせて、

一 中宮が二人の皇子を続いて産んだことをいう。

二 御帳台の帷《かたびら》を開けるのであろう。一説に「ひきあげ」と読み、几帳または御帳台の垂布を引き上げる意とする。

三 子の日の遊びをする野辺に小松がなかったら。「子の日する野辺に小松のなかりせば千代のためしになにを引かまし」（『拾遺集』春、壬生忠岑《みぶのただみね》）により、若宮たちを小松になぞらえたもの。

＊ 二皇子を得た道長の喜びと、子の日にちなんだ古歌を口ずさむ折に適《かな》った道長の風流が出ている。

四 中宮の女房。中務少輔源致時の女で、敦良親王の乳母の隆子。

三日　中務の乳母と道長を賞讃

五 昨夜、道長が子の日にふさわしい古歌を口ずさんだことをさす。

六 諸本「命婦ぞ」とあるが、「命婦こそ」の誤りであろう。「命婦」は五位以上の婦人をいう。

七 敦良親王（後朱雀天皇）。一条天皇の第三皇子ではあるが、中宮にとっては第二皇子。

二の宮の五十日

正月十五日　小少将の君と同室にいる

八 源時通の女。倫子の姪で中宮の上臈女房。道長の召人（妾）。

九 作者は以前から小少将の君と同室のことが多かっ

たようである。
一〇 お互いが内証にしていて知らない男もあるだろう。そんな内証の知らない男が言い寄って来たら、同室のことだからどうするのだ、の意であろう。
一一 「桜」は襲の色目で、表白、裏は紫、二藍、赤など諸説がある。ここの「袿」は表着であろう。
一二 禁色を許された者は地摺り（白地の絹に摺り模様をつけたもの）の裳が定法であった。
一三 紅梅襲（表紅、裏紫）の袿に萌黄襲（表裏共に萌黄）の表着。
一四 柳襲のこと。表白、裏青。
一五 参議藤原有国の妻で一条天皇の乳母。正三位で典侍。兄宮誕生の折、乳付役をした。
一六 廂の間の端近い方には。
一七 中宮の女房。素姓未詳。一説に伊勢大輔と同一人かという。
一八 中宮の女房。従五位下加賀守源重文の女。
一九 五十日の祝は『権記《ごんき》』によれば枇杷殿の東の対で行われた。従って、御帳台は東の対の母屋にあったと考えられる。
二〇 天皇や貴族の平常着。
二一 小口の袴《はかま》。大口袴の裾《すそ》にくくりのあるもの。
二二 紅の単衣《ひとえ》であろう。
二三 紅梅襲・萌黄襲・柳襲・山吹襲（表赤朽葉、裏黄）の袿であろう。

お祝の儀に参加の人の装束

かたみに里なるほども住む（お互いに〔一方が〕実家にいる間も）。ひとたびに（同時に）参りては、几帳《きちやう》ばかりをへだてにてあり。殿ぞ笑はせたまふ。「[10]かたみに知らぬ人も語らはば」など、聞きにくく。されど、誰もさるうとうとしきことなければ（二人ともそんなよそよそしいことはないので）、心やすくてなむ（安心である）。

日たけて（日が高くなってから）、まうのぼる（参上した）。かの君は、[11]桜の織物の袿《うちき》、赤色の唐衣《からぎぬ》、[12]例の摺裳《すりも》着たまへり。〔私は〕[13]紅梅に萌黄《もえぎ》、[14]柳の唐衣、裳の摺目《すりめ》など、今めかしければ（派手なので）、とりもかへつべくぞ（〔小少将のと〕取り替えた方がよいほど）若やかなる。上人《うへびと》ども十七人ぞ（内裏の女房達十七人が）、宮の御方に（中宮の御座の方に）参りたる。いと宮の御まかなひは（弟宮のお給仕は）、[15]橘《たちばな》の三位《さんみ》。取り次ぐ人、[16]はしには[17]小大《こたい》輔《ふ》・[18]源式部、内には（〔母屋の〕）小少将。

帝・后《きさい》、[19]御帳《みちやう》のうちに二《ふた》ところながらおはします（お二人でご一緒においでになる）。朝日の光りあひて、まばゆきまではづかしげなる御前なり（まばゆいほどにご立派な御前の様子である）。上は、[20]御直衣《なほし》・[21]小口たてまつり（お召しになり）、宮は、例の[22]紅《くれなゐ》の御衣《ぞ》、[23]紅梅・萌黄《もえぎ》・柳・山吹の御衣、上には、葡萄染《えびぞめ》[一]の織物の御衣《ぞ》、柳[二]の上白《うへじろ》の御小袿《こうちき》[三]、紋も色もめづら《清新で》しく今めかしきたてまつれり《はなやかなのをお召しになっている》。[四]あなたはいと顕証《けそう》[五]なれば、[六]この奥にやをらすべりとどまりてゐたり《こっそり入り居残っていた》。

[七]中務《なかつかさ》の乳母《めのと》、宮いだきたてまつりて、[八]御帳のはざまより南ざまにゐてたてまつる《おつれ申し上げる》。こまかに《ととのって》、そびそびしくなどはあらぬかたちの《背丈がすらっとなどはしていない容姿で》、ただゆるるかに《ゆったりと》、ものものしきさまうちして《重々しい様子をして》、[九]さるかたに人教へつべく、かどかどしきけはひ《才気の感じられる様子》ぞしたる。葡萄染の織物の袿、[一〇]無紋の青色に、桜の唐衣着たり。

その日の人の装束《さうぞく》、いづれとなくつくしたるを《誰もかれもが善美を尽しているが》、袖口のあはひわろうかさねたる人しも《色の配合をまずく重ねた女房があいにく》、[一一]御前のもの取り入るとて、そこらの上達部・殿上人に《〔袖口を〕》さし出でてまぼられつることとぞ《じろじろ見つめられてしまったなんてと》、のちに[一二]宰相の君など、口惜しがりたまふめりし《残念がっていらっしゃったようだ》。さるは《とはいっても》、あしくも《大して悪くも》はべらざりき。ただあはひのさめたるなり《配色が映えなかったのである》。小大輔は、[一三]紅ひとかさね、上に紅梅の濃

一 葡萄染で織紋様の表着であろう。
二 柳襲は表白、裏青なので、「上白の」という修飾語は不要に思われる。
三 裳唐衣の正装につぐ礼服として上流女子が表着の上に着るもの。小袿を着る時は唐衣を着ない。
四 東廂の女房の座であろう。『関白記』や『権記』によれば、この時東の簀子には上達部の座があったので、廂の中が見えたのであろう。
五 外の方からよく見えて人目に立つこと。
六 御帳台の北側。
七 中宮の女房。中務少輔源致時の女で敦良親王の乳母の隆子。
八 御帳台とその西の昼の御座の間。
九 乳母として人を教育するのにふさわしく。
一〇 紋様のない青色の表着。
一一 御前に供する物を、東廂にいる取次ぎの女房が外から受け取る時、袖口を外にさし出し、たくさんの上達部や殿上人に見つめられたというのである。
一二 中宮の上臈女房。大納言藤原道綱の女豊子。
一三 紅の単衣《ひとえ》一枚の意であろう。
一四 紅梅襲の綾の表着と考えられる。

き薄き五つをかさねたり。唐衣、桜。源式部は、濃きに《濃い〔紅梅襲〕に》、また紅梅[一四]の綾《あや》ぞ着てはべるめりし。織物《〔唐衣が〕》ならぬをわろしとにや《よくないというのか》。それ[一五]あながちのこと《無理なこと》。顕証なるにしもこそ《晴れの場でこそ》、とりあやまち《失策が》のほの見えたらむ《ちらりと見えたのならはた》そばめをもえらせたまふべけれ《目からの批判をなさるのもよろしいだろうが》、衣《きぬ》の劣りまさりはいふべきことならず。

女房の席

餅《もちひ》[一六]まゐらせたまふことども果てて、御台[一七]などまかでて《下げて》、廂《ひさし》[一八]の御簾《みす》上ぐるきはに《折に》、上の《主上の》女房は、御帳の西おもての《御帳台の西側の》昼《ひ》[一九]の御座《おまし》に、おしかさねたるやうにて並みゐたり。三位《〔橘の〕》をはじめて、内侍のすけたちもあまた参れり。

宮の人々は《中宮の女房は》、若人《わかうど》は長押《なげし》[二〇]の下《しも》、東《ひむがし》[二一]の廂の、南の障子《さうじ》はなちて御簾かけたるに《〔あたり〕》、上臈はゐたり。御帳[二二]の東のはさま、ただすこしあるに、大納言[二三]の君・小少将[二四]の君ゐたまへる所に、《〔私は〕》たづねゆきて見る。

お祝の宴

上は《主上は》、平敷《ひらしき》[二五]の御座《おまし》に御膳《おもの》まゐりすゑたり。御前の物《お膳部は》、したるさま《作り様が》、

一五 織紋様の唐衣は、禁色を許された者しか着用できないものだから。
＊ 小大輔や源式部の衣裳の重ね方は非難の目で見られるものとは思えないが、非難されたのは着物の地についてだったのか。公の晴れの場での失策は批判しても衣裳の地を批判すべきでないと小大輔や源式部を弁護したのである。
一六 『関白記』によれば、帝が若宮に餅を含ませたとある。
一七 若宮のお膳部をのせた台盤。
一八 五十日の祝の儀式が終り、参列者に宴が設けられる時に廂の御簾があげられるのである。
一九 帝の御座席。
二〇 母屋と東廂の境の下長押の下にあたる東廂かと考えられるが、東の対には東に孫廂があり、そこだろうとする説もある。
二一 東廂と南廂の境にも障子があったと考えられ、それをはずして簾をかけたらしい。
二二 御帳台と東廂との間。
二三 源扶義の女廉子。倫子の姪で、中宮の上臈女房。
二四 源時通の女。倫子の姪で、中宮の上臈女房。
二五 床にじかに二畳の畳を敷き、その上に唐綾に錦の縁をつけた茵《しとね》を置いた座。南廂の中央の間に設けられたものと考えられる。

いひつくさむかたなし。〔南の〕簀子《すのこ》に、北向きに西を上《かみ》にて、上達部、[一]左・右・内の大臣殿《おほいどの》、春宮の傅《ふ》、中宮の大夫、四条の大納言、それより下《しも》は、え見はべらざりき。

管絃の遊び

御あそびあり《管絃の御遊が催される》。殿上人は、この対《たい》の巽《たつみ》にあたりたる廊にさぶらふ。地下《ぢげ》[二]はさだまれり。景斉《かげまさ》[三]の朝臣《あそん》・惟風《これかぜ》[四]の朝臣・行義《ゆきよし》[五]・遠理《とほまさ》[六]などやうの人々。上に《殿上で》、四条の大納言拍子《はうし》とり、頭《とう》[七]の弁琵琶《びは》、琴《こと》は［　］[八]、[九]左の宰相の中将笙《さう》の笛とぞ。双調《さうでう》[一〇]の声にて、安名尊《あなたふと》[一一]、次に席田《むしろだ》・この殿などうたふ。曲《ごく》[一二]の物は、鳥の破急《はきふ》[一三]をあそぶ。外《と》の座《地下の座》にも調子[一四]などを吹く。歌に拍子打ちたがへて《打ち間違えて》とがめられたりしは、伊勢の守[一五]にぞありし。

右の大臣、「和琴いとおもしろし」など聞きはやしたまふ《おほめそやしになる》。ざれたまふめりし果てに《戯れていらっしゃったようなその果てに》、[一六]いみじきあやまちのいとほしきこそ《ひどい失態をしでかされたその気の毒なさまは》、見る人の身さへひえはべりしか《ひやりとしたことだった》。

一 左大臣は藤原道長、右大臣は藤原顕光、内大臣は藤原公季、春宮傅は藤原道綱、中宮大夫は藤原斉信、四条大納言は藤原公任。
二 地下の席はいつもの通り定まっている、の意。この時は、帝の正面に当る南の庭。
三 前大和守藤原景斉。
四 前武蔵守藤原惟風。敦成親王家司。
五 前武蔵守平行義。
六 大膳大夫藤原遠理。中納言兼輔の曾孫で紫式部とは再従兄妹。篳篥《ひちりき》の上手であった。
七 源道方。正四位上、蔵人頭、左中弁、備中権守。
八 底本には琴の奏者の名が書いてないが、写し落しと考え空白にした。「紫式部日記絵巻」の絵詞には「経房朝臣」とあるが、経房は笙の笛を吹いた左の宰相中将である。「経孝朝臣」とある本もあるが、経孝という人物の存在をつかみえない。
九 源経房。源高明の四男。道長の妻明子の兄弟。
一〇 雅楽の調子の一で呂《りよ》の調子。
一一 「安名尊」「席田」「この殿」はそれぞれ催馬楽《さいばら》の曲名。
一二 管絃の楽曲。
一三 唐楽の「迦陵頻《かりようびん》」を一名「鳥」という。一曲は序破急の三部からなる。ここは破と急を演奏したのである。
一四 調子をとる笛であろう。
一五 藤原長能かというが明らかでない。

御[一七]贈物、笛[一八]歯二つ、箱に入れてとぞ見はべりし。

一六『関白記』によると、帝入御の後、顕光はお膳部の置物の鶴の間に盛ってある物を取ろうとして折敷《おしき》をこわしてしまい、衆人は大変奇怪なことだと思ったという。

一七 道長から帝への贈物。

一八 諸本「ふゑ二」とあるが、『関白記』に、「横笛歯二」とあるのによる。「歯二つ」は、これより四日前の十一日に、花山院の御匣殿《みくしげどの》のもとから道長に贈られた横笛で、当時第一の笛という名器であった。

紫式部集

＊この歌集は紫式部の晩年の自撰である。生涯の歌集を編むにあたり娘時代の歌から始めている。

一 ずっと幼い頃から友達だった人に、何年かたって出会ったところが。この女友達は親が国司で、親と共に地方へ行き、親の任期が終って上京したので、お互いがある場所へ行き出会ったのであろう。二 わずかの時間で顔もはっきり見られずに。三 古本や定家本では「十月十日」とあるが、二の歌は、同年の九月末日に同じ友達と別れる時のものであるから、別本や『新古今集』により改めた。四 月と先を争うように帰ってしまったので。十日ごろの月は夜中に沈む。

1 久しぶりでやっとお目にかかりましたのに、あなたなのかどうか見分けられないうちにお帰りになり、夜中の月が雲に隠れたように心残りでした。

国司の任期は四年である。四年の間に友達は見違えるような娘になっていた。友達の変化は自らの成人を自覚させるものであった。娘時代の歌としてこの歌をはじめにおいたのはそのためであろう。

◇めぐりあひて　「月」の縁語。

五 その幼友達はまた遠い親の任地へ行くのだった。

六 九月末日。七 まだ夜の明けない暗い頃。

2 まがきに力なく鳴く虫も、遠くへ行くあなたを引きとめられない秋の果てのこの別れが、私と同様悲しいのでしょうか。

[一]はやうよりわらはともだちなりし人に、としごろへて行きあひたるが、[二]ほのかにて、[三]七月十日の程に[四]月にきほひてかへりにければ

1 めぐりあひて　見しやそれとも　わかぬまに　雲がくれにし　よはの月かな

[五]その人、とほき所へいくなりけり。[六]秋の果つる日きて、[七]あかつきに虫の声あはれなり

2 鳴きよわる　まがきの虫も　とめがたき　秋の別れや　か

なしかるらむ

「箏《さう》[一]の琴しばし」といひたりける人、「参り[二]て御手より得む」とある返り事

3 露しげき　よもぎが中の　虫の音《ね》を　おぼろけにてや　人の尋ねむ

方違《かたたが》[三]へにわたりたる人の、なまおぼおぼし[四]きことありて帰り[五]にけるつとめて、朝顔の花をやるとて

4 おぼつかな　それかあらぬか　あけぐれの　そらおぼれする　朝顔の花

返し、手[六]を見わかぬにやありけむ

一 箏の琴をしばらく借りたい、の意であろう。箏の琴は十三絃。二 参上して直接奏法を習いたい、の意。借りたい、の意とも解せるが、歌の「虫の音を……尋ね」るという表現からは奏法であろう。

3 露一ぱいの蓬《よもぎ》の中で鳴いている虫の声を、並一通りの思いで人は聞きに来るでしょうか。こんなあばらやへ、私などに琴を習いに来ようとは酔狂な方ですね。

作者の住いと琴の演奏を謙遜したもの。『千載集』の詞書（二〇〇頁参照）によれば宮仕え後のものとなるが、『紫式部集』の歌の配列からすれば、宮仕え以前のものと思われる。

◇おぼろけにて　いいかげんな気持で。

三 方違えにやって来た人が。「方違へ」は、天一神（なかがみ）や大将軍等がいる方角に外出する時は、その方向に直接行くことを避け、前夜に吉方の家に一旦宿ること。四 真意のわかりかねる言動。五の歌から推定するなら、作者と姉のいる部屋へやって来て、二人のどちらに対してともなく色めいたことを語りかけたのであろう。五 帰ってしまったその朝早くに。

4 どうも解しかねます。昨夜のあの方なのか別の方なのかと。お帰りの折、明けぐれの空の下でそらとぼけをなさった今朝のお顔では。

◇あけぐれ　夜明け前の少し暗い頃。◇朝顔　「朝顔の花」に男の「朝の顔」をかけている。

六 誰の筆跡か見分けがつかなかったのだろうか。

5 いづれぞと　色わくほどに　朝顔の　あるかなきかに　なるぞわびしき

筑紫[七]へ行く人のむすめの

6 西の海を　おもひやりつつ　月みれば　ただに泣かるる　ころにもあるかな

返り事に

7 西へ行く　月のたよりに　たまづさの　かきたえめやは　雲のかよひぢ

はるかなる[八]所に行きやせむ行かずやと思ひわづらふ人の、山里よりもみぢを折りておこせたる

5　ご姉妹のどちらから贈られた花かと筆跡を見分けようとしているうちに、朝顔の花があるかなきかにしおれてしまって切ない思いです。

◇色わく　筆跡を見分ける意だが、花の縁から「色わく」といったもの。

七　筑前・筑後の国（ともに今の福岡県）をさして筑紫というが、また九州全体をさしてもいう。父が九州のどこかの国司に、または大宰府の役人となったため一緒に行くのである。

6　これから行く遠い西の海のことを思いやりつつ月を見ると、ただ泣けてくるこの頃です。

◇西の海　筑紫は西海道の国なので、月の行く遠い所という思いをこめていったもの。◇泣かるる　「るる」は自発の助動詞。

7　月は雲の中の通路を西へ行きますが、その西へ行く好便にことづけるあなたへのお手紙が絶えるようなことがありましょうか。

◇たまづさ　手紙。◇かきたえめやは　「かき」は、「書き」と接頭語の「かき」をかけている。「やは」は反語。◇雲のかよひぢ　雲の中にあると見立てられた通路。

八　都から遠い地方に行こうか、行かずにいようかと思い迷っている人。おそらく、夫が国司となって地方に行くので、夫と一緒に行こうかどうしようかと思い迷っているのであろう。

8　しっとりと露のおいている奥山里のもみじ葉はこのように色濃いことですが、涙に染まってこのもみじ葉の色に似た私の袖の色をお見せしたいものです。
木の葉が紅葉するのは、露や時雨が色を染めるからとされ、袖が血の涙にぬれて、紅葉の色に似ているというのは、悲しみの極に達すると血の涙が出るという故事によっている。
◇おく山里　「おく」は露が「置く」と「奥」をかけている。

9　嵐の吹く遠い山里のもみじの葉は、少しの間でも木に止っていることはむつかしいでしょう。
そのようにあなたを連れて行こうとする力が強くては、都に留まることは困難でしょう。
◇つゆも　少しも。「つゆ」は「もみぢ葉」の縁語。

10　もみじ葉を誘って散らせる嵐は、速く吹きますが、木の下でない所へ行く気になれるものですか。私を連れて行こうとする力は強いのですが、この都以外の所へは行く気になれません。
◇木のした　親の許《もと》をいうのであろう。

一　嘆きを訴えること。　二　十一月。

11　凍《い》てついた霜が流れをとざしているこの頃のような私の筆では、お慰めの手紙も書けない思いがするばかりでして。
◇水くき　川の堤や池の堰から漏れて流れる細流。ま

8　露ふかく　おく山里の　もみぢ葉に　かよへる袖の　色を
みせばや

返　し

9　あらし吹く　遠《とほ》山里の　もみぢ葉は　つゆもとまらむ　こ
とのかたさよ

また、その人の

10　もみぢ葉を　さそふ嵐は　はやけれど　木《こ》のしたならで
行く心かは

物思ひわづらふ人のうれへ[一]たる返り事に、
霜月[二]ばかり

11　霜こほり　とぢたるころの　水くきは　えもかきやらぬ

ここちのみして

返し

12 ゆかずとも　なほかきつめよ　霜こほり　水のそこにて
思ひながさむ

[三]賀茂にまうでたるに、「[四]ほととぎす鳴かな
む」といふあけぼのに、[五]片岡の木ずゑをか
しう見えけり

13 ほととぎす　声まつほどは　片岡の　森のしづくに　立ち
やぬれまし

[六]やよひのついたち、[七]河原に出でたるに、か
たはらなる車に、[八]法師の紙を冠《かうぶり》にて博士《はかせ》だ

た筆のこと。◇えもかきやらぬ　氷りついた細流を掃除できない意と、手紙がすらすら書けない意をかける。

12　たとい筆が進まなくても、やはりお考えをいろいろ書いてお聞かせ下さい。そうしたら、凍てついた霜のようにとざされた胸の思いも、あなたのお便りで晴らしましょう。

◇ゆかず　筆が進まず満足したことが述べられない意。◇かきつめよ　書き集める意と掻き集める意をかけている。◇水のそこ　水くきの流れの下、すなわち便りによって、の意。

三 賀茂神社。上賀茂神社か。四 時鳥《ほととぎす》が鳴いてほしいわね。五 裾の一方が他方よりなだらかに傾斜した岡。一説に上賀茂神社の東の山かという。

13　時鳥の鳴くのを待つ間は、片岡の森の中に立って、木々のしたたる露にぬれようかしら。

初夏の曙、すがすがしい世界にひたろうとするはずむ心が感じられる。

六「ついたち」は、一日の意にも、月の上旬の意にも用いる。三月の上《かみ》の巳《み》の日、河原に出て祓《はら》えをする。これを上巳《じょうし》の祓えという。七 賀茂川の河原。八 上巳の祓えは陰陽師が執行するものだが、法師も内職に陰陽師の役をした。これを法師陰陽師といった。ここも法師が坊主頭に紙冠をつけてあたかも陰陽博士のように振舞っていたのである。紙冠は紙を三角に折って額につけるもの。

ちをるを憎みて

14 はらへどの　神のかざりの　みてぐらに　うたてもまがふ　耳はさみかな

[一]姉なりし人亡くなり、また[二]人のおとと失ひたるが、かたみにあひて、亡きが代りに思ひ思はむといひけり。文《ふみ》の上に姉君と書き、中の君と書きかよひけるが、[三]おのがじし遠き所へ行き別るるに、よそながら別れ惜しみて

15 北へ行く　雁《かり》のつばさに　ことづてよ　雲のうはがき　かきたえずして

返しは西の海の人なり

14 祓戸の神の神前に飾った御幣に、いやに似通っている耳にはさんだ紙冠だこと。

◇はらへど　祓えの所に祭る神で、瀬《せ》織津《おりつ》姫、速秋津《はやあきつ》姫、気吹戸《いぶきど》主《ぬし》、速佐須良《はやさすら》姫の四神をいう。◇神のかざり　御幣を「神前の飾り」とする意と、紙冠を「髪の飾り」とする意を含んでいる。◇みてぐら　神に奉る物の総称だが、ここは御幣。◇耳はさみ　紙冠は、三角に折った紙の底辺の部分を額につけ、その両端を耳の上にはさむのでこういったのである。

＊一五～一九までは別離に伴う贈答である。

一 作者には一人の姉がいた。その死亡年月は不明だが、詞書からすれば、長徳二年（九九六）父為時が越前守となる以前だったことがわかる。　二 妹をなくした人。父為時の姉妹で、肥前守平維将の妻となった人の娘であろうといわれる。　三 それぞれが都を離れ遠い国へ別れて行くので。作者は越前へ、姉になった人は九州へ。

15 北へ飛んで行く雁の翼にことづけて下さい。今まで通り手紙の上書を絶やさないで。

◇漢の蘇武が雁の脚に手紙をつけて送ったという故事により、父と共に行く越前は北の国なので、春には北へ帰る雁に手紙をことづけてほしいというのである。◇雲のうはがきかきたえずして　「中の君へ」という手紙の上書を絶やさないことと、雲の上を飛ぶ雁の羽ばたきをやめない意をこめた表現。

16 行きめぐり　たれも都に　かへる山　いつはたと聞く　ほどのはるけさ

四 津の国といふ所よりおこせたりける

17 難波《なには》潟《がた》　むれたる鳥の　もろともに　立ち居るものと　思はましかば

五 返し

筑紫に肥前といふ所より文《ふみ》おこせたるを、六 いと遥《はる》かなる所にて見けり。その返り事に

18 あひみむと　思ふ心は　松浦《まつら》なる　鏡の神や　空に見るらむ

16 お互いに遠く別れて国々をめぐって、時がくれば、誰もみな都へ帰ってくるのですが、あなたの行かれる所には、鹿蒜《かえる》山や五幡《いつはた》という所があると伺いますと、遠く離れることが思われて、一体いつまたお目にかかれるのかと心細いことです。
◇たれも都にかへる山　越前国（福井県）の鹿蒜山に、都に帰る意をかける。◇いつはた　越前の国の五幡に、いつまたの意をかけている。相手の赴く土地を詠みこむのが常套表現。

四 津の国という所から手紙をよこしたことだった。津の国は大阪府で、ここから船に乗ったのだろう。

17 ここ難波の干潟に群れている水鳥のように、あなたと起居を共にしているのだと思えたら、どんなに嬉しいでしょう。
◇立ち居る　立ったり坐ったりすること。

五 「返し」と詞書はあるが、諸本に返歌が書かれていない。写本によっては、歌一首分が空白となっている。

六 父の任国、越前国である。

18 あなたに逢いたいと思う私のこの心は、そちらの松浦《まつら》に鎮座まします鏡の神様が空からご覧になっているでしょう。神かけて友情の深さを誓ったのである。
◇鏡の神　肥前国東松浦郡鏡村（佐賀県唐津市鏡）鏡神社に鎮座する神。祭神は神功皇后と藤原広嗣。

返し、[一]またの年もてきたり

19 行きめぐり　あふを松浦の　鏡には　誰をかけつつ　祈るとかしる

[二]近江《あふみ》の海にて、[三]三尾《みを》が崎といふ所に、網引くを見て

20 三尾の海に　網引く民の　てまもなく　立ち居につけて　都恋しも

また、[四]磯の浜に、鶴の声々に鳴くを

21 磯がくれ　おなじ心に　たづぞ鳴く　なが思ひ出づる　人やたれぞも

一　翌年。長徳三年（九九七）である。都から肥前の国まではおよそ十五日の行程であり、都から越前へは四日の行程。

19　遠い国をめぐりめぐって都で再び逢えるように待ち望む私は、ここ松浦の鏡神社の神様に、誰のことを心にかけてお祈りしているか、おわかりでしょうか。

◇あふを松浦　「逢ふを待つ」に松浦の「松」をかけている。◇かけつつ　「かけ」は鏡の縁語。

＊　二〇〜二四は越前往還の折のものである。

二　琵琶湖。　三　琵琶湖の西岸、滋賀県高島郡安曇川町三尾里付近一帯。

20　三尾が崎で網を引く漁民が、手を休めるひまもなく、立ったりしゃがんだりして働いているのを見るにつけて、都が恋しい。

◇てま　手の休む間の意であろう。

四　琵琶湖の北、坂田郡米原町磯の浜。

21　磯の浜のものかげで、私と同じようにせつなさそうに鶴が鳴いている。一体お前の思い出しているのは誰なのか。

越前下向は夏に琵琶湖西岸を辿り、帰路は、七三の詞書によれば冬で、琵琶湖東岸を通っている。この歌は秋の末に来る鶴を詠んだ点や磯の浜の位置から帰路のもので、別れてきた人々を思う歌である。

◇おなじ心に　鶴が自分と同じ思いで泣いていると見立てたのである。◇なが　底本「なに」。他本により

[五]夕立しぬべしとて、空の曇りて[六]ひらめくに

22 かきくもり　夕立つ波の　あらければ　浮きたる舟ぞ　しづ心なき

[七]塩津山といふ道の[八]いとしげきを、[九]賤《しづ》の男《を》の
[一〇]あやしきさまどもして、[一一]「なほからき道なりや」といふを聞きて

23 知りぬらむ　ゆききにならす　塩津山　よにふる道は　からきものぞと

みづうみに、[一二]おいつ島といふ洲崎に向ひて、
[一三]わらはべの浦といふ入海《いりうみ》のをかしきを、口ずさみに

24 おいつ島　島守《も》る神や　いさむらむ　波も騒がぬ　わらは

校訂。

五 夕立がきそうだ。 六 稲妻がぴかぴかするので。

22 空一面が暗くなり、夕立を呼ぶ波が荒いので、その波に浮いている舟は不安なことだ。

七 伊香郡西浅井町塩津付近の山。塩津は琵琶湖の北端にあり、北陸へ向う時の要港であった。 八 草木がたいへん茂っているので。 九 身分の低い男。ここは輿《こし》を舁《か》いて荷物を運ぶ人足。 一〇 誰もみすぼらしい姿をして。 一一 やはりここは難儀な道だなあ。

23 お前たちもわかったでしょう。いつも往き来して歩き馴れている塩津山も、世渡りの道としてはつらいものだということが。

「からき道」という言葉と、塩津山の「塩」――からきものの連想から詠んだ駄洒落《だじやれ》の歌。

一二『延喜式』によれば、蒲生郡に奥津嶋《おいつしま》神社がある。現在、近江八幡市北津田町にある大島奥津島神社がそれだとすると、このあたりの洲崎をいうのであろう。

一三 現在地は不明だが、大中之湖の東北方にある乙女浜かという。「入海」は入江のこと。

24 おいつ島を守っている神様が、静かにするよういさめたためだろうか、わらわべの浦は波も立たずきれいだこと。

「おいつ島」に老いを、「わらはべの浦」に童を思って趣向したものである。帰路の歌である。

べの浦

[一]暦に、初雪降ると書きつけたる日、目に近き[二]日《ひ》野《の》岳《たけ》といふ山の雪、いと深く見やらるれば

25 ここにかく　日野の杉むら　埋《うづ》む雪　小塩《をしほ》の松に　今日やまがへる

返し[三]

26 小塩山　松の上葉《うはば》に　今日やさは　峯のうす雪　花と見ゆらむ

降り積みて、いと[四]むつかしき雪を掻き捨てて、山のやうにしなしたるに、人々登りて

[一] 当時の男子の用いた暦は、二十四節気や陰陽道の禁忌等が書きつけてある。この暦もそういうものであろう。仮名暦かもしれない。 [二] 越前の国府のあった武生市の東南にある標高約八〇〇メートルの山。

25 こちらでは、日野岳に群立つ杉をこんなに埋める雪が降っているが、都でも今日は小塩山の松に雪が入り乱れて降っているのだろうか。

暦の「初雪降る」という記事から都の雪を思い、都をなつかしんだのである。

◇小塩の松　小塩山は京都市西京区大原野南春日町の西部にあり、都の近くで歌に詠まれなじみのある山である。また、小塩山の松も歌でなじみがある。日野岳の杉に対して小塩山の松をもちだしたゆえんである。

◇まがへる　散り乱れ、入り乱れていること。

[三] 作者の身近に仕えていた侍女のものであろう。

26 小塩山の松の上葉に、今日はおっしゃるように初雪が降って、峯の薄雪は花の咲いたように見えることでしょう。

応答歌らしく「小塩」「松」「今日」を詠みこんでいる。

◇今日やさは　「や」は感動を表わす助詞。「さは」は「さ」を強める言い方で、ここは、おっしゃるように雪が降って、の意。

[四] うっとうしくうんざりする雪。北陸の雪は高く積り、軒端を埋め視界をさえぎる。そういう雪のうっとうしさをいったもの。 [五] 雪がおいやでも、やはりこの雪山を、縁近くまで出てご覧なさいませ。

27 故郷の都へ帰るという名のあの鹿蒜《かえる》山の雪の山ならば、気が晴れるかと出かけて行って見もしましょうが。

雪にとざされ都恋しく、雪山なんか見たくもないとの不機嫌な歌である。

◇かへるの山 「帰る」に地名の「鹿蒜(一六の歌参照)」をかけている。◇ゆきも見てまし 「行き」に「雪」をかけている。

＊二八～三一は藤原宣孝との結婚前の贈答である。

六 作者らが越前へ下った前年の長徳元年(九九五)九月に、宋人が七十余人若狭国に漂着し、越前国に移されていた。その宋人を見に行こうといっていた人とは、父の友人であり作者の夫となった人であろう。

七 春には氷が解けるもの――そのようにあなたの心も、とざしていずに私にうちとけるものだと是非知らせてあげたい、の意。

28 春にはなりましたが、こちらの白山の雪はいよいよ積って、おっしゃるように解けることなんかいつのことかしれません。

◇白嶺 越の国の代表的な高山である加賀の白山。

八 近江守の娘に言い寄っていると噂のある男。それは作者に「二心はない」と求婚する宣孝であろう。

29 近江の湖に友を求めている千鳥よ、いっそのこと、あちこちの湊に声を絶やさずかけなさい。

◇八十の湊 たくさんの船着場。

「[五]なほ、これ出でて見たまへ」といへば

27 ふるさとに かへるの山の それならば 心やゆくと ゆきも見てまし

年かへりて、「[六]唐人《からびと》見に行かむ」といひたりける人の、「[七]春は解くるものといかで知らせたてまつらむ」といひたるに

28 春なれど 白嶺《しらね》のみゆき いやつもり 解くべきほどの いつとなきかな

[八]近江の守の女《むすめ》懸想《けさう》すと聞く人の、「ふた心なし」と、つねにいひわたりければ、うるさがりて

29 みづうみに 友よぶ千鳥 ことならば 八十《やそ》の湊《みなと》に 声絶

えなせそ

[一]歌絵に、海人《あま》の塩焼くかた[二]をかきて、樵《こ》り[三]積みたる投木《なげき》のもとに書きて、返しやる

30 よもの海に　塩焼く海人の　心から　やくとはかかる　なげきをやつむ

文《ふみ》の上に、朱といふ物をつぶつぶと[四]そそきて、「涙の色を[五]」と書きたる人の返り事

31 くれなゐの　涙ぞいとど　うとまるる　うつる心の　色に見ゆれば

[六]もとより人の女《むすめ》を得たる人なりけり。

[七]文《ふみ》散らしけりと聞きて、「[八]ありし文ども取

一 書きのせようとする歌の趣を表わした絵。二 絵柄。三 切って積み上げた薪《たきぎ》。「投木」とは薪で、ここは藻塩を焼くためのもの。

30 あちこちの海辺で藻塩を焼く海人が、せっせと投木を積むように、方々の人に言い寄るあなたは、自分から好きこのんで嘆きを重ねられるのでしょうか。

恋の嘆きを訴えた歌に対する返歌であろう。歌絵を描き、こんなゆとりのある返歌をするほどに二人の仲は接近しつつあったことがわかる。

四 ぽとぽととふりかけて。五 涙の色を見て下さい。

31 あなたの紅の涙だと聞くと一層うとましく思われます。移ろいやすいあなたの心がこの色ではっきりわかりますので。

紅は変色しやすいものと思われていた。そこで、紅の涙によって移ろいやすい心がわかるというのである。

六 この一文は次の詞書に続けて読むこともできるが、相手の人は、ずっと以前から、しっかりとした親の娘を妻に得ている人だったのだ、だから、「うつる心」が見えるといったのだ、という気持の注と思われる。

七 私の出した手紙を他の人に見せた。八 今までに

私の出した手紙を全部返して下さらなければ。九使に口上で伝えさせるだけにしたのは、手紙に書いては、手紙を全部返すように要求する趣旨に合わないと考えたからであろう。一〇手紙を全部返すというので、これでは絶交だねとひどく怨んだので。一一歌の表現がその季節に関係するための説明である。

32　氷に閉ざされていた谷川の薄氷が春になって解けるように、折角うち解けましたのに、これでは、山川の流れも絶えるようにあなたとの仲が切れればよいとお考えなのですか。

春になれば氷が解けるという発想によって第三句までを調え、結婚した仲であることを伺わせる。手紙を返せと言ったのは絶交のつもりなんかじゃない、と夫の怒りをなだめた歌である。

一二私の言葉（歌）になだめられて。

33　春の東風によって氷が解けたくらいの仲なのに、底の見える石間の浅い流れのように、浅い心のお前との仲は切れるなら切れるがいいんだよ。

◇東風に解くる「孟春之月、東風解《ク》ㇾ氷《ヲ》」（『礼記』月令）による。正月になれば東風が吹いて氷をとかすと考えられていたのである。◇石間の水　石と石の間を流れる水。

一三もうお前には何も言うまい。この言葉は三三の歌に続く言葉である。一四作者には、男の心をつかんでいる自信と余裕があるようである。「すかされて」といい、「笑ひて」という。

り集めておこせずは、返り事書かじ」と、九言葉にてのみいひやりたれば、一〇みなおこすとて、いみじく怨《ゑん》じたりければ、一一正月《むつき》十日ばかりのことなりけり

32　閉ぢたりし　上の薄氷《うすらひ》　解けながら　さは絶えねとや　山の下水

一二すかされて、いと暗うなりたるに、おこせたる

33　東風《こちかぜ》に　解くるばかりを　底見ゆる　石間《いしま》の水は　絶えば絶えなむ

「一三今は物も聞こえじ」と、腹立ちければ、一四笑ひて、返し

34 言ひ絶えば　さこそは絶えめ　なにかその　みはらの池を　つつみしもせむ

夜中ばかりに、また

35 たけからぬ　人かずなみは　わきかへり　みはらの池に　立てどかひなし

桜を瓶《かめ》に立てて見るに、とりもあへず散りければ、桃の花を見やりて

36 折りて見ば　近まさりせよ　桃の花　思ひぐまなき　桜惜しまじ

返し

37 ももといふ　名もあるものを　時の間に　散る桜には　思

34 もう手紙も出さないとおっしゃるなら、そのように絶交するのもいいでしょう。どうしてあなたのお腹立ちに遠慮なんかいたしましょう。◇みはらの池　摂津に「はらの池」があったとする説があるが実在したか不明。「腹立ち」の「腹」をかける。◇つつみ　池をとりまく堤の意をかけ、「池」の縁語。遠慮すること。

35 立派でもなく人かずの身分でもなくて、腹の中では、波が湧き返り波立つように腹が立つが、お前には勝てないよ。◇たけからぬ　「たけし」は、強い、すぐれている、などの意。◇人かずなみ　「なみ」は「なし」の語幹に接尾語「み」のついたもので、「波」をかけている。

＊三六・三七は花をめぐって夫婦仲むつまじい会話である。

36 折って近くで見たら、見まさりしておくれ、桃の花よ。瓶にさした私の気持も思わずに散ってしまう桜なんかに決して未練はもたないわ。桃を作者、桜を夫の関係あった女性になぞらえ、妻にしてみると一層よく見える女で私はありたい、人の気持を考えないあの女のことなんか私なら未練をもたない、あなたはどう思うか、というような寓意がありそうである。

37 桃は百《もも》——百年という名を持っているんだもの。いくら桜であろうとすぐ散ってしまう花より見落すようなことはしないよ。

ひおとさじ

花の散るころ、梨の花といふも桜も、夕暮れの風[一]の騒ぎに、いづれ[二]と見えぬ色なるを

38 花といはば　いづれかにほひ　なしと見む　散りかふ色の　ことならなくに

遠[三]き所へ行きし人の亡くなりにけるを、親はらからなど帰り来て、悲しきこと言ひたるに

39 いづかたの　雲路《くもぢ》と聞かば　尋ねまし　つらはなれたる雁がゆくへを

去年《こぞ》[四]の夏より薄鈍《うすにび》着たる人に、女院[五]かくれ

結婚後間もない春三月の夫のやさしい返歌である。

一　風の荒々しく吹く中で。　二　どちらが桜か梨か見分けがつかない色なので。

38　桜も梨も花という以上は、どれが美しくない梨の花と見ようか。風に散り乱れる花の色は違っていないんだもの。

一般に賞翫《しょうがん》されない梨の花の美しさを認める個性的な感じ方が出ている。◇にほひ　美しさ。◇なし　「無し」に「梨」をかける。◇なくに　「な」は打消の助動詞の未然形、「く」はそれを体言化する接尾語で、「に」は感動の意を表わす助詞。

＊　三九～四三は人の死を悲しむ歌群である。

三　親兄弟と共に遠い地へ行った人。一五の歌の詞書でいう、作者と姉妹の約束をした友達らしい。

39　どちらの雲路だったと聞きましたら、探しに行きましょうに。親子の列から離れて行ったあの雁の行方を。

雁は列をなして飛ぶ。亡くなった友人を親子の列から離れた雁になぞらえた表現である。

◇雲路　雲の中にあると考えられた路。ここは雁の通路。

四　去年の夏から薄墨色の喪服を着ていた人、作者である。夫宣孝は長保三年（一〇〇一）四月二十五日に亡くなり、その喪中のこと。　五　長保三年閏十二月二十五日崩御の東三条院詮子。

たまへるまたの春、いたら霞みたる夕暮れに、人[一]のさしおかせたる

40 雲の上の　もの思ふ春は　墨染《すみぞめ》に　霞む空さへ　あはれなるかな

返しに

41 なにかこの　ほどなき袖を　ぬらすらむ　霞の衣　なべて着る世に

亡[二]くなりし人の女《むすめ》の、親[三]の手書きつけたりける物を見て、いひたりし

42 夕霧に　み島がくれし　鴛鴦《をし》の子の　跡を見る見る　まどはるるかな

一 ある人が使者に持たせて来て置かせた歌。

40 帝が喪に服して悲嘆にくれていらっしゃる今年の春の、この夕暮れは、喪服の色に霞んでいる空までも悲しく感じられます。それにつけても、あなたはいかばかりかとお見舞い申し上げます。

東三条院は一条帝の母で、長保四年の春は帝にとって母の喪中であり、天下諒闇であった。◇雲の上　宮中。ここは帝。◇墨染に霞む空　夕暮れ時の霞が薄墨の喪服の色に見えたのであり、天下諒闇であることをも表わす。

41 取るにたりない私ごとき者が、どうして夫の死のみ悲しんで袖を濡らしているのでしょう。国中の方が喪服をつけていらっしゃる時ですのに。

帝の喪にことよせた見舞だったので、非常に謙遜した表現となっている。◇ほどなき袖　狭い袖の意だが、自分の袖を謙遜していう。◇霞の衣　喪服。「墨染に霞む」という表現を受けたものだが、「かすみ」の「すみ」に「墨」をかけている。『源氏物語』の中でも、霞の衣を喪服の意に用いている。

二 亡夫の他の妻との間の娘。　三 親の筆跡で書きつけてあった物。

42 夕霧のたちこめる島陰に姿をかくした鴛鴦の跡を見て途方にくれている子のように、亡くなった父の筆跡を見ながら悲嘆にくれています。

◇跡　足跡と筆跡の意を含む。

同じ人、荒[四]れたる宿の桜のおもしろきこと
とて、折りておこせたるに

43 散る花を　嘆きし人は　木《こ》のもとの　さびしきことや　かねて知りけむ

「思[五]ひ絶えせぬ」と、亡き人の言ひけることを思ひ出でたるなりし。

絵[六]に、物《もの》の怪《け》のつきたる女のみにくきかたかきたる後《うしろ》に、鬼になりたるもとの妻《め》を、小法師のしばりたるかたかきて、男は経読みて物の怪せめたるところを見て

44 亡き人に　かごとをかけて　わづらふも　おのが心の　鬼にやはあらぬ

四 父が亡くなり手入れができず荒れたわが家なのに、桜は春を忘れずこんなにきれいに咲きましたよ、という気持を伝えたのである。

43 桜の散るのを嘆いていたあの方は、花の散ったあとの木のもとのさびしさを、そして自分の亡くなったあとの子供のさびしさを、生前からご存じだったのでしょうか。

◇木のもと　「木《こ》の下《もと》」と「子《こ》の許《もと》」をかける。

五 作者のつけた左注。「咲けば散る咲かねば恋し山桜思ひたえせぬ花のうへかな」（『拾遺集』巻一春、中務）によっている。

＊ 四四～四八は絵を見て詠んだ歌である。

六 物の怪のついたみにくい女の姿を描いた背後に、鬼の姿になった先妻を、小法師が縛っているさまを描いて、更に夫はお経を読んで物の怪（鬼の姿になった先妻）を退散させようとしている場面の絵を見て。

44 妻についた物の怪を、夫が亡くなった先妻のせいにして手こずっているというのも、実際は、自分自身の心の鬼に苦しんでいるということではないでしょうか。

物の怪を疑心暗鬼だという作者は、心のありようを冷たく内観できる人だった。

◇心の鬼　疑心暗鬼を生ずるという、その暗鬼のこと。

返し

45 ことわりや　君が心の　闇《やみ》なれば　鬼の影とは　しるく見ゆらむ

絵に、梅の花見るとて、女の、妻戸押し開けて、二三人居たるに、みな人々寝たるけしきかいたるに、いと[一]さだすぎたるおもとの、[二]つらづゑついて眺めたるかたあるところ

46 春の夜の　闇のまどひに　色ならぬ　心に花の　香をぞしめつる

同じ絵に、[三]嵯峨野に花見る[四]女車《をんなぐるま》あり。[五]なれたる童《わらは》の、萩の花に立ち寄りて、折りとる

45 なるほど言われる通りです。それにしても、あなたの心があれこれ迷って闇のようだから、この物の怪が疑心暗鬼の鬼の影だとはっきりおわかりなのでしょう。

＊作者の侍女の歌であろう。夫歿後のことのようである。

46 春の夜の闇にまぎれて花の美しさは見えないが、色気をもたない心に梅の香を深く味わったことである。

絵の中の「さだすぎたるおもと」の心を詠んでいる。◇闇のまどひ　闇のため何も見定められないこと。◇色ならぬ心　女の盛りをすぎて、色気をもたなくなった心。「色ならぬ」には、梅の美しい花の色ではなく香を、と続く意味を含んでいる。◇しめ　「しむ」は深く染《し》ませる。

一 年をとった女房。「さだ」は盛りの年齢。「おもと」は身分ある女性への敬称にも、女房を親しんでいう時にも用いる。二 頬杖をついて。

三 京都市右京区嵯峨のあたりの野。四 女の乗った車。牛車《ぎっしゃ》。五 ものなれた女《め》の童。女の童は召使役の童女。

ところ

47 さを鹿の　しかならはせる　萩なれや　立ち寄るからに　おのれ折れ伏す

六世のはかなきことを嘆くころ、陸奥《みちのく》に名ある所々《ところどころ》かいたる絵を見て、七塩釜

48 見し人の　けぶりとなりし　夕べより　名ぞむつましき　塩釜の浦

八門《かど》たたきわづらひて帰りにける人の、つとめて

49 世とともに　あらき風吹く　西の海も　磯べに　波も寄せずとや見し

47　雄鹿が、平生からそのように慣らしているためか、童が傍に立ちよるとすぐに、萩が自分で折れ曲って頭をさげているよ。

萩を鹿が妻として慕い寄るという種類の歌が古くからあり、その発想によっている。

◇さを鹿　雄鹿。「さ」は接頭語。◇しかならはせる　「しか」は、そのようにの意の副詞で「鹿」の縁語。「ならはす」は慣れさせる。◇からに　……すると同時に。

六 この世の無常なことを嘆いている頃。夫の死後間もない頃のことであろう。七 松島湾に臨み、塩の生産地として有名な歌枕。

48　連れ添った人が、茶毘《だび》の煙となったその夕べから、名に親しさが感じられる塩釜の浦よ。

煙は火葬にした夫を思い出すよすがである。塩釜には塩焼く煙が連想され、親しみが感じられるのである。◇見し　「見る」は夫婦としての関係をもつこと。

八 作者の家の門をたたきあぐねて帰った人。歌の配列位置からすると、夫の死後言い寄った男のようである。

49　いつも荒い風の吹く西の国の海辺でも、風が磯辺に波を寄せつけないのを見たろうか。――今まで一度もこんなひどい仕打ちは受けなかったのに。

◇西の海　西の国九州あたりの海。この男がかつて九州の国司だったことにもとづく表現なのであろう。

と恨みたりける返り事

50 かへりては　思ひしりぬや　岩かどに　浮きて寄りける
岸のあだ波

[一]年かへりて、「[二]門《かど》はあきぬや」といひたる
に

51 たが里の　春のたよりに　鶯の　霞に閉づる　宿を訪《と》ふら
む

[三]さしあはせて、物思はしげなりと聞く人を、
人に伝へてとぶらひける　[四]本にやれてかた
なしと

八重山吹を折りて、[五]ある所にたてまつれた

50　お帰りになって、私の堅さがおわかりになったでしょうか。岩角に浮いて打ち寄せた岸のあだ波のように浮気っぽく言い寄って来たあなたは。
◇かへりては　「かへり」は「帰り」と「返り」の懸詞で、「波」の縁語。◇岩かど　作者の態度の堅さをたとえている。◇あだ波　風もないのにむやみに立つ波。「あだ」は誠意のないこと、浮気なことをいう語で、男をそう受けとめている意を含んでいる。

一　年があけて。夫の死の翌年、長保四年（一〇〇二）の春である。　二　門はもうあきましたか。喪はあけましたかという気持が下にある。

51　鶯は、どなたの春の里を訪れたついでに、霞の中に閉じこもっているこの喪中の家を訪ねて来るのでしょうか。

前の歌に続いて、夫の喪中に言い寄ってきた男を拒否した歌である。浮気な男を鶯になぞらえている。
◇霞に閉づる宿　喪中であることを比喩的にいったもの。妻の夫に対する喪は一年で、夫の死は長保三年四月二十五日であった。

三　丁度私と同じ不幸が起って、物思いをしているようだと聞いた人を、人にことづけて見舞った。　四　写した本に、破れてあとかたがないと書いてある。この注は、本が写されていくある段階でつけられたものである。

五　「たてまつれ」が用いられているので、身分の高

るに、一重《ひとへ》[六]の花の散り残れるをおこせたまへりけるに

52 をりからを　ひとへにめづる　花の色は　薄きを見つつ
薄きとも見ず

世[七]の中の騒がしきころ、朝顔を、同じ所にたてまつるとて

53 消えぬまの　身をも知る知る　朝顔の　露とあらそふ　世
を嘆くかな

世を常なしなど思ふ人の、[八]をさなき人の[九]なやみけるに、[一〇]から竹といふもの瓶《かめ》にさしたる女房の祈りけるを見て

54 若竹の　おひゆくすゑを　祈るかな　この世をうしと　い

い人。六 一重の山吹の花。

52 今の時節の花の美しさを、ひたすら感じますこの一重の花の色は、薄い色を見ていましても、色が薄いとは感じません。――あなた様のお心を薄いなどとんでもございません。

一重咲きの山吹の、色の薄さにことよせた歌。色は薄いがあなたを思う心は薄くはないというような歌が添えられて来たのであろう。その歌に対する紫式部の返歌と考えられる。

七 長保二年の冬から疫病が流行し、長保三年になっても流行はおとろえず、死亡者があいつぎ、世の中は不安におおわれていた。その頃をさすのであろう。この年の四月二十五日に夫が死亡したのもこの疫病のためだったらしい。

53 わが身だって死ぬまでのはかない命であることを知っていながら、この朝顔と露とが消えるのを競うように人の亡くなっていくこの世のはかなさを嘆いていることでございます。

◇消えぬま　命のなくならない間。「消え」は「露」の縁語。

八 作者の一人娘。九 病気になったので。一〇 漢竹のことという。呪《まじな》いに用いているようである。

54 若竹のような幼いわが子の成長してゆく末を、無事であるようにと祈ることだ。自分はこの世を住みづらい所だといとわしく思っているのに。

とふものから

一 身を思はずなりと嘆くことの、やうやうなのめに、ひたぶるのさまなるを思ひける

55 数ならぬ　心に身をば　まかせねど　身にしたがふは　心なりけり

56 心だに　いかなる身にか　かなふらむ　思ひ知れども　思ひ知られず

二 やよひばかりに、三 宮の弁のおもと、「いつか参りたまふ」など書きて

57 うきことを　思ひみだれて　青柳《あをやぎ》の　いとひさしくも　なりにけるかな

＊ 五五・五六は連作である。

一 わが身の上を思うようにならず不遇だと嘆くことが、次第に並々の程度になり、ある時はひたすら激しい状態になる自分であることを思って詠んだ歌。

55 人数でないわが身の願いは、思い通りにすることはできないが、身の上の変化に従っていくものは心であることだ。

不遇な身の上の嘆きが静まった時の思いである。

56 私のような者の心でさえ、どのような身の上になったら満足する時があるだろうか、どんな境遇になっても満足することはないものだと解ってはいるのだが、諦めきれないことだ。

不遇な身の上の嘆きが一途に昂じた時の思いである。

◇心だに　五五の「数ならぬ心」という気持が、ここの「心」の上にも及んでいる。

＊ 定家本では、五七の前に、九一〜九四の宮仕え当初の関係の歌があり、古本も、もとは定家本と同じ配列だったろう。

二 作者の宮仕えは寛弘二年（一〇〇五）十二月二十九日と考えられ、ここはその翌年の三月頃実家に帰っていた時のことである。 三 中宮の女房。素姓未詳。

57 いやな事を思い悩まれて、お里下がりの随分長くなったことですね。

◇うきこと　宮仕えに出て何かいやなことがあったのであろう。◇青柳の　「いと」にかかる枕詞。「みだれ」「いと」は「柳」の縁語。

返し　四歌本になし

五かばかりも思ひ屈《くん》じぬべき身を、「六いといたうも上衆《じやうず》めくかな」と人の言ひけるを聞きて

58 わりなしや　人こそ人と　いはざらめ　みづから身をや　思ひ捨つべき

七薬玉《くすだま》おこすとて

59 しのびつる　ねぞあらはるる　あやめ草　いはぬにくちて　やみぬべければ

返し

四 歌が写した本にはないという書写者の注である。定家本には、五七への返歌として「つれづれとながめふる日は青柳のいとどうき世にみだれてぞふる」(うち続く長雨に物思いをする日は、常より一層いやになるこの世に、思い悩んで過しています)というのがある。

五 これほどにも思いくずおれそうな私なのに。　六 「ひどく上臈《じようろう》ぶった振舞だわね」と女房達が言ったということを聞いて。宮仕えに出てもよく実家に帰ることがあったための非難であろう。

58 しかたのないことだ。あの人達は私を人並みの者とはいわないだろうが、駄目な者だと自分で自分を見捨てられようか。

◇わりなしや「わりなし」は、理屈ではどうにもならないこと。「や」は感動を表わす助詞。

七 菖蒲《しようぶ》や艾《よもぎ》などを、五色の糸で貫き玉にしたものらしいが、当時の製法は明らかでない。五月五日これをかけると邪気を払い長寿になるといって人に贈り、肘にかけたり、柱や簾《すだれ》にもかけた。

59 かくれていた菖蒲の根が今日は引かれて姿をあらわしました。そのように私も今まで好意をあらわさずにきましたが、このままでは何も言わずに朽ちてしまいそうですので、今日はあなたへの思いをお見せする次第です。

◇しのびつるね「ね」は「根」と「音《ね》」の懸詞。◇いはぬ「ぬ」は「ず」の連体形と「沼《ぬ》」との懸詞。「ね」と「ぬ」は「あやめ草」の縁語。

60 今日はかく　引きけるものを　あやめ草　わがみがくれ
に　ぬれわたりつつ

[一]土御門院にて、遣水《やりみづ》[二]の上なる渡殿の簀子《すのこ》に
ゐて、高欄におしかかりて見るに

61 影見ても　うきわが涙　おちそひて　かごとがましき　滝
の音かな

[三]久しくおとづれぬ人を思ひ出でたるをり

62 忘るるは　うき世のつねと　思ふにも　身をやるかたの
なきぞわびぬる

返し　[四]やれてなし

---

60 今日は菖蒲の根を引いてお言葉をいただきましたのに、菖蒲の根が水底に隠れてぬれているように、私は家に籠って涙にぬれております。

◇今日はかく引きける　五月五日には菖蒲の根を人に贈る風習があった。おそらく薬玉と共に菖蒲の根が贈られたのであろう。◇みがくれ　菖蒲の根が水に隠れている意の「水隠れ」と、作者の身が家に籠っている意の「身隠れ」の懸詞。「引き」「みがくれ」「ぬれ」は「あやめ草」の縁語。

一 道長邸。土御門大路の南、京極大路の西にあった。

二 池へ引き込んだ細い流れ。

61 遣水にうつる姿を見るにつけても、つらいわが身の上を思って流れる涙が遣水に加わって、この涙のせいだと恨むかのような滝の音よ。

寛弘五年（一〇〇八）五月五日は、土御門殿で行われていた法華三十講の中心行事のあった日で、その翌朝の歌。当夜の歌は、二五〜二九の日記歌として残っている。解説一九二頁参照。

◇滝　岩で落差をつくり、遣水の流れを落した所。

三 夫、宣孝であろう。

62 人を忘れるということは、憂き世の常だと思うにつけても、忘れられた身のやり場がなく、切ない思いで泣いたことです。

◇なきぞわびぬる　「なき」は「無き」と「泣き」の懸詞。

四 破れて返歌がないとの書写者の注。

63 たが里も　訪《と》ひもや来ると　ほととぎす　心のかぎり　待ちぞわびにし

五小少将の君の書きたまへりしうちとけ文の物の中なるを見つけて、六加賀の少納言のもとに

64 暮れぬ間の　身をば思はで　人の世の　あはれを知るぞ　かつはかなしき

65 たれか世に　ながらへて見む　書きとめし　跡は消えせぬ　形見なれども

返し

66 亡き人を　しのぶることも　いつまでぞ　今日のあはれ

63 時鳥《ほととぎす》は誰の里へも訪れるものだから、私の所へも来るかと一心に待ちあぐねたことです。

六三の前何首分かが破れてしまっていて、六三の詞書がなく、作歌事情が不明である。『新古今集』では「題しらず」として夏の部に入っているが、時鳥を多情な男にたとえた待つ恋の歌と考えられる。

＊ 六四～六六は小少将の君に関係ある歌である。

五 古本では「新少将」となっているが、定家本では「小少将の君」とあり、六七に「小少将の君」の歌があるので、「小少将の君」関係の歌群と考え、改めた。小少将の君は、源時通の女《むすめ》。倫子の姪で中宮の上臈女房。作者の親友であった。長和二年（一〇一三）正月以後間もなく亡くなったらしい。　六 素性未詳。小少将の君の近親者または親友らしい。

64 わが身は今日の暮れぬ間だけの命で、明日はどうなるかわからないことも考えずに、あの方の生涯のはかなさを知るのは悲しいことです。
「明日しらぬわが身と思へど暮れぬ間の今日は人こそ悲しかりけれ」（『古今集』哀傷、紀貫之）を本歌にしている。

65 誰が今後生き永らえて、あの方の手紙を見ることでしょう。書き残されたこの筆の跡は消えずに残る形見ですけれど。

66 亡き人を悲しみ慕うこともいつまで続くことでしょう。今日人の死を無常だと思っていることが、明日はわが身に訪れることですのに。

は　明日のわが身を

内裏《うち》に、水鶏《くひな》の鳴くを、[一]七八日の夕月夜《づくよ》に、

小少将の君

67 天《あま》の戸の　月の通《かよ》ひ路《ぢ》　ささねども　いかなるかたに　たたく水鶏ぞ

返　し

68 槇《まき》の戸も　ささでやすらふ　月影に　何をあかずと　たたく水鶏ぞ

[二]朝霧のをかしきほどに、[三]御前《おまへ》の花ども[四]色々に乱れたる中に、女郎花《をみなへし》いと盛りに見ゆ。をりしも、[五]殿出でて御覧ず。一枝折らせた

一 水鶏の鳴く時期を考えると、旧暦六月のことであろう。

67 この夕月のさす宮中では戸もしめていないのだけれど、一体水鶏はどちらで戸をたたいているのでしょう。
◇天の戸の月の通ひ路　空の中にある月の通路。宮中を天上界になぞらえ、宮中の人の通路をいったもの。
◇たたく水鶏　水鶏は交尾期になると雄が戸をたたくような鳴き声で鳴くので、水鶏の鳴くのを「たたく」という。

68 この夕月のもとに、私達は、寝ようかどうしようかと、槇の戸も閉ざさずにいますのに、水鶏は、何が開かないで不満だといって鳴くのでしょう。
◇槇の戸　槇は檜や杉のような良質の建築材をいう。
◇あかず　「開かず」と「飽かず」の懸詞。

二 寛弘五年秋、『日記』一三頁に出ているところである。 三 中宮彰子のいる土御門殿の寝殿の前庭。 四 さまざまの色に乱れ咲いている中に。 五 土御門殿の主人道長。 六 これに対して平凡な返しでなく、すばやい返しをせよ。あるいは、趣向のある返答をせ

まひて、几帳のかみより、「[六]これただに返すな」とて、賜はせたり

69 女郎花　さかりの色を　見るからに　露のわきける　身こそしらるれ

と書きつけたるを、[七]いととく

70 白露は　わきてもおかじ　女郎花　心からにや　色の染むらむ

都の方《かた》へとて、[八]かへる山越えけるに、[九]呼坂《よびさか》といふなる所の[一〇]いとわりなきかけみちに、輿《こし》もかきわづらふを、恐ろしと思ふに、猿の木の葉の中よりいと多く出で来れば

71 ましもなほ　遠方人《をちかたびと》の　声かはせ　われ越しわぶる　たに

よ、の意か。

69 露に美しく染められた女郎花の盛りの色を見ますと、分けへだてをして露の置いてくれない私のみにくさが身にしみて感じられます。

露の置き具合で花の色にちがいが出るものという発想に立って作られた歌である。

七 道長がとても早く返歌をしたというのである。

70 白露は、そなたのいうように、分けへだてをして置いてはいないだろう。女郎花は美しくなろうとする自分の心で美しく染まっているのだろう。

＊ 七一～七三は越前から都への帰路の歌である。越前に一年余滞在後、親から離れて結婚のため都へ帰ったようである。それは、長徳三年（九九七）の冬のことと考えられる。

八 越前国（福井県）の鹿蒜《かえる》山。主峰は鉢伏山。 九 現在地不明。 一〇 とても難儀な険しい道。

71 猿よ、お前もやはり遠方人《おちかたびと》として声をかけ合っておくれ。私の越えあぐねているこの谷の呼坂で。

山中で心細い折だったので、猿にも親しく話しかけたくなったのであろう。

◇まし　猿の意の「まし」と汝の意の「まし」の懸詞。◇遠方人　遠くの方にいる人。◇たにの呼坂　谷間の呼坂の意であろう。定家本や古本の一部は「たごの呼坂」とあり、その場合、「たご」は地名であろうが、現在地は不明である。

の呼坂

みづうみにて、伊吹の山の雪いと白く見ゆるを

72 名に高き　越《こし》の白山《しらやま》　ゆきなれて　伊吹の嶽《たけ》を　なにとこそ見ね

卒塔婆《そとば》の年へたるが、まろび倒れつつ人に踏まるるを

73 心あてに　あなかたじけな　苔《こけ》むせる　仏の御《み》顔　そとは見えねど

74 けぢかくて　たれも心は　見えにけむ　ことはへだてぬちぎりともがな

一 琵琶湖。 二 近江国（滋賀県）と美濃国（岐阜県）の国境にある山。標高一三七七メートル。

72 名高い越の国の白山へ行き、その雪を見馴れたので、伊吹山の雪など何ほどのものとも思われないことだ。

雪深い生活から離れて来た実感である。

◇越の白山　越前・越中・越後・加賀・能登等北陸一帯を越の国といった。白山は加賀国（石川県）にあり、標高二七〇二メートル。◇ゆき「行き」「雪」の懸詞。

三 梵語で、霊廟と訳す。死者を葬った場所に建て墓所の標とするもので、木や石で造る。

73 足に踏まれている石の中から、あて推量にこれが卒塔婆なのだろうと思うと、ああもったいない。苔むしていて、仏のお顔がそれだとはわからないけれど。

◇仏の御顔　『一切経音義』に塔婆は廟で、先祖の尊貌の意とある。卒塔婆は死者の顔を示すものとの考えによったものであろう。◇そとは　それだとは。「卒塔婆」が物の名として詠み込まれている。

＊ 七四～七六は、結婚の近づいた頃の宣孝との贈答である。

74 親しく話すようになって、二人は互いに心がわかったでしょう。この上は、同じことなら、隔てをおかない仲となりたいものです。

定家本には「人の」と詞書がある。宣孝の求婚である。

◇ことは　同じことなら。

返し

75 へだてじと　ならひしほどに　夏衣　薄き心を　まづ知られぬる

76 峯寒み　岩間《いはま》氷れる　谷水の　ゆくすゑしもぞ　深くなるらむ

四 宮の御産屋《うぶや》、五 五日の夜、月の光さへことに澄みたる水の上の橋に、六 上達部《かんだちめ》、殿よりはじめたてまつりて、七 酔《ゑ》ひ乱れののしりたまふ。八 盃のをりにさしいづ。

77 めづらしき　光さしそふ　さかづきは　もちながらこそ　千代《ちよ》もめぐらめ

75 私は心の隔てをもたないようにと思っていつもお返事をしていますのに、「へだてぬちぎり」をもちたいとおっしゃるお言葉で、まずあなたのお心の薄さがわかったことです。

こちらが、「へだてじ」と思っているのもわからずに、「へだてぬちぎり」をもちたいというのは薄情さを示すものとなじったのである。

◇夏衣「薄き」をいうための枕詞。夏衣を着ていた長徳四年（九九八）の夏のことと思われる。

76 峯が寒くて、岩間の氷っている谷川の流れは、春になって氷がとければ、行く末には深い流れとなるでしょう。そのように私達の仲も将来はきっと深くなることでしょう。

詞書がないが、おそらく脱落したもので宣孝の歌であろう。長徳四年の冬の作であろう。

＊七七〜八〇は敦成親王の産養《うぶやしない》の折の歌である。

四 中宮彰子所生の一条天皇第二皇子の誕生祝の儀式。五 誕生五日目の夜。『日記』二九〜三三頁参照。六 寝殿と東の対を結んで遣水の上にある渡殿。七 酔い乱れて大声でお騒ぎになる。八 盃が廻って来た折に次の歌をさし出した。

77 今夜の望月に清新な光が加わったような若宮御誕生祝いの盃は、望月同様欠けることもなく皆の手に渡されて、千代もお祝い申し上げるでしょう。

「さかづき」に「月」を、「持ち」に「望月《もち》」をかけている。

一 次の夜、月が一点の雲もなく美しいので。寛弘五年九月十六日の夜のことである。『日記』三三～三四頁参照。二 若い女房達。三 中島の松の根もとを舟が廻るところが、情趣深く思われるので。「中島」は寝殿の前の池の中の島。

78 濁りなく千年の長きにわたって澄んでいる池の水の面に、うつっている月の姿もおだやかなことだ。

上の句に道長の栄華を、下の句に若宮の誕生を祝う気持がこめられているようである。

◇曇りなく　水の濁りないこと。「月」の縁語による表現。

四 五十日《いか》の祝。十一月一日に行われた。『日記』五三頁参照。五 お目にかけるような歌は詠めないと遠慮していたが。定家本にはこの一句がない。

79 今日は五十日のお祝いですが、これからの幾千年もというあまりに長い若宮の御齢《とし》を、一体、どのようにして数えつくすことができましょうか。

◇いかにいかが　「いかに」「いかが」どちらも、どのようにと方法を問うが、「いかに」に「五十日《いか》に」をかけ、「いかが」には反語の意が含まれる。

六 殿様の御歌。「殿」は道長。「御」は御歌。

80 鶴のような千年の寿命が私にあったら、若宮の千年の御齢も数えとって、遠い将来をお見届けできるだろう。

◇あしたづ　鶴の別名。

[一]またの夜、月のくまなきに、若人《わかうど》[二]たち舟に乗りて遊ぶを見やる。中島[三]の松の根にさしめぐるほど、をかしく見ゆれば

78 曇りなく　千歳《ちとせ》にすめる　水の面《おも》に　宿れる月の　影ものどけし

御[四]五十日《いか》の夜、殿の「歌詠め」とのたまはすれば、卑下[五]してありけれど

79 いかにいかが　数へやるべき　八千歳《やちとせ》の　あまり久しき　君が御代《みよ》をば

殿[六]の御

80 あしたづの　よはひしあらば　君が代の　千歳の数も　数

へとりてむ

[七]たまさかに返り事したりける後、またも書かざりけるに

81 をりをりに　かくとは見えて　ささがにの　いかに思へば　絶ゆるなるらむ

返し、[八]九月つごもりになりにけり

82 霜枯れの　あさぢにまがふ　ささがにの　いかなるをりに　かくと見ゆらむ

[九]なにのをりにか、人の返り事に

83 入るかたは　さやかなりける　月影を　うはのそらにも　待ちし宵かな

＊八一～八三は夫の死後交際したが深い仲にもならなかった男性との贈答である。

七 時たま返事をしていたが、ある時から後はもう返事を書かなくなったところが。

81 事あるその折ごとに返事を下さるものと思っていましたのに、どういうお考えから、お返事が途絶えたのでしょう。

◇かく　巣を「掛く」と「書く」の懸詞。◇ささがにの「い」を言い出す枕詞。「ささがに」は蜘蛛《くも》。その巣を「い」という。「かく」「い」「絶ゆる」は縁語。

八 男の歌は「ささがに」が詠まれ、秋のことだが、返事は九月末、秋の終りという時になったのである。

82 霜枯れの浅茅《あさぢ》の中にまぎれ込んでかすかに生きている小さな蜘蛛が、どんな折に巣を作るとお思いなのでしょう。――寡婦の私がどんな折にお返事を書くとお思いなのでしょう。

上の句に寡婦の作者をなぞらえているようである。

◇あさぢ　丈の低い白茅《ちがや》。◇かく　巣を「掛く」と「書く」の懸詞。「い」「かく」は縁語。

＊八三～八六は夫の夜離《よが》れを嘆いた頃の贈答である。

九 訪れるはずのところ訪れえなかった言いわけを夫の方からして来たのであろう。その夫への返歌。

83 入って行く方角ははっきりわかっていた月の姿を、昨夜は上の空で待ったことでした。

◇入るかた　夫の行った女の所。「入る」「さやか」「うはのそら」は月の縁語。

84　月の目ざして行く山の端も、あたりの空もみな一面暗く曇っていたので、心も上の空になり、月は上空で姿をかくしてしまったのだよ。

贈歌を受けて、月を自分に擬した表現である。お前の所へ行こうとしても、御機嫌がよくないので、行けなかったのだという言いわけである。

一　前の歌と同じ気持を。

85　あなたに飽きられた晩秋のこの頃の悲しみを思ってみて下さい。今夜の月のように美しい方にあなたの心が奪われていらっしゃるにしても。

結婚生活二年余りの間には、こんなに夜離れをうらむこともあったことがわかる。◇おほかたの秋のあはれ　この歌の詠まれた九月、晩秋の頃の悲しみをさし、「秋」に「飽き」をかけている。

＊　八六〜八九は夫の死後、病気になった頃の歌である。

86　夫が亡くなり、垣が荒れてさびしさのつのっているわが家の撫子《なでしこ》に、秋には涙をそそる露が更に加わるであろうが、そんな秋までは私は生きて見ることはないであろう。

夜離れのさびしさを詠んだとも見られるが、夫の歿後のある年の六月、病気をして心細い思いになったものと思われる。◇垣ほ荒れ　「垣ほ」は垣。夫の歿後手入れができずに荒れたのである。◇とこなつ　撫子の異名。作者の一人娘の面影を含んでいる。

返し

84 さして行く　山の端《は》もみな　かき曇り　心の空に　消えし月影

また、[一]同じすぢ、九月、月あかき夜

85 おほかたの　秋のあはれを　思ひやれ　月に心は　あくがれぬとも

六月ばかり、なでしこの花を見て

86 垣ほ荒れ　さびしさまさる　とこなつに　露おきそはむ　秋までは見じ

「[二]物や思ふ」と、人の問ひたまへる返り事

に、九月つごもりに

87 花すすき　葉わけの露や　なににかく　枯れ行く野べに
消えとまるらむ

[三]わづらふことあるころなりけり。「[四]かひ沼の池といふ所なむある」と、人の[五]あやしき歌語りするを聞きて、「こころみに詠まむ」といふ

88 世にふるに　などかひ沼の　いけらじと　思ひぞ沈む　そこは知らねど

[六]また、心地よげにいひなさむとて

89 心ゆく　水のけしきは　今日ぞ見る　こや世にかへる　かひ沼の池

二 何か心配事でもあるのですか。

87 すすきの葉の間を分けて下葉に置いた露が、草木の枯れてゆく野べに消えずに残っていますが、その露同様の私の命が、どうして今日まで生きながらえているのでございましょう。◇花すすき　すすきの穂のこと。◇葉わけの露　葉の間を分けて下葉に置く露。

三 病気をしている頃であった。この文は前の歌の左注の働きもしている。四 陸奥国《みちのくに》新田郡に貝沼郷があり、そこの池かという。五 不思議な歌語り。「歌語り」は歌にまつわる話。

88 世に生きていて何の甲斐があろう、生きているまいと思って、「かい沼の池」に私なら身を沈めます。その池はどこにあり、池の底はどんなところか知りませんが。◇などかひ沼の　「などかひ（あらむ）」の意で「かひ沼の」と懸詞で続く。◇いけらじ　「池」と「生け」の懸詞。◇そこ　「其処《そこ》」と「底」の懸詞。

六 今度は、気持よさそうに詠んでみようと思って。

89 心のはればれする池の景色を今日は見ました。これが捨てた世に立ちかえってくる甲斐のある「かい沼の池」でしょうか。◇今日ぞ見る　歌絵を見ていったのであろう。◇こや　これが……だろうか。◇世にかへるかひ沼の池　「世にかへるかひ（ある）かひ沼の池」の意。

一侍従の宰相の五節の局《つぼね》、二宮の御前《おまへ》いと近きに、三弘徽殿《こきでん》の右京が、四一夜《ひとよ》しるきさまにてありしことなど、人々言ひ出でて、五日蔭やる。六さしまぎらはすべき扇などそへて

90 おほかりし　豊《とよ》の宮人　さしわけて　しるき日かげを　あはれとぞ見し

はじめて内裏《うち》わたりを見るに、もののあはれなれば

91 身のうさは　心のうちに　したひきて　いま九重《ここのへ》ぞ　思ひ乱るる

七まだ、いとうひうひしきさまにて、ふるさ

一 参議で侍従兼任の藤原実成が献上した五節の舞姫(『日記』六七頁参照)の控所。一条院の東の対におかれた。 二 中宮彰子の御座所。一条院の東北の対にあった。 三 弘徽殿女御の女房の右京。弘徽殿女御は、一条天皇の女御で、内大臣公季の女《むすめ》。実成の姉。家集の諸本は右京だが、『日記』では左京となっている。 四 先夜、はっきりと目立つ有様でいたことなどを。 五 日蔭の鬘《かずら》。五節に奉仕する男女の冠につける。中古以後は造り物が用いられた。 六 顔を隠すための扇。

90 豊明節会《とよのあかりのせちえ》に奉仕した大勢の人々の中で、ひときわ目立つ日蔭の鬘のあなたを感慨深く拝見しました。

寛弘五年十一月中の辰の日の豊明節会の日の歌。◇豊の宮人　豊明節会に奉仕する人。「豊」は豊明節会をさし、「おほかり」と縁語。◇さしわけて　格別に。定家本や『日記』では「さしわきて」とある。「さし」と「日かげ」は縁語。

＊九一～九四は初めて宮仕えに出た頃の歌で九七の前に入るべきものである。(解説参照)

91 宮仕えに出ても、わが身の嘆きは、心の中についてきて、今宮中であれこれと心が幾重にも乱れることだ。

◇身のうさ　不運な身の上をつらく思うこと。◇九重　宮中をさす「九重」と、幾重もの意の「九重」を含む。

七 宮仕えに出てまだ全くの新参者の有様で。 八 わずかに話し合った同僚に。

92 岩間を閉ざしていた氷が春になって解けましたら、途絶えていた水も流れ出し、そこに影がうつらないことがありましょうか。あなたが打解けて親しくして下さるなら、私もまた出仕しないことがありましょうか。

宮仕えに出たのは十二月二十九日で、間もなく里へ帰ったので、春になり氷の解けることを比喩に用いている。

93 山辺の花を散り乱す谷風に固く閉ざしていた氷も解けないことがありましょうか。――中宮様のご慈愛であなたの心も打解けるに違いありません。

立春の風が氷を解かすというのが歌の上の常識である。山の花は里より遅い。その花を散らす谷風は暖かく、どんな氷も解かすはずという発想に立っている。

九 宮仕えに出たのが寛弘二年（一〇〇五）十二月二十九日と考えられるので、これは寛弘三年の正月十日頃のこと。 一〇 里に退ったまま、まだ出仕せずに身をひそめている隠れ家で。

94 雪のよく降る吉野山も、今は春らしく霞がかかっていますのに、私は雪に埋もれて芽も出せない下草同様でございます。

春の光のごとき中宮のいつくしみを期待している。

◇みよしの 「み」は接頭語。吉野山は雪が多く、春になっても雪の降る所として歌に詠まれている。

とに帰りて後、八ほのかに語らひける人に

92 閉ぢたりし　岩間の氷　うち解けば　をだえの水も　影見えじやは

返し

93 みやまべの　花吹きまがふ　谷風に　結びし水も　解けざらめやは

九正月《むつき》十日のほどに、「春の歌たてまつれ」とありければ、一〇まだ出で立ちもせぬかくれがにて

94 みよしのは　春のけしきに　霞めども　結ぼほれたる　雪の下草

[一]少将・中将と名ある人々の、同じ[二]細殿に住みて、[三]少将の君を夜な夜なあひつつ語らふを聞きて、隣りの[四]中将

95 三笠山　おなじ麓を　さしわきて　霞に谷の　へだつなるかな

返　し

96 さしこえて　入ることかたみ　三笠山　霞ふきとく　風をこそ待て

紅梅を折りて、[五]里よりまゐらすとて

97 むもれ木の　下にやつるる　梅の花　香をだに散らせ　雲の上まで

一 少将、中将という呼び名のついている人々。 二 殿舎の側面や背面などの細長い廂の間。 三 私が少将の君とばかり夜毎に会って語り合うのを聞いて。「少将」は、作者の親しくした小少将の君であろう。 四 隣りの局に住んでいる中将が。「中将」は素姓未詳。

95 三笠山の同じ麓なのに区別して、霞に谷が隔てられたことです。中将も少将も同じ近衛府の仲間なのに、あなたにわけへだてをされましたよ。

◇三笠山　奈良の春日神社のある山。但しここは、近衛の大将・中将・少将の異名。女房の呼名が中将、少将なので、それになぞらえていったもの。◇さしわきて　区別をして。「さし」は「笠」の縁語。

96 霞の覆った谷を越えて三笠山に入って行くことは困難なので、風が霞を吹き散らすのを、あなたが打解けて下さるのを私の方こそ待っているのですが。

あなたの方が霞で、私を隔てているのだ、あなたの心が解けたら、私は親しくなれる、との返歌である。

◇さしこえて　「さし」は笠の縁語。

五 歌に「雲の上まで」とあるから、里から中宮へ献上したことがわかる。

97 人目にもふれず、みすぼらしく咲いた梅の花よ、せめて香りだけは宮中まで散らしておくれ。

◇むもれ木の　「下」にかかる枕詞。「むもれ木」は土中や水中に埋もれている木。◇下　宮中を「雲の上」といったのに対し、自分の里を卑下したもの。

卯月《うづき》に八重《やへ》咲ける桜の花を、内裏《うち》わたりにて見る

98 九重《ここのへ》に　にほふを見れば　桜狩《さくらがり》　かさねてきたる　春のさかりか

卯月の祭の日まで散り残りたる、使の少将の挿頭《かざし》にたまはすとて、葉に書く

99 神代には　ありもやしけむ　山桜　今日のかざしに　折れるためしは

正月《むつき》の三日、内裏より出でて、ふるさとの、ただしばしのほどに、こよなう塵積り、荒れまさりたるを、言忌《ことい》みもしあへず

100 あらためて　今日しもものの　かなしきは　身のうさやま

六 寛弘四年（一〇〇七）四月のこと。

98 今、宮中で美しく咲いている八重桜を見ますと、桜見物の春の盛りが再びやって来たのかしらと思われることです。

八重桜の開花は遅く、春の盛りが再び来たかというのもそのためである。『伊勢大輔集』によれば、奈良から八重桜が献上された時、伊勢大輔が取り入れるに当り、「いにしへの奈良の都の八重桜けふ九重ににほひぬるかな」と詠んだのに対する中宮の返歌となっている。作者が中宮の代作をしたのであろう。七 賀茂神社の祭。ここは寛弘四年四月十九日。この年は閏五月があり、祭が例年より早い季節で、桜が残っていたのであろう。八 祭の勅使となった近衛の少将。ここは道長の次男で中宮とは異腹の頼宗。九 祭の勅使の插頭は、桂と葵であるが、ここは中宮から特別に下賜されたもの。插頭は冠につける。

99 神代にはありもしたでしょうか。山桜を今日の插頭に折り取るというこんなめずらしい例は。

一〇 宮仕えに出て一、二年目のことであろう。一一 実家。一二 お正月なのに不吉な言葉を慎むこともし切れずに。

100 とりわけ新年の今日、今までとはちがって何だか悲しいのは、わが身の嘆かわしさが以前とは変ったのであろうか。

夫の死後、身の憂さはつのったが、宮仕えに出て、以前とは違う身の憂さが加わったのである。

た　さまかはりぬる

[一]五《ご》節《せち》のほど参らぬを、「くちをし」など、

[二]弁の宰相の君ののたまへるに

101 めづらしと　君し思はば　きて見えむ　摺《す》れる衣の　ほど
過ぎぬとも

返し

102 さらば君　山藍《やまゐ》のころも　過ぎぬとも　恋しきほどに　き
ても見えなむ

人のおこせたる

103 うちしのび　嘆きあかせば　しののめの　ほがらかにだ
に　夢を見ぬかな

一　十一月中の卯の日の新嘗会《しんじようえ》の前後四日間（中の丑の日から辰の日まで）、五節の舞姫の奉仕する公事。ここはいつの年のことか不明。　二　中宮の上臈女房で藤原道綱の女豊子。大江清通の妻。

101　摺り衣は、見なれず新鮮な感じがすると、あなたがお思いになるなら、摺り衣の時期は過ぎましても、それを着てお目にかかりましょう。

◇摺れる衣　山藍の汁で白布に草木や小鳥の模様を摺ったものを青摺《あおずり》といい、五節の行事にたずさわる人がそれを着る。なお、新嘗会の神事にたずさわる人の着るものは小忌衣《おみごろも》という。

102　それならあなた、山藍の摺り衣の時期は過ぎましても、お逢いしたいと思っていますので、それを着て見せて下さい。

◇山藍のころも　「摺れる衣」をうけたもので、青摺または小忌衣のこと。「ころも」は「衣」と「頃も」の懸詞。◇きても　「着て」と「来て」の懸詞。

＊一〇三〜一〇六は、訪れなかった夫のいいわけによる贈答である。

103　お前に逢えずに、昨夜は人しれず嘆き明かしたので、夢の中で晴れやかに逢うことさえもできなかった。

◇しののめの　「しののめのほがらほがらと明けゆけばおのがきぬぎぬなるぞ悲しき」（『古今集』恋三、よみ人しらず）により「ほがらか」にかかる枕詞としている。

[三]七月ついたちごろ、あけぼのなりけり。返し

104 しののめの　空霧りわたり　いつしかと　秋のけしきに
世はなりにけり

七日[四]

105 おほかたを　思へばゆゆし　天の川　今日の逢ふ瀬は　う
らやまれけり

返し

106 天の川　逢ふ瀬を雲の　よそに見て　絶えぬちぎりし
世々にあせずは

三 この一文は、前の歌の左注の働きもしている。旧暦では七月から秋になる。

104 夜明けの空は、一面霧がたちこめ、早くもこの世は秋の景色——私たちの仲も飽かれることになったことです。

◇いつしかと　早くも。◇秋のけしき　「秋」に「飽き」をかけている。◇世　世の中の意と、男女の仲の意を含んでいる。

四 七月七日。

105 一年の中の全体の日々の事を考えると、一年に一度しか逢えないという七夕の運命そのものはいまわしいが、お前に逢えない今日、七夕の逢う瀬が、うらやましく思われることだ。

◇逢ふ瀬　逢う機会。

106 天の川の逢う瀬を雲の彼方のよそごとと思って、今夜逢えなくても、切れることのない私どもの仲が、末長く変らないのであればよいがと思われます。

今夜来られないのは、心変りのためでなければよいが、心配だ、と釘をさしたのである。

門《かど》[一]の前よりわたるとて、「[二]うちとけたらむを見む」と言ひたるに、書きつけて返しけり

107 なほざりの　たよりに訪はむ　人ごとに　うちとけてしも　見えじとぞ思ふ

月[三]見るあした、いかに言ひたるにか

108 よこめをも　ゆめといひしは　誰なれや　秋の月にも　いかでかは見し

109 なにばかり　心づくしに　ながめねど　見しにくれぬる
秋の月影

相撲《すまひ》[四]御覧ずる日、内裏《うち》わたりにて

一 わが家の門の前を通りかかったというので。「より」は経過する場所を示す。 二 不断着で気楽にしているところが見たい。夫を迎える心積りをする夜ではなく、昼のことであろう。

107 いいかげんな通りすがりに訪れるような人の言葉には、心を許してお目にかかることは決してするまいと思っています。

◇人ごと　人の言葉。ここは夫の言葉。

＊ 一〇八・一〇九は、夫の夜離《よが》れをなじり嘆く返歌である。

三 月を見ていたその翌朝、何と言ってきたのだったか。夫が昨夜来られなかった言い訳であったのだろう。

108 他の女に心を移すなど決してとおっしゃったのはどなたでしょう。昨夜の秋の月に対しても、どのようにしてご覧になっていたのかしら。

他の女と月見をしたのだろうと皮肉ったのである。

◇よこめ　他に目を奪われること。◇ゆめ　決して……ない。◇いかでかは　どのようにして。

109 昨夜は何ほども心を砕いて眺めていたわけではありませんのに、見ているうちに、美しい秋の月が涙で曇ってしまったことでした。

◇心づくし　さまざまに物思いをすること。

＊ 一一〇〜一一四は、女房と贈答した歌である。

四 毎年七月の末に、諸国から集めた力士の相撲を宮中で天皇がご覧になる。

110 家から遠く離れてよるべのない力士同様に、さびしい宮中の私の所へ、今夜の雨の中を訪ねて

来てくれる人はまさかないでしょうね。
雨で相撲が延期となり、夜わびしさに友を求めたもの。
◇すまひ　力士の意の「相撲《すまひ》」と「住まひ」の懸詞。
◇雨もよに　雨の降る中に。「よに」は、まさかの意の「よに」と「夜に」の意を含んでいる。

111　宮中では相撲を競う人がたくさんいるとのことですが、同様に張合う人がたくさんいるという宮中の生活は、住みづらいものとおわかりになりましたか。
◇いどむ人　競い合う人。力士の立場と、宮仕えの女房の立場と両方に通じている。◇ももしき　宮中。
五 左注である。作者が宮仕え中で、中宮彰子が宮中にいた一条天皇の在位中に相撲が雨で延期になったのは、寛弘四年八月十八日の臨時相撲だけである。一条天皇崩御後、彰子が皇太后となって枇杷《びわ》殿にいた長和二年七月二十七日にも雨で延期になっている。 六 あれこれとつまらない公事であったよ。「あいな」は「あいなし」の語幹。
七 同僚の女房であろう。

112　あなたを恋しく思って過していますので、そんな折から降った初雪は、私の知らぬ間に消えてしまったのではないかと疑ったことです。
恋しさに日々何が起っているのかもわからないほどだという気持である。
◇ありふる　月日を過す。

110 たづきなき　旅の空なる　すまひをば　雨もよにとふ　人もあらじな

返し

111 いどむ人　あまた聞こゆる　ももしきの　すまひうしとは　思ひ知るやは

五 雨降りて、その日御覧はとまりにけり。六 あいなのおほやけごとどもや。

初雪降りたる夕暮れに、七 人の

112 恋しくて　ありふるほどの　初雪は　消えぬるかとぞ　うたがはれける

返し

113　生きていると、こんなにも住みづらさが加わるばかりの世の中であることを知らずに、荒れたわが家の庭に美しく初雪が降り積ったことです。
◇ふれば　「降れば」と「経れば」の懸詞。

114　どこへこの身をやったらよいともわからないので、住みづらいと思いながらも、この世に生きながらえていることです。
初雪にことよせて尋ねてくれた友人へ、二首の返歌をしたのであろう。定家本にはこの歌はない。

一　古本にのみある。『紫式部日記』の中の歌で家集にないのを抜き出したのであろう。(解説参照)　二　法華経は八巻で二十八品である。これに開経と結経二巻を加えた三十の経巻を一日に一巻ずつ、または二巻ずつ講ずること。寛弘五年四月二十三日から五月二十二日まで土御門殿で行われた時のことである。　三　法華経の第五巻は、提婆達多品・勧持品・安楽行品・従地涌出品からなる。法華経の中でも提婆品が最も尊ばれ、それの講じられる日は盛大であった。　四　釈尊に法華経を説いた仙人で、提婆達多のこと。釈尊は法華経を得るために、木の実を採り、水を汲み、薪を拾うなどして阿私仙に仕えたと提婆品にあり、提婆品を講じる日はそれに因んだ行事が行われる。土御門殿の今日の日の盛大な行事のために、釈尊は木の実を拾っておかれたのかと思われる、というのである。

115　すばらしく尊いことだ。今日は五月の五日ということで、丁度第五巻が講じられることになっ

113
ふればかく　うさのみまさる　世を知らで　荒れたる庭に　積る初雪

114
いづくとも　身をやるかたの　知られねば　うしと見つつも　ながらふるかな

[一]日記歌

[二]三十講の[三]五巻、五月五日なり。今日しもあたりつらむ提婆品《だいばぼん》を思ふに、[四]阿私仙《あしせん》よりも、この殿の御ためにや、木《こ》の実《み》もひろひおかせけむと、思ひやられて

115
妙《たへ》なりや　今日は五月《さつき》の　五日とて　いつつの巻に　あへる御法《みのり》も

た法華経の教えも、今日の行事も。

◇妙なりや 「妙なり」は霊妙なこと。妙法蓮華経にちなんで用いられている。「や」は感動を表わす。◇御法 仏法。ここは法華経の提婆品に説くところ。

五 池の水が迫っている、御堂の丁度この下において、篝火《かがりび》と御灯明が光りあって。法華三十講が行われたのは、土御門殿の西中門の南にある御堂で、池に臨んでいた。篝火は池のほとりに立てられたものであり、御灯明は仏前のものである。 六 物思いが少なかったら、風情もありそうな折だな。 七 わずかにわが身のことを考えるにつけても。

116 篝火の光も静かに映っている池の水に、仏法の光は、幾千年清らかに澄んで宿ることでしょうか。

仏法の光を宿した土御門殿の栄花を祝った歌である。

◇すまむ 「澄まむ」と「住まむ」の懸詞。

八 五巻日の盛事を讃嘆する表向きの歌を詠んで、つい涙ぐまれる身の上の述懐をかくしたのである。「おほやけごと」は私事に対する語で、表向きの事。 九 中宮の上﨟女房。道長の妻倫子と異腹の兄弟である源扶義の女。

117 澄みきった池の底まで照らす篝火が明るくて、まぶしく恥ずかしいまでに思われる不仕合せなわが身です。

◇まばゆき 篝火がまばゆい意で、そのため恥ずかしい意で続く。

[五]池の水の、ただこの下《した》に、かがり火にみあかしの光りあひて、昼よりもさやかなるを見、[六]思ふこと少なくは、をかしうもありぬべきをりかなと、[七]かたはしうち思ひめぐらすにも、まづぞ涙ぐまれける

116 かがり火の　影もさわがぬ　池水に　幾千代《いくちよ》すまむ　法《のり》の
光ぞ

[八]おほやけごとに言ひまぎらはすを、[九]大納言の君

117 澄める池の　底まで照らす　かがり火に　まばゆきまで
も　うきわが身かな

五月五日、[一]もろともに眺めあかして、あか
うなれば入りぬ。いと長き根を[二]包みてさし
出でたまへり。[三]小少将の君

118 なべて世の　うきになかるる　あやめ草　今日までかか
る　ねはいかが見る

返し

119 なにごとと　あやめはわかで　今日もなほ　たもとにあま
る　ねこそ絶えせね

[四]九月九日、[五]菊の綿を、「これ、[六]殿の上、『い
とよう老《おい》のごひ捨てたまへ』とのたまはせ
つる」とあれば

120 菊の露　わかゆばかりに　袖ふれて　花のあるじに　千代《ちよ》

一 定家本によれば、一一七と一一八の間に、六六の歌とその返歌があり、土御門殿の渡殿の簀子の上で、小少将の君と眺め明かしたことがわかる。 二 菖蒲の根。五月五日には菖蒲の長い根を紙に包んで贈りあう風習があった。 三 中宮の上臈女房。道長の妻倫子の兄弟の源時通の女。

118 私は、すべて世のつらさに泣けて、菖蒲草《あやめぐさ》の行事の過ぎた今日まで残ったこの根のように、今日も泣く音《ね》がたえませんが、あなたはこの根をどうご覧になりますか。

◇うき「憂き」が、「泥土《うき》」を連想させ、「あやめ草」の縁語。◇かかるね「根」と「音《ね》」の懸詞。

119 私は、頂戴した菖蒲の根が長くて袂に包みきれないように、今日もまた何のためだかわからずに、涙を袂でおさえきれず、泣く音がたえません。

◇あやめはわかで　筋目のたつ判断ができないで。◇「あやめ」は条理、筋目の意で、「あやめ」「ね」は「菖蒲」の縁語。◇ね「根」と「音」の懸詞。

四 寛弘五年九月九日。『日記』一六頁参照。 五 九月八日から九日にかけて菊の花を真綿でおおって露と香を移し、その真綿で身体を拭くと老いが除けると考えられ、人に贈り物にもした。 六 殿様の北の方。道長の妻倫子。

120 着せ綿の菊の露で身を拭えば千年も寿命が延びるということですが、私は若返る程度にちょっと袖を触れさせていただき、千年の寿命は、花の持主

であられるあなたさまにお譲り申しましょう。

121　水鳥の楽しげなさまを、水の上のことで、私には関係のないこととして見られようか。傍目には私もはなやかな宮仕えにうわついた日々を過しているのに。

寛弘五年十月十六日、一条天皇の土御門殿への行幸があり、それが近づいた頃の感懐である。『日記』三九頁参照。

◇浮きたる　宙に浮いた。「浮き」は水鳥の縁語。

七 土御門殿への一条天皇の行幸が近づいた頃、里に下がっていた小少将の君からの手紙への返事である。『日記』三九頁参照。八 時雨がさっと降って、空を暗くしたので。九 使者も帰りを急ぎ、返事をせくのである。一〇 空模様があわただしいにつけても、気持が落ちつかなくて。一一 返事の中に腰折れ歌を書きまぜたのだろう。腰折れ歌は、歌の第三句（腰の句）と第四句の続きの悪い歌。自分の歌を卑下していう。一二 折りかえして、小少将の君から。一三 紙の上と下の部分に、雲のたなびく形を濃紫に染めてぼかしたもの。

122　たえまなくもの思いに沈んで眺めている空をも、雲の切れ目もなくまっくらにして降るのは、今までどれほどこらえていた時雨なのでしょう。それはあなたが恋しくてたえきれない涙のようです。

◇雲間なく　雲の絶え間のない意で、「間なく」の意をかけて「ながむる」へ続いている。◇しのぶる　こらえる意。

はゆづらむ

水鳥どもの思ふことなげに遊びあへるを

121 水鳥を　水の上とや　よそに見む　われも浮きたる　世を過ぐしつつ

[七]小少将の君の文おこせたまへる返り事書くに、[八]時雨《しぐれ》のさとかきくらせば、[九]使も急ぐ。[一〇]「空の気色《けしき》も心地さわぎてなむ」とて、[一一]腰折れたることや書きまぜたりけむ。[一二]立ち返りいたう[一三]かすめたる濃染紙《こぜんし》に

122 雲間《くもま》なく　ながむる空も　かきくらし　いかにしのぶる　時雨《しぐれ》なるらむ

返し

123 ことわりの　時雨の空は　雲間あれど　ながむる袖ぞ　かわくよもなき

一大納言の君の、夜々《よる》二御前《おまへ》にいと近う臥したまひつつ、物語りしたまひしけはひの恋しきも、三なほ世にしたがひぬる心か

124 うきねせし　水の上のみ　恋しくて　鴨の上毛《うはげ》に　さえぞおとらぬ

返し

125 うち払ふ　友なきころの　ねざめには　つがひし鴛鴦《をし》ぞよはに恋しき

123 季節柄降るのが当然の時雨の空には、雲の絶え間もありますが、あなたを思ってもの思いする私の袖は、乾く折もありません。
◇ことわりの時雨　降るのが当然である時雨。時は十月で時雨の季節である。◇かわくよもなき　涙にぬれて乾く折もないことだ。
一 中宮の上臈女房。道長の妻倫子の姪。 二 中宮の御前。 三 宮仕えのつらさをあれこれいいながら、やはり今の境遇に順応してしまった心であるよ。

124 中宮様の御前で、あなたと御一緒に仮寝した折がしきりに恋しくて、一人いる里の霜夜の冷たさは、鴨の上毛のそれにも劣りません。
寛弘五年十一月、里に下がった時の歌である。『日記』五八頁参照。
◇うきね　水に浮いたまま寝ること。ここは宮中での落ちつかない仮寝のことで、「憂き寝」の意をかけている。◇水の上　宮中のことを鴨の縁でいったもの。
◇さえ　冷える意の「冴《さ》え」の名詞形。

125 上毛の霜を互いに払い合うように語り合う友もなく、独りさびしい夜中に目が覚めると、おしどりのように離れずに過したあなたが恋しいことです。
◇ねざめ　眠りの途中で目が覚めること。◇つがひし鴛鴦　おしどりは夫婦仲がよいという。贈歌の鴨をつがいのおしどりに変えて恋しさを述べたのである。
四 寛弘五年のこと。里から中宮の所へ参上。『日記』

七一～七二頁参照。五 作者が初めて宮仕えに出た日。六 宮仕えをつらいことだと思っていたのに、今ではすっかり宮仕えに馴れきってしまったというのも、いやなわが身だなと思う。七 宮中という所は、やはりほかとは全く様子が違っているわ。八 里にいる時は今時分はもう寝ているでしょう。「里」は実家をいうが、ここは土御門殿にいた時のことをさしていうのであろう。九 ほんとに寝つけないほどしきりに沓《くつ》の音がするわね。沓には麻製・革製・木製等がある。女の局を訪れる男や警固の役人の沓音であろう。

126 今年も暮れて私の齢も老いてゆく。折から吹いてゆく夜ふけの風の音を聞いていると、心が寒寒して寂しいことだ。

◇わがよ 「よ」は年齢の「よ」と「夜」の懸詞。◇ふけゆく 年をとる意と夜が更けてゆく意の懸詞。一〇 中宮の御前。一一 殿様。道長のこと。一二 いつものとりとめない冗談。一三 梅の実の下に敷いてあった紙。

127 浮気者という評判が立っているので、そなたを見る人で口説かずにすます人はないだろうね。

寛弘五年五月末から六月初めのことであろう。『日記』一〇二頁参照。

◇すきもの さまざまの恋を描いた『源氏物語』の作者なので好色な者と冗談をいったのである。「すき」は「酸き」の連想から「梅」の縁語。◇をらで 梅を手折らずにということで、口説き靡かせないでの意。

師走《しはす》[四]の二十九日に参り、はじめて[五]参りしも今宵《こよひ》ぞかしと思ひ出づれば、こよなう[六]立ち馴れにけるもうとましの身のほどやと思ふ。夜いたうふけにけり。前なる人々、「内裏《うち》[七]わたりは、なほいとけはひことなり。里に[八]ては、今は寝なまし。さもいざとき[九]沓《くつ》のしげさかな」と、色めかしく言ふを聞く

126 年暮れて　わがよふけゆく　風の音に　心のうちの　すさまじきかな

源氏の物語、御前《おまへ》[一〇]にあるを、殿[一一]御覧じて、例のすずろ言[一二]ども出できたるついでに、梅[一三]の下に敷かれたる紙に書かせたまへる

127 すきものと　名にし立てれば　見る人の　をらで過ぐる

一 と書いて、歌を下さったので。

128 人にまだ口説かれたこともありませんのに、誰がこのように浮気者などと評判を立てたのでございましょう。

◇口ならし 酸っぱいので、口を鳴らす意と、言いならす意をかける。

二 中宮は寛弘五年四月十三日から六月十四日まで土御門殿に滞在した。その六月頃のことと考えられる。七月十六日に中宮がお産のため、土御門殿に退出して以後の作者の局は、寝殿と東の対の間の渡殿にあったが、ここの渡殿がどこであるかはわからない。「渡殿に寝たる夜」という表現によれば、いつもの局とは違っていたようである。 三 訪問者が誰か分らないためであろう。

129 昨夜は、水鶏にもまして泣く泣く槇の戸口を夜通し叩きあぐねたことだ。

道長の歌と考えられる。『新勅撰集』でも道長の歌としている。『日記』一〇三頁参照。

◇けに 一段とまさって。◇槇の戸口 「槇」は、建築に用いる松・杉・檜等の木。◇たたきわびつる 水鶏の鳴き声は戸を叩く音に似ているため、水鶏の鳴くのを「叩く」と表現する。

130 ただごとではあるまいと思われるほどに戸を叩く水鶏なのに、戸を開けては、どんなに悔しい思いをしたことでしょう。

◇とばかり と思うばかり、の意。◇あけて 戸を

は　あらじとぞ思ふ

一とて、たまはせたれば

128 人にまだ　をられぬものを　誰かこの　すきものぞとは
口ならしけむ

二渡殿《わたどの》に寝たる夜、戸をたたく人ありと聞けど、三恐《おそろ》しさに音もせで明かしたるつとめて

129 夜もすがら　水鶏《くひな》よりけに　なくなくも　槇《まき》の戸口を　た
たきわびつる

返し

130 ただならじ　とばかりたたく　水鶏ゆゑ　あけてはいか
に　くやしからまし

題[四]しらず

131 世の中を　なに嘆かまし　山桜　花見るほどの　心なりせば

「開けて」と夜が「明けて」をかけている。

四 日記歌の中に入っているが、この一首だけは日記歌ではなく、「題しらず」として『後拾遺集』に出ているのを、ここへそのままとったものと思われる。

131 山桜の花を見ている時の心のように、物思いのない心であったなら、この世の中をどうして嘆こう。

◇なに嘆かまし　どうして嘆こう、嘆きはしない。現在の心の状態とは反対の事を仮想したのである。◇花見るほどの心　花の美しさに心を奪われて見る時のような物思いのない心。

解説

山本利達

一、紫式部について

紫式部とは、宮仕えをした時の女房としての呼び名である。当時の女性の本名は、皇女、皇妃、皇子の乳母等、公的な立場にいた者以外はほとんど伝わっていない。系図や記録類には、某の女《むすめ》とか、女房名が書かれるのみである。女房の呼び名は、一般に父や夫の姓と官職によってつけられる。紫式部は、『栄花物語』の「岩蔭」「日かげのかづら」の両巻では、藤式部と書かれ、「楚王の夢」「布引の滝」の両巻では紫式部と書かれている。「藤」は藤原氏だからであり、「式部」は、父為時がかつて式《しき》部丞《ぶのじょう》であったことによるらしい。紫式部の「紫」がどうしてつけられたかについては、紫は藤とゆかりのある色だからとか、『源氏物語』の女主人公紫の上をすばらしく描いたため等と、古来諸説がある。

『尊卑分脈《そんぴぶんみゃく》』によって紫式部の家系を略記すると、次頁のようになる。紫式部の父母の血筋を辿ると、共に冬嗣《ふゆつぐ》一門ということになる。父方の曾祖父兼輔は、堤中納言と称され、『古今集』以下の勅撰集に多く歌をとられた有名な歌人である。祖父雅正も歌人でその歌は、『後撰集』にとられている。父為時も『後拾遺集』や、『新古今集』に歌がとられ、また、文章生《もんじょうのしょう》出身の漢学者で詩文にすぐれ、『本朝麗藻《ほんちょうれいそう》』その他に多くの詩が収められている。代々このように歌人の家系であるが、一方、身分についてみると、兼輔は中納言にまでなったが、雅正以後は受領止りであった。

母方の曾祖父文範は文章生出身で、権中納言にまでなったが、祖父為信は受領止りであった。

紫式部の伝記については、『尊卑分脈』による系図の他には、『紫式部集』・『紫式部日記』・『伊勢大輔集』の記事によってうかがえる程度である。

生年については、天元元年（九七八）、天延元年（九七三）、天禄元年（九七〇）等の説があるが、いずれも確実な根拠によるものではない。

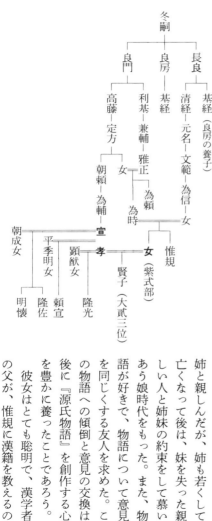

母は早く世を去ったらしく、日記にも歌集にも、母にふれた記事が全くない。同腹に、姉と、一説には兄といわれもするが、弟と思われる惟規《のぶのり》がいた。なお、異腹の兄弟に惟通《のぶみち》と定暹《じょうせん》がいた。

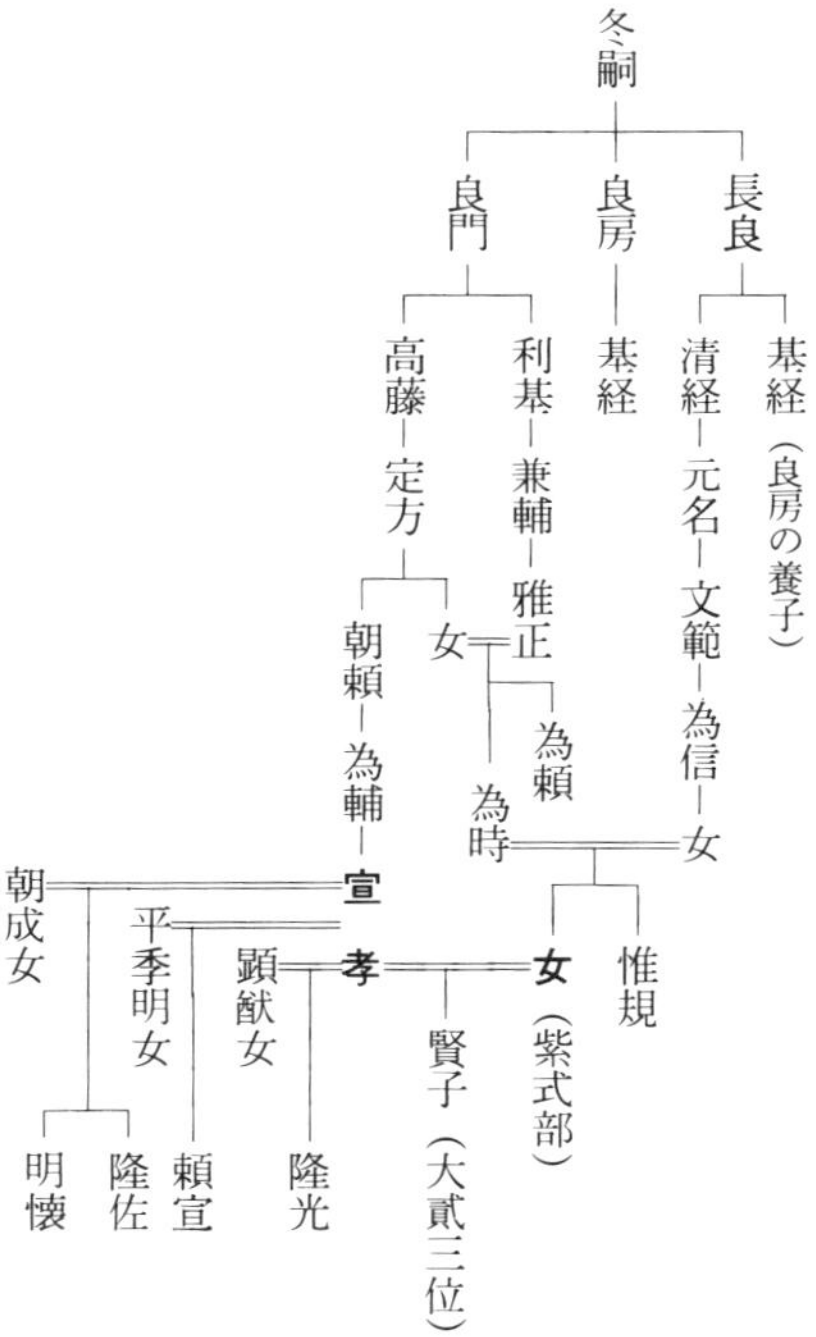

幼くして母を失った彼女は、姉と親しんだが、姉も若くして亡くなって後は、妹を失った親しい人と姉妹の約束をして慕いあう娘時代をもった。また、物語が好きで、物語について意見を同じくする友人を求めた。この物語への傾倒と意見の交換は、後に『源氏物語』を創作する心を豊かに養ったことであろう。

彼女はとても聡明で、漢学者の父が、惟規に漢籍を教えるのを傍で聞いて、惟規より先に覚え、父は、この子が男の子であったらと残念がるほどであった。そして、宮仕えに出た時、中宮に『白氏文集』の楽府《がふ》を進講するほどに漢籍に対する素養は深かった。彼女は、漢籍によって得た人間のとらえ方や、文学的表現法を『源氏物語』に十分生かし、物語の文学性を高め得た。

　彼女は、文学ばかりでなく、音楽にも秀でていたようである。彼女に箏の琴を習いたいという人がいたし、『源氏物語』の中に、音楽に関するすぐれた描写が多いのも、音楽に対する才能の豊かさによるのであろう。

　父為時は、初め大学を出て文章生となり、播磨権少掾《はりまのごんのしょうじょう》になった。その後、花山天皇の世に、式部丞、式部大丞となったが、天皇が出家退位してからは、十年間（九八六〜九九六）官職を失った。長徳二年（九九六）、やっと淡路守に任じられたが、淡路は小国なので不満に思い、申し文（願書）を奉ったところ、その名文が一条天皇の心を動かし、越前守に変えられたという。為時の文章が立派だったことを伝える逸話となっている。

　長徳二年の夏、紫式部は、父と共に琵琶湖の西岸を辿りつつ越前に下った。姉妹の約束をした人は肥前へ下った。慕い合った者同士の遠い別れであった。

　その頃、藤原宣孝《のぶたか》が求婚の手紙を越前へ度々よこした。宣孝と為時とは共に具平親王の家司で親しい間柄であった。『紫式部集』四番の「方違へ」に来た男というのは、宣孝だったという説もある。もしそうなら、若い娘時代から知っていたことになる。

　宣孝は、正暦《しょうりゃく》元年（九九〇）の三月の末、御嶽詣《みたけもうで》をした。御嶽詣には質素な浄衣《じょうえ》姿をするのが習わしであった。ところが、彼は、御嶽の御本尊は質素な服装で参れとはおっしゃっているはずがないと、長男の隆光と共に派手な服装で参詣し、人目をひいた。そして、その年の六月に死去した筑前守の後任に選ばれたという話を、『枕草子』の「あはれなるもの」の段に伝えている。この話によってもわかるように、彼は闊達《かったつ》で明るい性格だったようである。

宣孝は長徳元年には筑前守の任期が終り帰京していたはずだから、長徳二年の夏紫式部が父と一緒に越前へ下る以前から求婚していたのであろう。長徳元年の九月、若狭の国に漂着した唐人（宋人《そうひと》）が越前に移された。宣孝は長徳三年の春にはその唐人を見に行こうとも言い、紫式部への求婚は積極的であった。

『枕草子』の勘物《かんもつ》（人物や事実についての注）によれば、長保三年（一〇〇一）に宣孝の長男隆光は二十九歳とあるから、宣孝の求婚していた長徳二年（九九六）には二十四歳だったことになり、宣孝二十歳の時の子とすれば、長徳二年は宣孝は四十四歳だったことになる。

『尊卑分脈』によれば、宣孝にはすでに三人の妻がいた。またその頃、近江守の娘にも懸想していた。そういう多くの妻子ある宣孝ではあったが、紫式部は結婚することを考えたのであろう。長徳三年の冬、父に別れ、琵琶湖の東岸を経て帰京した。一年余りの地方の生活と旅は、彼女にとっては地方の人と生活を知る貴重な体験となったろう。

長徳四年になって、宣孝は右衛門権佐《うえもんのごんのすけ》で山城守を兼任することになった。宣孝の求婚は続けられ、この年の冬頃結婚したと考えられる。宣孝は四十五歳位、紫式部は三十歳に近かったであろう。

二人の仲はむつまじい時をもった。そして一女賢子が生れた。後に後冷泉天皇の乳母となった大弐《だいにの》三位《さんみ》である。他に何人も妻のあることとて、夫の夜離《よが》れの寂しさを味わう日もあった。それを伝える歌が『紫式部集』にいくつかある。

長保二年、九州に疫病が流行し、冬には都に及び、死者が続出した。長保三年になっても、その流行はおさまらず、宣孝もその流行病に犯されたらしく、四月二十五日に亡くなった。

結婚してわずか三年足らずで、幼い子を形見として、夫を失うことになったのである。聡明で、勝気な明るささえもっていた彼女の心にも大へんな打撃で、自分をこの上なく不運なものと思い、この世を住みづらい世—憂き世—と思うようになった。こんな救いがたい心に包まれながら、本来好きだった物語の創作に憂悶を晴らすようになったようである。『源氏物語』は、この寡居《かきょ》生活の中から生れたと考えられている。

寛弘二年（一〇〇五）または寛弘三年の十二月二十九日、紫式部は中宮彰子の所へ出仕することになった。『源氏物語』の作者として、その才能を認められてのことであったろう。

寛弘五年十一月一日、土御門殿で行われた敦成《あつひら》親王の五十日の祝の席で、当時歌人の第一人者だった藤原公任《きんとう》が、「このわたりに、わかむらさきやさぶらふ」と、「若紫」の巻に関係した発言をしている。これは、公任が、少なくとも「若紫」の巻を読んでいたことを示す。また、当時、『源氏物語』を女房が読むのを一条天皇が聞いて、「この人は、日本紀をこそ読みたるべけれ」と賞讃したともいう。本来、物語は女性の慰み物であったが、『源氏物語』は男性にも読者をもつほどに価値を認められていたのであった。

自分の仕事の価値を認められ、出仕することになっても、身の憂さは消えなかった。しかも、出仕前には経験しなかったつらさを味わわねばならなかった。紫式部は、人に顔を見られることがとても恥ずかしかったが、宮仕えにおいては、その恥ずかしさに始終堪えねばならなかった。また、宮仕えにおいては、女同士で、いやなことを言ったりしたりする者がいる。「うきこと」に堪えかねて里に籠ったこともある。しかし、小少将の君、宰相の君、大納言の君のような親しい同僚もでき、慰められもした。

中宮の立派さや道長一族の栄華に感心することもあったが、心底からは宮仕えになじむことはできなかった。それほど「身のうさ」は心にしみついていた。その心の救いを次第に誦経生活に求めようと思うようになった。しかし、出家をすることまでは考えられなかった。出家したなら、現世への未練や執着があってはならないと自己を律する潔癖さが、出家への志向をためらわせたのである。

紫式部は歿年も明らかでない。『小右記《しょうゆうき》』に、長和二年（一〇一三）五月に生存していたことを示す記事がある。また、『伊勢大輔集』に、紫式部が清水寺へ参籠し、そこで伊勢大輔と出会い、皇太后彰子のために御灯明を奉ったとある。これは、長和三年正月下旬に、彰子が病気をした折のことと推定されている。

寛弘八年（一〇一一）に、為時は越後守となった。その折、惟規は父と一緒について行ったが、その年の十月、その地で亡くなった。西本願寺本『兼盛集』巻末に入っている「佚名《いつめい》歌集」（誰の歌集かわからなくなった歌集）によると、為時の越後守在任中に、紫式部も亡くなったようである。二人の子に先立たれた悲しみのためか、為時は、任期をおえずに、長和三年六月、越後守を辞任して帰京している。そこで、紫式部は、長和三年六月以前に亡くなったのだろうといわれる。しかし、『小右記』寛仁三年（一〇一九）正月五日の記事によって、その当時もなお生存していたとする説もある。

長和三年、娘の賢子は十五、六歳になっていた。賢子は間もなく上東門院彰子に仕え、祖父為時の官名により、越後の弁と呼ばれた。万寿元年（一〇二四）頃藤原兼隆（関白道兼の子）と結婚し、万寿二年親仁親王（後冷泉天皇）の乳母となった。その後、長暦元年（一〇三七）頃高階成章と結婚した。成章は、天喜二年（一〇五四）大宰大弐《だざいのだいに》（大宰府の次官）となり、翌年従三位となった。彼女もその後従三位となり、大弐三位と呼ばれることになった。歌人としていくつかの歌合にも出席し、永承四年（一〇四九）内裏歌合や永承五年の祐子内親王家歌合には典侍の名で出ている。『大弐三位集』（一名『藤三位集』）を残し、勅撰集にも三七首入集している。歿年は明らかでないが、永保二年（一〇八二）三月、病気だったことが『為房卿記』によってしられる。時に八十三、四歳であった。

二、『紫式部日記』について

(一) 中宮御産の背景

『紫式部日記』の前半は、一条天皇の中宮彰子の御産前後の記事が中心となっている。この中宮彰子の皇子出産は、道長にとって実に待遠しいことであったし、道長の今後の政権を確保し、栄華への道を開くものであった。

周知のように、当時、藤原貴族の各々は競って娘を天皇の妃とし、生れた皇子を皇位につけ、外戚として政権を握ることを願った。

道長は摂政太政大臣兼家の五男で、同腹の兄に道隆と道兼がいた。正暦元年（九九〇）五月八日兼家が病気で出家すると、同日、三十八歳の内大臣道隆は、関白となり、五月二十六日には摂政となった。

正暦五年には再び関白となったが、その年の冬から病気となり、翌年の長徳元年（九九五）の三月には、病中の政治は長男の伊周《これちか》が行なう宣旨を下されるよう願い出た。三月九日には、伊周に内覧（太政官から天皇に奏上する諸事に前もって目を通す役）の宣旨が下った。伊周はわずか二十二歳で内大臣であった。道隆の病気はよくならず、四月二十三日亡くなった。

そこで、三十五歳の道兼が右大臣で関白となったが、前年から流行の疫病のためか、わずか十日で亡くなった。時に道長は三十歳で従二位権大納言であり、道隆の長男伊周は二十二歳で正三位内大臣であった。

一条天皇の母の東三条院詮子は、道長の同母姉で日頃から道長に目をかけて、道兼の死後、道長に政権を担当させるよう一条天皇に迫った。

道隆の長女定子は、正暦元年一月に入内して女御となり、同年十月、中宮となった。十四歳であった。一条天皇は定子を愛し、道兼の後は、定子の兄の伊周に政権をと考えたようであるが、母詮子のねばり強い要請に屈し、道長に政権を担当させることにした。長徳元年五月十一日、道長は内覧の宣旨を受け、六月十九日には、内大臣の伊周を越えて右大臣となった。

長徳二年四月二十四日には、内大臣伊周と、その弟の中納言隆家とは、花山院に対する不敬罪にとわれ、伊周は大宰権帥《だざいのごんのそつ》に、隆家は出雲権守に左遷され、七月には道長は左大臣となった。

中宮定子は、兄弟が左遷されるや、五月一日懐妊中なのに自ら髪を切った。七月には、大納言公季（長徳三年七月内大臣となる）の娘義子が入内し、八月には女御となった。また、十一月には、右大臣顕光の娘元子が入内し、十二月には女御となった。また、関白で亡くなった道兼の長女の尊子が、長徳四年に御匣殿別当《みくしげどののべっとう》として入内し、長保二年（一〇〇〇）八月に女御となっている。

髪を切った定子は、その年の十二月に脩子内親王を生み、その後天皇に迎えられ、長保元年十一月六日に第一皇子敦康親王を生んだ。ところが、義子、元子、尊子には皇子が生れず、定子に対抗する力をもちえなかった。

定子が敦康親王を生んだ五日前の十一月一日に、道長の長女彰子が入内し、十一月六日に女御となった。しかし、まだ十二歳であった。道長は政権を得、最強の対抗者の伊周を失脚させたが、伊周の妹の定子が天皇の愛を受け、皇子を生むのに、自分の娘はまだ幼く、心安らかでなかったであろう。長保二年二月、彰子は中宮となり、中宮定子は皇后となった。中宮も皇后も、国から受ける待遇は同じであり、この時から、一人の天皇に二人の后が並立することとなった。ところが、定子は、この年の十二月十五日、媄子内親王を生み、翌日亡くなった。二十五歳だった。

大宰権帥に左遷された伊周は長徳三年に、出雲権守に左遷された隆家は、長徳四年に都に召し返され、定子が亡くなった翌年の長保三年に伊周は本位に復し、寛弘二年には大臣に準ずる待遇を受けることになったが、政治に参与する力はもてなかった。隆家は長徳四年、兵部卿、長保四年に権中納言となった。しかし、二人にはもう道長に対抗する力もなく、定子も亡くなって、定子の生んだ敦康親王の将来に望みをもつだけだった。一方、道長は政権を握り、娘の彰子は中宮となったが、彰子は年若く、彰子の皇子出産がしきりに待たれた。

彰子が入内して九年目、二十一歳となった寛弘五年（一〇〇八）の正月から懐妊の兆候があらわれた。懐妊の明らかになった彰子は、四月十三日に道長の邸である土御門殿に退出した。道長は諸方の寺々に安産を祈らせ、自邸においても三壇（三つの護摩壇）を常設して祈禱させた。

四月二十三日からは、土御門殿内の御堂において、法華三十講を行ない、功徳を願った。『紫式部日記』の消息文と、寛弘七年正月の記事の間にある年月不詳の「十一日の暁云々」の記事は五月二十二日の法華三十講の結願の日のことで、「十一日」は「廿二日」の誤りであろうと考えられる。

彰子は六月十四日に一条院へ帰ったが、七月十六日に土御門殿へ再び退出し、寝殿を居所とした。間もなく、東の対では五壇の御修法が行われた。五壇の御修法は、天皇の安泰のためや、中宮の御産とかに行われる特別のものである。中宮御産の時のはお産の時に現われる魔性の物を退散させ、安産を願うのである。

九月九日の夜半から産気が表われた。初産のせいもあってか、十日は生れず、十一日の午《うま》の時にやっと生れた。待ちに待った男の子であった。一条天皇の第二皇子敦成親王（後一条天皇）である。道長の喜びようは『紫式部日記』にいきいきと描かれている。

彰子は翌年寛弘六年十一月二十五日に、第三皇子敦良親王（後朱雀天皇）を生んだ。

寛弘八年六月、一条天皇が亡くなり、三条天皇が位につき、第二皇子は四歳で皇太子となった。定子の生んだ第一皇子は皇太子になれなかった。

長和元年（一〇一二）二月には、道長の娘妍子が三条天皇の中宮となった。

長和五年一月二十九日、皇太子敦成親王は三条天皇の後を受けて九歳で帝位についた。同日、道長は左大臣で摂政となった。

翌年、寛仁元年（一〇一七）三月には摂政を辞し、息子の頼通を摂政にした。頼通は時に二十六歳で内大臣であった。その十二月に道長は太政大臣となり、翌年の十月には、娘の威子が後一条天皇の中宮となった。娘の三人が皇后になったわけである。

この世をばわが世とぞ思ふ望月のかけたることもなしと思へば

これは威子立后の折に道長の詠んだものである。道長の栄華は絶頂に達した。この栄華も、思えば寛弘五年九月十一日の敦成親王の誕生によって方向づけられたものであった。

(二) 日記執筆の態度

本書の底本とした古本系の『紫式部集』には、巻末に「日記歌」として一七首の歌がおかれている。この一七首のうち、第六番目の歌から第一六番目の歌までは、現存の『紫式部日記』に存在し、その詞書は、日記と同内容のものであり、順序も同じである。最後の一首のみは、「題しらず」となっていて、日記の歌ではなく、『後拾遺集』からとられたものと考えられる。ところが、初めの五首は、寛弘五年（一〇〇八）五月五日から六日にかけてのもので、古本系の『紫式部集』にない歌を抜き出したものと考えられるので、本来、『紫式部日記』は「日記歌」の初めの五首を含む記事があったのだが、いつの頃か、早い時期に散佚《さんいつ》したものとする説がある。これを首欠説といっている。

ところが、現存の日記の冒頭は、いかにも一つの作品の冒頭にふさわしいもので、首欠とは考えられず、「日記歌」の初め五首は、『紫式部日記』とは別の本からとったものとする説もある。『紫式部日記』の本文は、一部分ながら、藤原定家や鴨長明《かものちようめい》の書いたものに引用されたり、鎌倉時代成立の『紫式部日記絵巻』の詞書にかなり伝えられているが、日記の写本としては室町時代に写された一部の断簡を除くと、近世の写本しか伝わっていない。そして、そのどの写本も同一の内容である。『紫式部日記』の内容を大別すると、

(1)　寛弘五年秋から六年正月三日までの中宮のお産前後の記事。
(2)　消息文といわれるもの。
(3)　十一日の暁の御堂詣および道長と紫式部との贈答。
(4)　寛弘七年正月一日から十五日までの記事。

となり、従来、(3)は年月不詳の記事とされていたが、最近では、寛弘五年五月から六月にかけての頃のことと考証されている。従って、(3)の記事は、「日記歌」の初めの五首の歌を含む記事とともに、現存『紫式部日記』の(1)の記事よりも先に位置する内容である。どうして年次の上では先にあるべきものが後にくることになったのであろうか。

『紫式部日記』の中には、

イ、かばかりなることの、うち思ひ出でらるるもあり、そのをりはをかしきことの、過ぎぬれば忘るるもあるはいかなるぞ。

ロ、扇どももをかしきを、そのころは人々持たり。

ハ、されど、そのきはに見し人のありさまの、かたみにおぼえざりしなむ、かしこかりし。

など、作者が当時を回想している表現がみられる。しかも、寛弘五年九月十五日の記事の中に、寛弘六年三月四日に権大納言になった藤原公任を、「四条の大納言」といい、同日権中納言になった藤原行成を、寛弘五年十一月十八日の記事の中で、「侍従の中納言」といっている。これは、『紫式部日記』の寛弘五年および寛弘六年正月の記事が、寛弘六年三月四日以後に執筆されたものであることを示す証拠でもある。すなわち、『紫式部日記』の寛弘六年正月までの日記部分は、寛弘六年三月四日以後のある時期に、回想的にまとめられたものであることがわかる。

『紫式部日記』が、ある時期に過去のことを回想しつつ書かれたものであるなら、それは、人物や衣裳の描写の克明さ一つをとりあげても、単なる記憶によって回想されたものとは考えられない。何か資料のあったことを予想させる。紫式部の心覚えとしての資料があったにちがいない。

　そのような資料が、ある主題のもとに、現存の『紫式部日記』の形にまとめるに当り、取捨選択され、捨てられた資料の中に、「日記歌」の初め五首の歌をもつ、寛弘五年五月五日の土御門殿での法華三十講の記事や、『紫式部日記』中の「十一日の暁」の御堂詣や、道長と紫式部との贈答歌があったのではないか。そして、その資料の中、「十一日の暁」の御堂詣と、それに続く贈答歌は、消息文の後に綴じられて伝わり、一方、法華三十講に関する記事は、『紫式部日記』に関係ある断片としてある時期まで伝えられ、それが、古本系の『紫式部集』の巻末に、「日記歌」として収録されたのではなかろうかと思われる。

　『紫式部日記』には、過去を回想する時に多く用いられる助動詞「き」が回想部分に用いられ、また、消息文以外の地の文にも「はべり」が用いられて、かしこまった表現になっているのに、「十一日の暁」の御堂詣の記事は短い文章ではあるが、「き」も「はべり」もみられないのは、断片資料であったことを証明しているともいえるであろう。

　中宮彰子のお産に関する記録としては、『御堂関白記《みどうかんぱくき》』（藤原道長の日記）、『小右記《しょうゆうき》』（藤原実資の日記）、『権記《ごんき》』（藤原行成の日記）や、『御産部類記不知記《ごさんぶるいきふちき》』といわれる作者不明の記録が三種類伝えられているが、それらはすべて漢文体のもので、行事や人物の行動に視点をおいたものである。『紫式部日記』は、「くはしくは見はべらず」、「柱がくれにてまほにも見えず」などというように、中宮の傍近く仕える紫式部という女房の目によってとらえられた独自の記録で、女房達の衣裳や動勢の詳しい描写は、他の記録には見られないものとなっている。おそらく、これは中宮の女房中、文章力にすぐれた紫式部が、一大慶事たる中宮のお産に関する記録をするよう、道長から要請されて、まとめることになったのであろう。

消息文以外の日記の部分の地の文の中に、「はべり」が三二例と、下二段活用の「たまふ」が一例みられる。「はべり」は、会話文や消息文にのみ用いられ、文法上、丁寧語とか会話敬語とかいわれている。従って、『紫式部日記』は、中宮のお産の有様や宮仕えの模様をしらせてほしいと、ある人から依頼されて、一旦日記体に書いたものを、書簡体になるよう、ところどころに「はべり」を入れたものとする説があり、それが多く支持されているようである。しかし、そう考えるにしては、日記の冒頭からして、あまりにも書簡体らしくない文章である。

「はべり」は、当時の物語や日記の地の文には、わずかの例外を除いては現われず、会話文や消息文に用いられている。しかし、「はべり」は単なる丁寧語ではなく、本来は表現者側に属する事柄や判断についての、絶対謙称に近い、非常にかしこまった敬語だといわれている。勅撰和歌集の詞書に「はべり」が多く用いられているのは、勅撰集という性格上、天皇の目にとまることを考えたことによるかしこまった表現であったといわれている。これと同様に、道長の要請によって『紫式部日記』が書かれたがゆえに、道長が読むことを考慮することになり、作者の行動や判断に「はべり」が用いられることになったものと考えられる。下二段活用の「たまふ」の使用は、日記の部分では一例であるが、自己謙称という方向で考えられるのではないかと思う。

このように道長の要請によって『紫式部日記』が書かれたものと考える時、作者の憂愁が濃厚に描かれるのはなぜかということについて述べねばなるまい。これについては、日記の主題を考えることと関連させて述べることにしよう。

中宮のお産のはじまる寛弘五年九月十一日までの記事を箇条書風に辿ってみると、

㈠　寛弘五年、秋の訪れてきた土御門殿の有様と、身重の中宮の立派さ。

㈡　五壇の御修法の後夜の尊さ。

㈢　早朝、道長から女郎花《おみなえし》をさし出されて歌を求められての贈答。

㈣　若い頼通のすばらしさ。

㈤　播磨守の碁の負けわざ。

㈥　八月二十余日頃から、中宮に関係ある上達部《かんだちめ》や殿上人が宿直し、里居の女房が参上するようになる。

㈦　八月二十六日、中宮が薫物《たきもの》の調合をさせ、女房達にも分配。

㈧　宰相の君の昼寝姿の美しさ。

㈨　九月九日、倫子より菊の着せ綿を贈られ、返歌と共に着せ綿を返そうとしたが、時宜を失した。

㈩　九月九日の夜の中宮の有様。夜中より産気づく。

⑾　九月十日、明け方から部屋の模様替えが行われ、物《もの》の怪《け》調伏の祈禱はじまる。

以下、お産に至るまでの伺候する女房達の有様や祈禱の様子等が述べられている。

右の内容は、単に時の流れのままに描写されたものではなく、中宮およびその父母や弟、あるいはその周囲の人々の立派さを述べる方向に整理されたものと考えられる。

㈠は、いうまでもなく、身重な中宮の態度の立派さをいう。㈡の五壇の御修法は、中宮の御産なればこそ行われる規模の大きい、特別尊い修法なので、その尊さを語ることは、中宮のお産の特別の意義と重大さを示す。㈢は、中宮の父道長のすぐれた容姿と風流を、㈣は、中宮の同母弟頼通の言動の、若さに似ずしっかりとして風流な点を讃美するものである。

㈤の負けわざは、中宮御前で行われたもので、当日出された洲浜に趣向をこらして書かれていた「紀の国のしららの浜にひろふてふこの石こそはいはほともなれ」は、中宮の長寿と繁栄を祝う意をこめたものであった。

㈥は、上達部や殿上人、あるいは、里居の女房達が、臨月も近づいた中宮への奉仕を志して宿直したり、集まってきたことをいう。

㈦は、臨月も迫りながら、薫物の調合をさせたり、それを女房に分配する中宮の風流さを述べていることになる。

㈧は、中宮の従姉妹でもあり、後に若宮の乳母の一人となった中宮の上臈の女房の讃美であり、それは、そのような女房をもつ中宮のすばらしさをいっていることである。

㈨は、中宮の母倫子から作者に贈られた菊の着せ綿へのお礼の歌が、倫子の長寿を祈る内容のものであり、作者は、中宮の前でその歌を渡し、中宮一族の繁栄を願う気持を中宮に伝えたかったが、倫子が中宮の御前から去って、時宜を失したのでお礼の歌を渡さなかったことをいう記事と解される。

㈩は、土御門殿の庭の美しさを語る女房達と、産気づく直前まで薫物を楽しむという中宮の風流を述べたものである。

以上のように、㈠から㈩までの内容を辿ってみると、それは、中宮と中宮に関係の深い人々の立派さに対する讃美という方向に主題があるものと思われる。

この後のお産の模様や、御湯殿の儀、あるいは産養や一条帝の行幸は、その儀式のすばらしさや、中宮の立派さを述べるものである。
中宮還啓前の大規模な冊子《そうし》作りも、還啓の儀式や贈物の見事さも、それと軌を一にした描写である。五節の舞姫の参入の折、中宮権亮藤原実成の舞姫達が一番すばらしく思われたのは、中宮が特別肩入れをしていたからであろう。付添の左京の君に対するいたずらも、実成の舞姫の付添なるがゆえの気安さもあったのであろうし、その女房達のいたずらをみての中宮の言葉は、いかにも中宮にふさわしい大様さを示している。

臨時の祭は、祭の使となった中宮の弟教通の成人ぶりに焦点がしぼられたのもゆえあることといえる。

寛弘五年の年末の夜おきた引剝ぎ事件の恐ろしい最中、紫式部は、一番に中宮の安否を気づかってかけつけ、その安泰をたしかめている。

このように、中宮のお産の前後の記事を辿ってみると、それは、中宮と、中宮に関係の深い人々の立派さと、お産に伴う種々の儀式のすばらしさを描くことに主題をおいているといえるであろう。

しかし、このような主題に統一された記録の中に、憂愁にみちた作者の心が描き出されているのは、どうしてなのであろうか。

『紫式部日記』の研究者は、『紫式部日記』の主題を、中宮のお産の記録と、作者の孤愁を内省し、仏教に救いを求める心を描き出すことにあると考えるのが一般である。しかし、この日記が、道長の要請によって書かれたものという仮説によれば、憂愁にみちた作者の心を描くということが主題であったとは考えられない。日記の冒頭に、

御前にも、近うさぶらふ人々、はかなき物語するを聞こしめしつつ、なやましうおはしますべか

めるを、さりげなくもてかくさせたまへる御ありさまなどの、いとさらなることなれど、憂き世のなぐさめには、かかる御前をこそたづね参るべかりけれと、うつし心をばひきたがへ、たとしへなくよろづわすらるるにも、かつはあやし。

とある。中宮の立派さにひかれて、この世を憂き世と嘆く日頃の気持が、我ながら不思議に思えるほど、すっかり消えてしまうというのである。この立派な様に心ひかれて、わが身の憂愁を一時的にではあるが忘れるという情緒構造が、十月十六日の一条天皇の行幸の記事のところでもみられる。

行幸の準備のととのえられた土御門殿の有様になじめず、憂愁にとざされるのであるが、また、いよいよ行幸の日となり、駕《か》輿丁《よちょう》の苦しげな様を見ると、宮仕えのつらさと思いくらべもするが、そういう作者の心は、行幸に仕える人々の衣裳の見事さ、音楽のすばらしさを語るときは消えて、それを描写することに集中している。尋常でない憂愁をかかえた作者の目によってとらえられた記録である。屈折した心の持ち主が描き出す記録であるから、行幸の場面の盛大さに奥行が与えられているといえよう。清少納言のように、一途に中宮関係のことを讃美するような表現法ではない。

中宮の還啓が迫った頃、作者は里居して物思いにふけるのであるが、里居の直前に思うのは、

御前の池に、水鳥どもの日々におほくなりゆくを見つつ、入らせたまはぬさきに、雪降らなむ、この御前のありさまいかにをかしからむと思ふに、あからさまにまかでたるほど、二日ばかりありてしも雪は降るものか。

ということである。里居して宮仕えのつらさを嘆き、物思いを続けることになる作者が、中宮の還啓前に、御前に雪が降って中宮の御前が美しい雪景色をみせてくれるようにと願っているのである。中宮とともに、その雪景色を見はやそうとするためにちがいない。里居して物思いを続けることになる

作者が、中宮に対してそう思うのは、中宮に心ひかれ、「憂き世のなぐさめには、かかる御前をこそたづね参るべかりけれ」と思えばこそであろう。こういう遠近法によって、中宮の立派さを位置づけることを考えた表現であると思われる。

五節の折、人目にさらされた舞姫や付添に対しても、自分の身にひきくらべて思うところにこの作者の目と心がある。そして、そういう目と心をもった作者によって表現された中宮とその関係者を讃美する御産記録なのである。

年暮れてわがよふけゆく風の音にこころのうちのすさまじきかな

との思いを抱いた寛弘五年の年末、引剝ぎ事件が起った時、人の泣きさわぐ声を聞いて、恐ろしい思いをしながらも、他の女房を誘い、まず中宮の安否を尋ねにかけつけている。憂愁にみちた心の所有者なのだが、中宮のためには、我を忘れてかけつけるのである。憂愁の心も忘れて奉仕される人柄の中宮であったということになろう。

以上のように見ることによって、作者の心を内省し、出家を志向する心を表現することが主題の一つであったとは考えられない。作者の愁いにみちた心の描写は、作者の目と心を位置づけると共に、中宮や儀式の立派さを引き立てる役割をもったものといえよう。

日記の主題を、中宮や儀式の立派さを記録することにした時、お産前の記録はその方向に整理されることになった。寛弘五年五月五日の法華三十講や、「十一日の暁」の御堂詣は、中宮のお産からは時間的に離れた仏事であり、五壇の御修法こそ中宮御産の祈禱にふさわしいものとしてそこから書き始められ、法華三十講や、「十一日の暁」の御堂詣の資料は、日記に取り入れなかったものと思われる。

日記は、寛弘五年の日記につづいて、寛弘六年正月の三日間、中宮のお給仕役をつとめた大納言の君、若宮のおそばに奉仕した宰相の君の衣裳と容姿を述べ、次に宣旨の君の容姿と人柄について述べている。

(三) 消息文の主題とその位置

このあと、「このついでに、人のかたちを語りきこえさせば、ものいひさがなくやはべるべき」(七六頁)と、人に語りかける文体に変り、一〇〇頁一二行目までは、非常に多く「はべり」が用いられ、「いと御覧ぜさせまほしうはべりし文書きかな」、「残らず聞こえさせおかまほしうはべるぞかし」、「御覧ぜよ」などというように、読み手を予想した消息体の文章となっている。そこで、この部分は「消息文」と呼ばれている。この消息文の始まりが、「このついでに」という以上、日記の部分も人に与える消息文なのだとする説があるが、日記の部分には、地の文にわずかな「はべり」の使用と、下二段活用の「たまふ」の使用が一箇所ある以外には、消息文というべき性格を指摘することはできない。それに対し、消息文の部分には、日記の部分とは比較にならないほど多くの「はべり」が地の文に用いられ、右にあげたような人に語りかける消息文としての性格をもっていて、日記の部分とは明らかに区別される。そこで、日記の中に消息文が竄入《ざんにゅう》したものとする説がある。たしかに文章の形態上は竄入かと思わせるが、消息文の初めの内容は、寛弘六年正月の記事と無関係ではなさそうである。

消息文の内容を解説的に辿ってみよう。

初めに、宰相の君(北野の三位)・小少将の君・宮の内侍・式部のおもと等、消息文の直前に述べられた宰相の君・大納言の君・宣旨の君につぐ身分の中宮の女房の容姿について讃美に近い批評をする。次に、中宮の若くて美しい女房達――小大輔・源式部、続いて、以前中宮に仕えていて容姿のすぐれていた女房達――宮木の侍従・五節の弁・小馬の容姿を想起する。このように容姿のすぐれた者はいるが、「心ばせ」のすぐれた者はめったにいず、誰も一長一短があることを思う。人間には一長一短があり、非のうちどころのない人間はいないというこの人間観を前提にして、斎院の中将の君の手紙についての批判に入る。

斎院の中将の君の、人にやった手紙を見たところ、主人の斎院を完全無欠の人物とし、すぐれた歌や風流な人物は、斎院に仕える女房の中から生れるというものである。この自信にみちた自慢は、人間のあり方として認めがたい。

また一方、公卿殿上人が、中宮のところは無風流だと噂しているとのことである。たしかに、斎院のところは、風流に振舞える環境なのに対し、中宮のところは、人の出入りが多く、中宮を引き立てるべき上臈の女房が、出入りの男性と積極的に応対しないため、中宮のところはおもしろくないと非難することにもなるだろう。しかし、斎院の中将の君のいうように、斎院の女房が完全ではありえず、斎院方よりも中宮方にむしろ才女がいると反駁《はんばく》する。

赤染衛門の夫大江匡衡が「丹波の守」といわれているので、この消息文の執筆は、匡衡が丹波守になった寛弘七年三月三十日以後のことになる。その頃、和泉式部は中宮に出仕していた。赤染衛門は倫子の女房ながら中宮の所へ出入りして、中宮方には身内的な関係にあった。和泉式部・赤染衛門という中宮方の二人の女房を讃美するのは、斎院の中将の君の手紙に対する反発によるものと思われる。

赤染衛門が歌人として詠みちらさないのに対し、下手な歌を得意顔に作る者のいることにふれ、漢字を得意そうに書きちらす清少納言の漢学の才の浅さを非難し、漢学の才をひけらかす軽薄な者の不幸を予言する。これは、中宮彰子と対立的勢力をもっていた皇后定子の華やかさを『枕草子』に定着させた者への対抗意識から生れた非難でもあったろう。

清少納言の漢学の才を非難し、漢学の才をふりまわす者の不幸を予言する作者は、若い頃から漢詩文に親しみ、父からもその才を認められたわが身の不幸な運命の反省へと向う。若い頃から漢学に親しんだ結果、「御前《おまへ》はかくおはすれば、御幸《さいはひ》はすくなきなり。なでふ女か真名書《まんなぶみ》は読む。昔は経読むをだに人は制しき」と、家の女房に非難されて、反撥を感じながらも肯定せざるをえない。『源氏物語』を女房が読むのを一条天皇が聞いて、「この人は、日本紀をこそ読みたるべけれ。まことに才《ざえ》あるべし」といった賞讃は、「いみじうなむ才がる」といって、左衛門内侍から中傷され、「日本紀の御局」という不名誉な名をつけられることになった。「才がる」ことは絶対にするまいと決心し、中宮の希望によって『白氏文集』の楽府を進講するのも人目をさけてであって、女が漢学の才を表に出すことによって人の非難を受けることを非常に恐れている。

宮仕えにおいては、このように人目を気にして生きてゆくことのつらさを深めるばかりである。そこで、誦経生活に入りたいとも思うが、聖衆《しょうじゅ》の来迎《らいごう》を受けるまでに、心の迷いのありうることを考え、出家へもふみ切れない自己の悲しい運命を思い、こういう自己を、この消息の受け手の親しい人にさらけ出し、互いに語り合って慰めを見出そうとする結びとなっている。

このように消息文の内容を辿ってみると、消息文の中に一貫しているのは、女房達の言動に対する、女の心ばせのあり方という観点からの批判であり、その批判が自己の反省へ向ったものとなっている。そして、この女房達の言動の批判によって、中宮方への世間の批判を弁明することを目論《もくろ》んでいると考えられる。そこに消息文の主題があるといえよう。

消息文に述べられたこのような主題は、御産記録のような日記体では書けないし、書く機会がないであろう。消息体によってこそ書き易い内容であった。消息の受け手が誰であったか、実在したのか、架空であったのかは問題ではなく、若い頃、「おなじ心なるは、あはれに書きかはし」た時のように、親しく語る姿勢を必要としたものと思われる。

ともあれ、消息文の初めの「このついでに」は、中宮の女房の容姿の批評という点では、寛弘六年正月の日記の記事に続くが、文章上では、日記体と消息体と相違があり続かない。

中宮とその関係者の讃美と儀式の立派さを、日記の部分の主題としているのに対し、消息の部分の主題が中宮方の女房に対する世間の非難への弁明にあったとすると、主題の上では相関連することである。中宮方のものを讃美する以上、中宮方を非難する意見があれば、それを否定してこそ讃美が意義をもつ。従って、消息文は、日記の主題を補う意味をもっている。

日記体では書けなかった内容を消息文にしようとした。ところが、内容上日記の部分と消息の部分とは、別々に離すわけにはいかなかった。そこで、寛弘六年正月に中宮に奉仕した、大納言の君、宰相の君の衣裳と容姿について述べ、続いて宣旨の君の容姿と人柄について述べたついでに、他の容姿のすぐれた女房についても述べるという体裁で日記部分と消息を結合させようと考えたらしい。しかし、文体上は異質なものが加わったことになっている。日記の中に消息文が竄入したものとする説が出たのも一理あることであった。

三、『紫式部集』の構成

『紫式部集』の写本は、定家自筆の断簡がわずかにあるが、歌集として整ったものは、室町時代以後のものしか残っていない。現存の『紫式部集』は、大別して、定家本、古本、別本の三種に分けられる。

定家本は、藤原定家自筆の『紫式部集』を写したと称する系統のもので、定家本中最善本とされる実践女子大学本は、定家本中最も多くの歌を有し、一二六首ある。

古本は、詞書や歌の配列において、定家本より古体を伝えるものとの推定からつけられた称で、この系統の写本では、一一四首の歌をもち、陽明文庫本や宮内庁書陵部本の二本は、巻末に「日記歌」という一七首の歌をもっている。本書においては、『紫式部集』の古い形を伝えることと、「日記歌」を伝えることを考え、古本系の最善本とされる陽明文庫本を底本とした。

別本は、元禄九年の板本の序と、定家本の歌の配列順に一一二首の歌を収め、その後に、赤染衛門の歌八一首を、さらに、勅撰集にとられた紫式部の歌のうち二四首を載せ、次に定家本の奥書や元禄九年の板本の跋文などを載せている。しかも、詞書は、定家本や古本巻末の「日記歌」、あるいは、勅撰集の詞書の中から詳しいものを採択するという雑纂的性格をもっている。

古本の陽明文庫本と定家本の実践女子大学本と比較すると、五一番までは、歌の順序は全く同じで、詞書もほとんど同じである。五二番以下の両本の異同を示すと次のようになる。(以下漢数字は陽明文庫本、算用数字は実践女子大学本の歌の順序を示す)

をりからを	五二	／
きえぬまの	五三	52
わかたけの	五四	53
かずならぬ	五五	54
こころだに	五六	55
うきことを	五七	60
わりなしや	五八	62
しのびつる	五九	63
けふはかく	六〇	64
かげみても	六一	68
わするるは	六二	78
たがさとも	六三	79
くれぬまの	六四	124
たれかよに	六五	125
なきひとを	六六	126
あまのとの	六七	72
まきのとも	六八	73
をみなへし	六九	76
しらつゆは	七〇	77
ましもなほ	七一	80
なにたかき	七二	81
こころあてに	七三	82
けぢかくて	七四	83
へだてじと	七五	84
みねさむみ	七六	85
めづらしき	七七	86
くもりなく	七八	87

いかにいかが	七九	88
あしたづの	八〇	89
をりをりに	八一	90
しもがれの	八二	91
いるかたは	八三	92
さしてゆく	八四	93
おほかたの	八五	94
かきほあれ	八六	95
はなすすき	八七	96
よにふるに	八八	97
こころゆく	八九	98
おほかりし	九〇	99
みのうさは	九一	56
とぢたりし	九二	57
みやまべの	九三	58
みよしのは	九四	59
みかさやま	九五	100
さしこえて	九六	101
むもれぎの	九七	102
ここのへに	九八	103
かみよには	九九	104
あらためて	一〇〇	105
めづらしと	一〇一	106
さらばきみ	一〇二	107
うちしのび	一〇三	108
しののめの	一〇四	109
おほかたを	一〇五	110

あまのがは	一〇六	111
なほざりの	一〇七	112
よこめをも	一〇八	113
なにばかり	一〇九	119
たづきなき	一一〇	120
いどむひと	一一一	121
こひしくて	一一二	122
ふればかく	一一三	123
いづくとも	一一四	／
たへなりや	一一五	65
かがりびの	一一六	66
すめるいけの	一一七	67
なべてよの	一一八	70
なにごとと	一一九	71
きくのつゆ	一二〇	114
みづどりを	一二一	／
くもまなく	一二二	115
ことわりの	一二三	116
うきねせし	一二四	117
うちはらふ	一二五	118
としくれて	一二六	／
すきものと	一二七	／
ひとにまだ	一二八	／
よもすがら	一二九	74
ただならじ	一三〇	75
よのなかを	一三一	／

右の両本の比較から、

(1) 陽明文庫本の九一～九四は、綴じ違えか何かの理由で順序が違ったもので、実践女子大学本のように、「こころだに」の歌（五六）の次に本来あった。
(2) 実践女子大学本の65～71は、「日記歌」の関係資料から補入されたもので、補入に当っては、68と同じ歌である陽明文庫本の六一の歌の前後に配した。
(3) 実践女子大学本74と75、および114～118は、いずれも『紫式部日記』から補入されたものである。
(4) 実践女子大学本は、歌を補入するに当り、小少将の君の死に関係ある六四～六六を巻末に移した。

右のような諸点を仮定すると、古本（陽明文庫本）と、定家本（実践女子大学本）は、順序が一致し、さらに詞書もほとんど一致し、両本の祖本は同じであったと考えられる。

『源氏物語』には七九四首もの歌が紫式部によって創作されているのに、『紫式部集』には、少しの欠脱した歌の存在が推定されるが、他人の歌を含めて、わずかに一一四首しかない。しかし、製作時代をみると、娘時代のものから、作者の晩年の頃のものまでを含み、作者の生涯にわたる歌集である。作者の生涯にはもっと多くの歌が詠まれたはずであるが、この歌集における歌数はわずかであり、歌の並べ方をみると、ある意図のもとに整理されたものであることを思わせる。

『紫式部集』の伝本の中、定家本系の元禄九年の板本のみは上下二冊に分れていて、上巻は55（五六）番まで、下巻は、56（九一）番の「みのうさは」の歌から始まっている。この分け方により、五六（55）番までを前篇、以下を後篇とするならば、前篇には宮仕え以前の歌、後篇には宮仕え後の歌と、結婚前後の歌が入っていることになる。

古本系の九一〜九四番の歌は、定家本（実践女子大学本）の56〜59番の歌と同じであり、本来五六（55）番の歌の次にあったものと考えられるので、後篇は、宮仕えに出た時の歌から始まっていることになる。

前篇では、内容上同類のものが集められ、それが年代順に並べられており、後篇では、宮仕え以後の歌を中心に、結婚前後の歌が三箇所に散らしてある。従って年代順とはいえないが、同類の歌同士の中では年代順になっていると考えられる。

また、前篇の詞書では、第三者的、物語的に書かれ、固有名詞が用いられず、後篇の宮仕え中の歌の詞書には、固有名詞相当の名が書かれるが、その他の関係者は、第三者的、物語的に性格づけがなされ、固有名詞が全く用いられていない。

このような点を考えると、編集に一定の規準と意図があったことを思わせる。

さらに、詞書の中には、「その人遠き所へ行くなりけり」のように「なりけり」の形で、前の歌には左注的に、次の歌には詞書としての働きをもつものがあり、これは紫式部自身の体験により書かれたものと思われ、詞書全体も紫式部によって書かれたと考えるのが最も自然である。

以上の諸点から、古本や定家本の祖本は、紫式部の自撰であったと考えられる。

前篇は、娘時代の友達との別離やめぐり逢い、旅、結婚生活の楽しい日々、これら若き日の記念となる歌が回想的に並べられ、夫の死後の身の不幸を嘆く歌を最後においている。

後篇では、宮仕えにおける半ば公的な歌以外は、宮仕え中の憂愁にみちた歌が多く、また、夫に対する閨怨の歌ともいうべき前篇にみられなかった結婚生活の暗い反面をみせる歌が、求婚当時の歌と共に入っており、後篇の性格を憂愁の色濃い歌集としている。

古本も定家本も祖本は同じであった。祖本の後篇の初めは、定家本のように、宮仕えに出た最初の歌、

身のうさは心のうちにしたひきていま九重《ここのへ》ぞ思ひ乱るる

がおかれ、

いづくとも身をやるかたの知られねばうしと見つつもながらふるかな

が最後におかれていたと考えられる。そこにも、後篇の色どりをみることができる。

歌の手本である『古今集』においては、中心になるのは、四季の歌と恋の歌である。ところが、『紫式部集』では、純粋な四季の歌や恋の歌は少なく、賀・離別・羇旅・哀傷・雑に入るようなものが多い。そして、専門歌人の歌集には、屛風歌や歌合の歌が重い位置を占めるのに、『紫式部集』には、そのようなものは一首もない。このことは、紫式部が、中古三十六歌仙の一人に撰ばれ、勅撰集に五八首もとられているのに、「紫式部、歌よみの程よりは物書く筆は殊勝なり」という藤原俊成の評価のように、『源氏物語』の作者としての名声のみ高く、和泉式部や赤染衛門のように歌人として世に認められ、活躍する機会がなかったことを物語るのであろう。

ともあれ、『紫式部集』は、作者の娘時代から晩年にわたる歌集である。『源氏物語』の作者が、明るくやさしい心と、反面、冷静な批判力をそなえた娘時代をすごしたことを教えてくれる。また、夫の死後、宮仕えに出ても、身の不幸や世の無常を思う憂愁にみちた心を持ち続け、それを冷静にみつめる精神構造の持ち主であったことを、『紫式部日記』と共に教えてくれて貴重である。

しかし、『紫式部日記』では、誦経生活への志向を示しているのに、『紫式部日記』の成立より後の歌をも含むこの歌集には、そういう作者の心を示すものが全くない。赤染衛門は経文に関係ある釈教

歌を多く詠み、和泉式部も、仏教に関係ある歌を詠んでいる。ところが、紫式部は、『源氏物語』で、仏教的な生き方を深く追求し、『紫式部日記』においても、自ら誦経生活への志向を述べているのに、仏教に関心をよせる歌は、「日記歌」の中に、法華経の提婆品に関する歌を一首残しているにすぎない。誦経生活への志向は歌になりえなかったのであろうか。あるいは、後篇の性格上入れ得なかったのかもしれない。

付録

実践女子大学本
むらさき式部集

一、古本系の『紫式部集』と祖本を同じくすると考えられる定家本系の最善本の実践女子大学本『むらさき式部集』を、参考のため翻刻した。
一、翻刻は、できるだけ原本に忠実にすることにしたが、次のように手を加えた。
(1) 濁点、句読点、引用符号をつける。
(2) みせけちの部分は挙げない。
(3) 定家本系の諸本と校合して語彙上誤りと思われるもの、および、奥書の年号について誤りと考えられる部分の右傍に（ママ）と注する。
(4) 本文がなく空白の箇所に、（何行空白）と注する。
一、歌の上の算用数字は、実践女子大学本の歌の順序を示し、歌の下の括弧内の漢数字は、本書の底本に用いた陽明文庫本の番号である。
一、勅撰集と夫木抄に採られているものを下段に掲げた。

はやうよりわらはともだちなりし人に、としごろへてゆきあひたるが、ほのかにて、十月十日のほど、月にきおひてかへりにければ

1 めぐりあひて見しやそれともわかぬまにくもがくれにし夜はの月かげ　（一）

（一行空白）

その人とをきところへいくなりけり。あきのはつる日きたるあかつき、むしのこゑあはれなり

早くより、童友だちに侍りける人の、年ごろ経て行きあひたる、ほのかにて、七月十日のころ、月にきほひて帰り侍りければ　紫式部

めぐりあひて見しやそれともわかぬ間に雲隠れにし夜半の月影　（新古今集雑上　一四九七）

遠き所へまかりける人の、まうで来て暁帰りける、九月尽くる日、虫の音もあはれなりければ詠める　紫式部

2 なきよはるまがきのむしもとめがたきあきのわかれやかなしかるらむ　(二)

「さうのことしばし」とかひ《(ママ)》たりける人、「まいりて御てよりえむ」とある返事に

3 つゆしげきよもぎが中のむしのねをおぼろけにてや人のたづねん　(三)

かたゝがへにわたりたる人の、なまおぼ〳〵しきことありとて《(ママ)》、かへりにけるつとめて、あさがほの花をやるとて

4 おぼつかなそれかあらぬかあけぐれのそらおぼれするあさがほの花　(四)

返し、てをみわかぬにやありけん

5 いづれぞといろわくほどにあさがほのあるかなきかになるぞわびしき　(五)

鳴き弱るまがきの虫もとめがたき秋の別れや悲しかるらむ　(千載集離別　四七八)

上東門院に侍りけるを、里に出でたりける頃、女房の消息《せうそこ》のついでに、「箏の琴伝へにまうでむ」と言ひて侍りければ遣《つかは》しける　紫式部

露しげき蓬が中の虫の音をおぼろけにてや人のたづねむ　(千載集雑上　九七四)

方違へにまうできたりける人の、おぼつかなきさまにて帰りにける朝に朝顔を折りて遣しける　紫式部

おぼつかなそれかあらぬか明ぐれのそらおぼれする朝顔の花　(続拾遺集恋四　一〇〇三)

返し　読人しらず

いづれぞと色分くほどに朝顔のあるかなきかになるぞ悲しき　(続拾遺集恋四　一〇〇四)

つくしへゆく人のむすめの

6 にしのうみをおもひやりつゝ月みればたゞになかるゝころにもあるかな　(六)

返し

7 にしへゆく月のたよりにたまづさのかきたえめやはくものかよひぢ　(七)

はるかなるところに、ゆきやせんゆかずやとおもひわづらふ人の、やまざとよりもみぢをおりてをこせたる

8 つゆふかくをく山ざとのもみぢばにかよへるそでのいろをみせばや　(八)

かへし

9 あらしふくとを山ざとのもみぢばゝつゆもとまらん

ことのかたさよ　（九）

10 もみぢばをさそふあらしはゝやけれどこのしたなら
でゆくこゝろかは　（一〇）

又、その人の

ものおもひわづらふ人の、うれへたる返ごと
に、しも月ばかり

11 しもこほりとぢたるころのみづくきはえもかきやら
ぬこゝちのみして　（一一）

返し

12 ゆかずともなをかきつめよしもこほりみづのうへに
ておもひながさん　（一二）

かもにまうでたるに、「ほとゝぎすなかなん」
といふあけぼのに、かたをかのこずゑおかしく

霜月ばかりにもの思ひける人の、うれへたりけ
る返り事に遣しける　　紫　式　部

霜氷閉ぢたるころの水くきはえもかきやらぬ心地の
みして　（玉葉集雑一　二〇四二）

賀茂に詣でて侍りけるに、人の、「ほととぎす
鳴かなむ」と申しけるあけぼの、片岡の木ずゑ

見えけり

13 ほとゝぎすこゑまつほどはかたをかのもりのしづくにたちやぬれまし　（一三）

やよひのついたち、かはらにいでたるに、かたはらなるくるまに、ほうしのかみをかうぶりにてはかせだちをるをにくみて

14 はらへどのかみのかざりのみてぐらにうたてもまがふみゝはさみかな　（一四）

あねなりし人なくなり、又、人のおとゝうしなひたるが、かたみにゆきあひて、なきがゝはりにおもひかはさんといひけり。ふみのうへにあねぎみとかき、中の君とかきかよはしけるが、をのがじゝとをきところへゆきわかるゝに、よそながらわかれおしみて

15 きたへゆくかりのつばさにことづてよくものうはが

をかしく見え侍りければ　紫式部

ほととぎす声待つほどは片岡の森の雫に立ちや濡れまし　（新古今集夏　一九一）

あさからず契りける人の、行き別れ侍りけるに

紫式部

北へ行く雁のつばさにことづてよ雲の上がき書き絶

きかきたえずして　（一五）

返しは、にしのうみの人なり

16 ゆきめぐりたれもみやこにかへる山いつはたときく
ほどのはるけさ　（一六）

つのくにといふ所よりをこせたりける

17 なにはがたむれたるとりのもろともにたちゐるもの
とおもはましかば　（一七）

かへし

（二行空白）

つくしにひぜんといふところより、ふみをこせ
たるを、いとはるかなるところにて見けり。そ
の返ごとに

18 あひ見むとおもふこゝろはまつらなるかゞみのかみ

えずして　（新古今集離別　八五九）

津の国にまかれりける時、都なる女ともだちの
もとに遣しける　　紫式部

難波潟群れたる鳥のもろともに立ち居るものと思は
ましかば　（続拾遺集雑上　一一二四）

浅からず頼めたる男の、心ならず肥後の国へま
かりて侍りけるが、たよりにつけて文をおこせ
て侍りける返り事に　　紫式部

あひ見むと思ふ心は松浦なる鏡の神やかけて知るら

やそらにみるらむ　（一八）

かへし、又のとしもてきたり

19 ゆきめぐりあふをまつらのかゞみにはたれをかけつゝいのるとかしる　（一九）

あふみのみづうみにてみをがさきといふところにあみひくを見て

20 みをのうみにあみ引たみのてまもなくたちゐにつけてみやここひしも　（二〇）

又、いそのはまに、つるのこゑ〴〵なくを

21 いそがくれおなじこゝろにたづぞなくなにおもひいづる人やたれぞも　（二一）

夕だちしぬべしとて、そらのくもりてひらめくに

む　（新千載集恋二　一二三一）

家集・かがみの神、肥前　　紫式部

あひみんとおもふ心はまつらなるかがみの神やそらにしるらん　（夫木抄雑十六、神祇）

近江国にをがさきにてあみひくをみて　紫式部

みほのうみにあみひくたみのてまもなく立ゐにつけてみやここひしも　（夫木抄雑十五、網）

みづうみの舟にて、夕立のしぬべきよし申しけるを聞きてよみ侍りける　紫式部

22
かきくもりゆふだつなみのあらければうきたる舟ぞ
しづこゝろなき　（二二）

しほつ山といふみちのいとしげきを、しづのおのあやしきさまどもして、「なをからきみちなりや」といふをきゝて

23
しりぬらむゆきゝにならすしほつ山世にふるみちは
からきものぞと　（二三）

水うみに、おいつしまといふすさきにむかひて、わらはべのうらといふいりうみのおかしきを、くちずさびに

24
おいつしま〳〵もるかみやいさむらんなみもさはが
ぬわらはべのうら　（二四）

こよみにはつゆきふるとかきたる日、めにちかき火のたけといふ山のゆきいとふかう見やらる

かき曇り夕立つ波の荒ければ浮きたる舟ぞしづ心な
き　（新古今集羇旅　九一八）

塩津山といふ道を行くに、賤《しづ》の男《を》のいとあやしきさまにして、「なほからき道かな」といふを聞きてよみ侍りける　紫式部
知りぬらむ往来《ゆきき》にならす塩津山世に経る道はからき
ものぞと　（続古今集雑中　一七〇六）

れば

25 こゝにかくひのゝすぎむらうづむゆきをしほの松に
けふやまがへる　（二五）

かへし

26 をしほやままつのうは葉にけふやさはみねのうすゆ
き花と見ゆらん　（二六）

ふりつみていとむつかしきゆきをかきすてゝ、山のやうにしなしたるに、人〲のぼりて、「なをこれいでゝみたまへ」といへば

27 ふるさとにかへるやまぢのそれならばこゝろやゆく
とゆきもみてまし　（二七）

としかへりて、「からびと見にゆかむ」といひける人の、「はるはとくゝ《(ママ)》るものといかでしらせたてまつらむ」といひたるに

ひののたけといふ山をみて　　紫式部

ここにかくひのの杉むらうづむ雪をしほの松にけふ
やまがへる　（夫木抄雑十一、杉）

28 春なれどしらねのみゆきいやつもりとくべきほどのいつとなきかな　(二八)

あふみのかみのむすめ、けさうすときく人の、「ふたごゝろなし」など、つねにいひわたりければ、うるさくて

29 水うみのとも《（ママ）》よぶちどりことならばやそのみなとにこゑたえなせそ　(二九)

うたゑに、あまのしほやくかたをかきて、こりつみたるなげきのもとにかきて、かへしやる

30 よものうみにしほやくあまの心からやくとはかゝるなげきをやつむ　(三〇)

ふみのうへに、しゆといふ物をつぶ〳〵とそゝきかけて、「なみだのいろ」などかきたる人のかへりごとに

冬歌中　紫式部

水かみに友よぶちどりことならばやそのみなとにこゑたえずなけ

この歌はあふみのかみの女けさうしける人の、「ふた心なし」とつねにいひわたりければうるさくてよめる。(夫木抄冬二、千鳥)

歌絵に、海人《あま》の塩焼く所に、樵り積みたる木のもとに書きて、人のもとに遣しける　紫式部

四方《よも》の海に塩くむ海人の心からやくとはかかるなげきをやつむ　(続千載集雑中　一八六六)

人のおこせたりける文の上に、朱にて涙の色を書きて侍りければ　紫式部

31 くれなゐのなみだぞいとゞうとまるゝうつるこゝろ
のいろに見ゆれば　（三一）

紅の涙ぞいとど頼まれぬ移る心の色と見ゆれば
（続古今集恋三　一二〇一）

もとより人のむすめをえたる人なりけり。

ふみちらしけりときゝて、「ありし文どもとりあつめてをこせずは、返事かゝじ」と、ことばにてのみいひやりければ、みなをこすとて、いみじくゑんじたりければ、む月十日ばかりのことなりけり

32 とぢたりしうへのうすらひとけながらさはたえねと
や山のした水　（三二）

すかされて、いとくらうなりたるにをこせたる

33 こち風にとくるばかりをそこ見ゆるいしまの水はた
えばたえなん　（三三）

「いまはものもきこえじ」とはらだちたれば、

わらひて、かへし

34 いひたえばさこそはたえめなにかそのみはらのいけ
をつゝみしもせん　（三四）

夜中ばかりに、又

35 たけからぬ人かずなみはわきかへりみはらのいけに
たてどかひなし　（三五）

さくらをかめにさしてみるに、とりもあへずち
りければ、もゝの花を見やりて

36 おりてみばちかまさりせよもゝの花おもひぐまなき
さくらおしまじ　（三六）

返し、人

37 もゝといふ名もあるものをときのまにちるさくらに
もおもひおとさじ　（三七）

家集　　紫式部

いひたえばさこそは絶えめなにかそのみはらの池の
つつみかもせん　（夫木抄雑五、池）

花のちるころ、なしのはなといふも、桜も、ゆふぐれの風のさはぎに、いづれと見えぬいろなるを

38 花といはゞいづれかにほひなしとみむちりかふいろのことならなくに　(三八)

とをきところへゆきにし人のなくなりにけるを、おやはらからなどかへりきて、かなしきことといひたるに

39 いづかたのくもぢときかばたづねましつらはなれけんかりがゆくゑを　(三九)

こぞよりうすにびなる人に、女院かくれさせたまへるはる、いたうかすみたる夕ぐれに、人のさしをかせたる

40 くものうへも物おもふはるはすみぞめにかすむそらさへあはれなるかな　(四〇)

梨の花の桜と共に散りくるを見てよめる

紫式部

花といはばいづれかにほひなしと見む散りかふ色のことならなくに　(続後拾遺集物名　五〇三)

遠き所に行きにける人の亡くなりにけるを、親はらからなど都に帰り来て、悲しき事言ひたるに、遣しける

紫式部

いづかたの雲路と知らば尋ねまし列《つら》離れけむ雁のゆくへを　(千載集哀傷　五六三)

東三条院かくれさせたまひにける又の年の春、いたく霞みたる夕暮れに人のもとへ遣しける

紫式部

雲の上の物思ふ春は墨染に霞む空さへあはれなるかな　(玉葉集雑四　二一九〇)

返し

41 なにかこのほどなきそでをぬらすらんかすみのころもなべてきる世に　(四一)

なくなりし人のむすめの、おやのてかきつけたりけるものを見て、いひたりし

42 ゆふぎりにみしまがくれしをしのこのあとをみる〳〵まどはるゝかな　(四二)

おなじ人、あれたるやどのさくらのおもしろきこととて、おりてをこせたるに

43 ちるはなをなげきし人はこのもとのさびしきことやかねてしりけむ　(四三)

「おもひたえせぬ」と、なき人のいひけることを思ひいでたるなり。

東三条院かくれさせたまひて又の年の春消息したる人の返り事に　紫式部

なにかこのほどなき袖を濡らすらむ霞の衣なべて着る世に　(新千載集哀傷　二一七九)

家集・摂津、又筑前　紫式部

夕霧にみしまがくれしをしのこの跡をみるみるまどはるるかな

此歌はなく成りにける人の親のてして書付けたる物をみてよめると云々。　(夫木抄雑五、島)

ゐに、ものゝけつきたる女の見にくきかたかきたるうしろに、おにゝなりたるもとのめを、こぼうしのしばりたるかたかきて、おとこはきやうよみて、ものゝけせめたるところを見て

44 なき人にかごとはかけてわづらふもをのがこゝろのおにゝやはあらぬ (四四)

返し

45 ことはりやきみがこゝろのやみなればおにのかげとはしるくみゆらむ (四五)

ゐに、むめの花見るとて、女、つまどをしあけて、二三人ゐたるに、みな人〳〵ねたるけしきかいたるに、いとさだすぎたるおもとの、つらづゐついてながめたるかたあるところ

46 春の夜のやみのまどひにいろならぬこゝろにはなのかをぞしめつる (四六)

おなじゑに、さがのにはな見る女ぐるまあり。
なれたるわらはの、はぎの花にたちよりており
たるところ

47 さをしかのしかならはせるはぎなれやたちよるから
にをのれおれふす　（四七）

世のはかなきことをなげくころ、みちのくに名
あるところ〴〵かいたるをみて、しほがま

48 みし人のけぶりとなりしゆふべよりなぞむつましき
しほがまのうら　（四八）

かどたゝきわづらひてかへりにける人の、つと
めて

49 世とゝもにあらき風ふくにしのうみもいそべになみ
はよせずとや見し　（四九）

屛風の絵に花見る女車あり。童の立ち寄りて、
萩の花折るところ　紫式部

さを鹿のしかならはせる萩なれや立ち寄るからにお
のれ折れ伏す　（玉葉集秋上　四九五）

世のはかなき事を嘆くころ、陸奥《みちのくに》に名ある所々
書きたる絵を見侍りて　紫式部

見し人の煙となりし夕べより名ぞむつまじき塩釜の
浦　（新古今集哀傷　八二〇）

「磯辺に波は寄せずとや見し」と申し遣したり

とうらみたりけるかへりごと

50 かへりてはおもひしりぬやいはかどにうきてよりけるきしのあだなみ　（五〇）

としかへりて、「かどはあきぬや」といひたるに

51 たがさとの春のたよりにうぐひすのかすみにとづるやどをとふらむ　（五一）

世中のさはがしきころ、あさがほを人のもとへやるとて

52 きえぬまの身をもしる〳〵あさがほのつゆとあらそふ世をなげくかな　（五二）

世をつねなしなどおもふ人の、おさなき人のなやみけるに、からたけといふものかめにさしたる、女ばら《（ママ）》のいのりけるをみて

ける人の返り事に　紫式部

かへりては思ひ知りぬや岩かどに浮きて寄りける岸のあだ波　（続拾遺集恋五　一〇三八）

十二月ばかりに、「門をたたきかねてなむ帰りにし」と恨みたりける男、年返りて「門は開きぬらむや」といひて侍りければ、遣しける

上東門院の紫式部

誰が里の春のたよりに鶯の霞に閉づる宿を訪ふらむ　（千載集雑上　九五九）

世の中常ならず侍りけるころ、朝顔の花を人のもとに遣すとて

紫式部

消えぬまの身をも知る知る朝顔の露とあらそふ世を嘆くかな　（玉葉集雑四　二三七八）

53 わか竹のおいゆくすゑをいのるかなこの世をうしと
いとふものから　（五四）

身をおもはずなりとなげくことの、やう〱な
のめに、ひたぶるのさまなるをおもひける

54 かずならぬこゝろに身をばまかせねど身にしたがふ
は心なりけり　（五五）

55 こゝろだにいかなる身にかゝなふらむおもひしれど
もおもひしられず　（五六）

はじめてうちわたりをみるにも、ものゝあはれ
なれば

56 身のうさはこゝろのうちにしたひきていまこゝのへ
ぞおもひみだるゝ　（九一）

まだいとうゐ〱しきさまにて、ふるさとにか

題しらず　紫式部
数ならで心に身をばまかせねど身にしたがふは心な
りけり　（千載集雑中　一〇九二）

（詞書なし）　紫式部
心だにいかなる身にかかなふらむ思ひ知れども思ひ
知られず　（続古今集恋五　一三七二）

へりてのち、ほのかにかたらひける人に
57 とぢたりしいはまのこほりうちとけばをだえの水も
かげみえじやは　（九二）

かへし
58 み山べのはなふきまがふたに風にむすびし水もとけ
ざらめやは　（九三）

正月十日のほどに、「はるのうたゝてまつれ」
とありければ、まだいでたちもせぬかくれがに
て
59 みよしのは春のけしきにかすめどもむすぼゝれたる
ゆきのした草　（九四）

一条院の御時、殿上の人々春の歌とて乞ひ侍り
ければよめる　紫式部
み吉野は春のけしきに霞めどもむすぼほれたる雪の
下草　（後拾遺集春上　一〇）

やよひばかりに、宮のべんのおもと、「いつか
まいりたまふ」などかきて
60 うきことをおもひみだれてあをやぎのいとひさしく

もなりにけるかな　（五七）

返し

61 つれ〴〵とながめふる日はあをやぎのいとゞうき世にみだれてぞふる　（ナシ）

かばかり思そしぬべき身を、「いといたうも上ずめくかな」といひける人をきゝて

62 わりなしや人こそ人といはざらめみづから身をやおもひすつべき　（五八）

くすだまをこすとて

63 しのびつるねぞあらはるゝあやめぐさいはぬにくちてやみぬべければ　（五九）

返し

64 けふはかくひきけるものをあやめぐさわがみがくれ

述懐の心を　紫式部

わりなしや人こそ人と言はずともみづから身をや思ひ捨つべき　（続古今集雑中　一七〇七）

にぬれわたりつる　（六〇）

つちみかどのにて、三十講の五巻、五月五日
にあたれりしに

65 たへなりやけふはさ月のいつかとていつゝのまきの
あへる御のりも　（一一五）

その夜、いけのかゞり火に、みあかしのひかり
あひて、ひるよりもそこまでさやかなるに、さ
うぶのかいまめかしうにほひくれば

66 かゞり火のかげもさはがぬいけ水にいくちよすまむ
のりのひかりぞ　（一一六）

おほやけごとにいひまぎらはすを、むかひたま
へる人は、さしもおもふこともものしたまふまじ
きかたち、ありさま、よはひのほどを、いたう
こゝろふかげにおもひみだれて

67 すめるいけのそこまでゝらすかゞりびのまばゆきまでもうきわが身かな　（一一七）

やう〳〵あけゆくほどに、わたどのにきて、つぼねのしたよりいづる水を、かうらんをゝさへて、しばし見ゐたれば、そらのけしき、はる秋のかすみにもきりにもおとらぬころほひなり。こせうしやうのすみのかうしをうちたゝきたれば、ゝなちてをしおろしたまへり。もろともにおりゐてながめゐたり

68 かげ見てもうきわがなみだおちそひてかごとがましきたきのをとかな　（六一）

返し

69 ひとりゐてなみだぐみける水のおもにうきそはるらんかげやいづれぞ　（ナシ）

東北院の渡殿の遣水《やりみづ》に影を見てよみ侍りける

紫式部

影見ても憂きわが涙落ちそひてかごとがましき滝の音かな　（続後撰集雑上　一〇〇九）

あかうなればいりぬ。長きねをつゝみて

70 なべて世のうきになかるゝあやめぐさけふまでかゝるねはいかゞみる　（一一八）

かへし

71 なにごとゝあやめはわかでけふもなをたもとにあまるねこそたえせね　（一一九）

うちにくひなのなくを、七八日の夕づく夜に、
こせうしやうのきみ

72 あまと（ママ）のとの月のかよひぢさゝねどもいかなるかたにたゝくくひなぞ　（六七）

返し

73 まきの戸もさゝでやすらふ月かげになにをあかずとたゝくゝゐなぞ　（六八）

局《つぼね》ならびに住み侍りけるころ、五月六日、もろともにながめ明かして、朝に長き根を包みて、紫式部に遣しける　上東門院小少将

なべて世の憂きに泣かるるあやめ草今日までかかる根はいかが見る　（新古今集夏　二二三）

返し　紫式部

なにごととあやめは分かで今日もなほ袂にあまるねこそ絶えせね　（新古今集夏　二二四）

夕月夜をかしきほどに、水鶏の鳴き侍りければ　上東門院小少将

天の戸の月の通ひ路ささねどもいかなる方にたたく水鶏ぞ　（新勅撰集雑一　一〇六一）

返し　紫式部

槇の戸もささでやすらふ月影に何をあかずとたたく水鶏ぞ　（新勅撰集雑一　一〇六二）

夜ふけて戸をたゝきし人、つとめて

74 夜もすがらくひなよりけになく〳〵ぞまきのとぐちにたゝきわびつる　（一一九）

かへし

75 たゞならじとばかりたゝくゝひなゆへあけてはいかにくやしからまし　（一二〇）

あさぎりのおかしきほどに、おまへのはなどもいろ〳〵にみだれたる中に、をみなへしいとさかりなるを、との御らんじて、ひとえだおらせさせたまひて、きちやうのかみより、「これ、たゞにかへすな」とてたまはせたり

76 をみなへしさかりのいろをみるからにつゆのわきける身こそしらるれ　（六九）

とかきつけたるを、いとゝく

夜更けて妻戸をたたき侍りけるに、開け侍らざりければ、あしたに遣しける

法成寺入道前摂政太政大臣

夜もすがら水鶏よりけになくなくぞ槇の戸口にたたきわびぬる　（新勅撰集恋五　一〇二一）

返し

紫式部

ただならじとばかりたたく水鶏ゆゑあけてはいかにくやしからまし　（新勅撰集恋五　一〇二二）

法成寺入道前太政大臣、女郎花を折りて、歌よむべきよし侍りければ

紫式部

女郎花盛の色を見るからに露の分きける身こそ知らるれ　（新古今集雑上　一五六五）

返し

法成寺入道前摂政太政大臣

77 しらつゆはわきてもをかじをみなへしこゝろからにやいろのそむらむ　（七〇）

ひさしくをとづれぬ人をおもひいでたるおり

78 わするゝはうき世のつねとおもふにも身をやるかたのなきぞわびぬる　（六二）

（四行空白）

返し

79 たがさともとひもやくるとほとゝぎすこゝろのかぎりまちぞわびにし　（六三）

みやこのかたへとてかへる山こえけるに、よびさかといふなるところのわりなきかけぢに、こしもかきわづらふを、おそろしとおもふに、さるのこの葉の中よりいとおほくいできたれば

80 ましもなををちかた人のこゑかはせわれこしわぶる

白露は分きても置かじ女郎花心からにや色の染むらむ　（新古今集雑上　一五六六）

題しらず　紫式部

忘るるは憂き世の常と思ふにも身をやる方のなきぞわびぬる　（千載集恋五　九〇六）

題しらず　紫式部

誰が里も訪ひもや来るとほととぎす心の限り待ちぞわびにし　（新古今集夏　二〇四）

紫式部

ましらなくをちかた人に声かはせわれこしわぶるたごのよびさか

此歌はみやこのかたへとて帰山をこえけるに、よびさかといふ所のいとわりなきかけぢを、こ

たごのよびさか　（七一）

水うみにて、いぶきの山のゆきいとしろく見ゆ
るを

81 名にたかきこしのしら山ゆきなれていぶきのたけを
なにとこそみね　（七二）

そとばのとしへたるが、まろびたうれつゝ人に
ふまるゝを

82 こゝろあてにあなかたじけなこけむせるほとけのみ
かほそとはみえねど　（七三）

人の

83 けぢかくてたれもこゝろは見えにけんことはへだて
ぬちぎりともがな　（七四）

返し

しもかきわづらふ、おそろしとおもふに、さる
のこのはの中よりおほくいできたればよみける
と云々。（夫木抄雑三、坂）

84 へだてじとならひしほどになつ衣うすきこゝろをまづしられぬる　（七五）

85 みねさむみいはまこほれるたに水のゆくすゑしもぞふかくなるらん　（七六）

みやの御うぶや、いつかの夜、月のひかりさへことにくまなき水のうへのはしに、かむだちめ、とのよりはじめたてまつりて、ゑひみだれのゝしりたまふ。さか月のおりにさしいづ

86 めづらしきひかりさしそふさかづきはもちながらこそ千世をめぐらめ　（七七）

又の夜、月のくまなきに、わか人たちふねにのりてあそぶを見やる。なかじまの松のねにさしめぐるほど、おかしくみゆれば

87 くもりなくちとせにすめる水のおもにやどれる月の

後一条院生れさせたまひて、七夜に人々参りあひて、「女房盃出せ」と侍りければ　紫式部

珍らしき光さし添ふさかづきはもちながらこそ千代もめぐらめ　（後拾遺集賀　四三三）

後一条院、生れさせたまへりける九月、月くまなかりける夜、大二条関白、中将に侍りける、若き人々誘ひ出でて、池の舟に乗せて、中島の松蔭さしまはすほど、をかしく見え侍りければ　紫式部

曇りなく千歳《ちとせ》に澄める水の面に宿れる月の影ものど

かげものどけし　（七八）

御いかの夜、とのゝ「うたよめ」とのたまはすれば

88 いかにいかゞかぞへやるべきやちとせのあまりひさしき君が御世をば　（七九）

とのゝ御

89 あしたづのよはひしあらばきみが代のちとせのかずもかぞへとりてむ　（八〇）

たまさかにかへりごとしたりけり人《（ママ）》、のちに又もかゝざりけるに、おとこ

90 おり〳〵にかくとは見えてさゝがにのいかにおもへばたゆるなるらん　（八一）

返し、九月つごもりになりにけり

けし　（新古今集賀　七二二）

後一条院生れさせたまひての御五十日の時、法成寺入道前摂政「歌詠め」と申し侍りければ

紫　式　部

いかにいかが数へやるべき八千歳のあまり久しき君が御代をば　（続古今集賀　一八九五）

題しらず　　法成寺入道前摂政太政大臣

葦鶴《あしたづ》の齢しあらば君が代の千歳の数は数へとりてむ　（続拾遺集賀　七五〇）

紫式部がもとへ文《ふみ》遣しける返り事を、たまさかにのみ侍りけるが、なほ書き絶えにけるに遣しける

読人しらず

をりをりにかくとは見えてささがにのいかに思へば絶ゆるなるらむ　（続古今集恋五　一三八〇）

返し

紫　式　部

91 しもがれのあさぢにまがふさゝがにのいかなるおりにかくとみゆらん　（八二）

なにのおりにか、人の返ごとに

92 いるかたはさやかなりける月かげをうはの空にもまちしよひかな　（八三）

返し

93 さしてゆく山のはもみなかきくもりこゝろもそらにきえし月かげ　（八四）

又、おなじすぢ、九月ゝあかき夜

94 おほかたのあきのあはれを思ひやれ月にこゝろはあくがれぬとも　（八五）

六月ばかり、なでしこの花をみて

95 かきほあれさびしさまさるとこ夏につゆをきそはん

霜枯れの浅茅にまよふささがにのいかなるをりにかくと見ゆらむ　（続古今集恋五　一三八一）

人に遣しける　紫式部

入る方はさやかなりける月影をうはの空にも待ちし宵かな　（新古今集恋四　一二六二）

返し　読人しらず

さして行く山の端もみなかき曇り心のそらに消えし月影　（新古今集恋四　一二六三）

題しらず　紫式部

おほかたの秋のあはれを思ひやれ月に心はあくがれぬとも　（千載集秋上　二九八）

秋まではみじ　（八六）

「ものやおもふ」と、人のとひたまへる返事に、
ながつごもり

96 はなすゝき葉わけのつゆやなにゝかくかれゆく野べにきえとまるらむ　（八七）

わづらふことあるころなりけり。

「かひぬまのいけといふ所なんある」と、人のあやしきうたがたりするをきゝて、「心みによまむ」といふ

97 世にふるになぞかひぬまのいけらじとおもひぞしづむそこはしらねど　（八八）

又、心ちよげにいひなさんとて

98 こゝろゆく水のけしきはけふぞみるこや世にへつるかひぬまのいけ　（八九）

家集・かひぬまの池、未勘国　紫式部
心ゆく水のけしきはけふぞ見るこやよにかへるかひ沼の池　（夫木抄雑五、池）

ぢじうさいしやうの五せちのつぼね、みやのおまへいとけぢかきに、こうきでんのうきやうが、ひと夜しるきさまにてありしことなど、人〳〵いひたてゝ、日かげをやる。さしまぎらはすべきあふぎなどそへて

99 おほかりしとよのみや人さしわきてしるき日かげをあはれとぞみし　（九〇）

中将、せうしやうと名ある人ゝの、おなじほそどのにすみて、少将のきみをよな〳〵あひつゝかたらふをきゝて、となりの中将

100 みかさ山おなじふもとをさしわきてかすみにたにのへだてつるかな　（九五）

返し

101 さしこえていることかたみゝかさ山かすみふきとく

中納言実成、宰相にて五節奉りけるに、妹の弘徽殿の女御のもとに侍りける人、かしづきに出でたりけるを、中宮の御方の人々、ほのかに聞きて、「見ならしけむ百敷をかしづきにて見るらむほどもあはれに思ふらむ」と言ひて、箱の蓋に、銀《しろがね》の扇に蓬莱の山作りなどして、挿櫛《さしぐし》に日蔭の鬘を結びつけて、薫物《たきもの》を立文《たてぶみ》に籠《こ》めて、かの女御の方に侍りける人のもとよりとおぼしくて、左京の君のもとにと言はせて、果《はて》の日さしおかせける

読人しらず

多かりし豊の宮人さしわきてしるき日蔭をあはれとぞ見し　（後拾遺集雑五　一一二二）

風をこそまて　（九六）

こう梅をおりてさとよりまいらすとて

102 むまれ《（ママ）》木のしたにやつるゝむめの花かをだにちらせ
くものうへまで　（九七）

う月にやへさけるさくらのはなを、内にて

103 こゝのへにゝほふをみればさくらがりかさねてきた
るはるのさかりか　（九八）

さくらのはなのまつりの日までちりのこりた
る、つかひのせうしやうのかざしにたまふと
て、葉にかく

104 神世にはありもやしけん山ざくらけふのかざしにお
れるためしは　（九九）

む月の三日、うちよりいでゝ、ふるさとの、

上東門院、中宮と申し侍りける時、里より梅を
折りて参らすとて　　紫式部

埋木の下にやつるる梅の花香をだに散らせ雲の上ま
で　（玉葉集春上　六五）

四月祭の日まで、花散り残りて侍りける年、そ
の花を使の少将の挿頭《かざし》に賜ふ葉に書きつけ侍り
ける　　紫式部

神代にはありもやしけむ桜花今日の挿頭に折れるた
めしは　（新古今集雑上　一四八三）

たゞしばしのほどに、こよなうちりつもりあれ

まさりにけるを、こといみもしあへず

105 あらためてけふしもゝのゝかなしきは身のうさや又

さまかはりぬる　（一〇〇）

五せちのほどまいらぬを、「くちおし」など、

べんさいしやうのきみのゝたまへるに

106 めづらしときみしおもはゞきて見えむすれるころも

のほどすぎぬとも　（一〇一）

かへし

107 さらばきみやまゐのころもすぎぬともこひしきほど

にきてもみえなん　（一〇二）

人のをこせたる

108 うちしのびなげきあかせばしのゝめのほがらかにだ

にゆめをみぬかな　（一〇三）

七月ついたちごろ、あけぼの成けり。

返し

109 しのゝめのそらきりわたりいつしかと秋のけしきに
世はなりにけり　(一〇四)

七日

110 おほかたにおもへばゆゝしあまの川けふのあふせは
うらやまれけり　(一〇五)

返し

111 あまの河あふせはよそのくもゐにてたえぬちぎりし
世ゝにあせずは　(一〇六)

かどのまへよりわたるとて、「うちとけたらん
を見む」とあるに、かきつけて返しやる

112 なをざりのたよりにとはむひとごとにうちとけてし

七月一日、あけぼのの空を見てよめる　紫式部
しののめの空霧りわたりいつしかと秋のけしきに世
はなりにけり　(玉葉集秋上　四四九)

七夕の歌の中に　紫式部
おほかたを思へばゆゆし天の川今日の逢ふ瀬はうら
やまれけり　(風雅集秋上　四五六)

門の前を通るとて、「うちとけたるさまを見む」
と、人の申して侍りければ、返り事に書きて遣
しける　紫式部
なほざりのたよりにとはむ人ごとにうちとけてしも

もみえじとぞおもふ　（一〇七）

月見るあした、いかにいひたるにか

113 よこめをもゆめといひしはたれなれや秋の月にもい
かでかは見し　（一〇八）

九月九日、きくのわたをうへの御かたよりたま
へるに

114 きくのつゆわかゆばかりにそでふれて花のあるじに
千世はゆづらむ　（一一〇）

しぐれする日、こ少将のきみ、さとより

115 くま（ママ）もなくながむるそらもかきくらしいかにしのぶ
るしぐれなるらむ　（一一二）

返し

116 ことはりのしぐれのそらはくもまあれどながむるそ

見えじとぞ思ふ　（玉葉集恋三　一五四六）

九月九日、従一位倫子菊の綿を賜ひて、「老《おい》のごひ捨てよ」と侍りければ　紫　式　部

菊の露若ゆばかりに袖ふれて花のあるじに千代はゆづらむ　（新勅撰集賀　四七五）

里に出でて時雨しける日、紫式部に遣しける　上東門院小少将

雲間《くもま》なくながむる空もかきくらしいかにしのぶる時雨なるらむ　（新勅撰集冬　三八〇）

返し　紫　式　部

ことわりの時雨の空は雲間あれどながむる袖ぞ乾く

でぞかはく世もなき　（一一三）

里にいでゝ、大なごんのきみ、ふみたまへるついでに

117 うきねせし水のうへのみこひしくてかものうはげにさえぞおとらぬ　（一一四）

返し

118 うちはらふともなきころのねざめにはつがひしをしぞ夜はに恋しき　（一一五）

又、いかなりしにか

119 なにばかりこゝろづくしにながめねどみしにくれぬるあきの月かげ　（一〇九）

すまひ御らんずる日、内にて

120 たづきなきたびのそらなるすまゐをばあめもよにと

世もなき　（新勅撰集冬　三八一）

冬のころ里に出でて、大納言三位に遣しける

紫式部

浮き寝せし水の上のみ恋しくて鴨の上毛にさえぞ劣らぬ　（新勅撰集雑一　一一〇七）

返し

従三位廉子

うち払ふ友なきころの寝覚にはつがひし鴛鴦ぞ夜半に恋しき　（新勅撰集雑一　一一〇八）

ふ人もあらじな　（一一〇）

返し

121 いどむ人あまたきこゆるもゝしきのすまゐうしとは
おもひしるやは　（一一一）

あめふりて、その日は御らんとゞまりにけり。
あいなのおほやけごとゞもや。

はつゆきふりたる夕ぐれに、人の

122 こひわびてありふるほどのはつつき《（ママ）》はきえぬるかと
ぞうたがはれける　（一一二）

返し

123 ふればかくうさのみまさる世をしらであれたるにはには
につもるはつゆき　（一一三）

こせうしやうのきみの、かきたまへりしうちと

思ふ事侍りけるころ、初雪の降り侍りける日

紫式部

ふればかく憂さのみまさる世を知らで荒れたる庭に
積る初雪　（新古今集冬　六六一）

けぶみの、ものゝ中なるを見つけて、かゞせう
なごんのもとに

124 くれぬまの身をばおもはで人の世のあはれをしるぞ
かつはかなしき　（六四）

125 たれか世にながらへてみむかきとめしあとはきえせ
ぬかたみなれども　（六五）

返し

126 なき人をしのぶることもいつまでぞけふのあはれは
あすのわが身を　（六六）

本云以京極黄門定家卿筆跡本不違一字至于行賦字賦双
紙勢分如本令書写之于時延徳二年十一月十日記之
癲老比丘判
天文廿（ママ）五年夾鐘上澣書写之

うせにける人の文の、物の中なるを見出でて、
そのゆかりなる人のもとに遣しける　紫式部

暮れぬ間の身をば思はで人の世のあはれを知るぞか
つはかなき　（新古今集哀傷　八五六）

上東門院小少将身まかりて後、常にうちとけて
書きかはしける文の、物の中に侍りけるを見出
でて、加賀少納言がもとに遣しける　紫式部

誰か世にながらへて見む書きとめし跡は消えせぬ形
見なれども　（新古今集哀傷　八一七）

返し　加賀少納言

亡き人をしのぶることもいつまでぞ今日のあはれは
明日のわが身を　（新古今集哀傷　八一八）

栄花物語

寛弘五年四月十三日より六月十四日まで、中宮彰子は土御門殿に退出していた。その間、土御門殿の御堂で法華三十講が行われた。日記にない日記歌五首の背景となった記事を『栄花物語』の初花の巻から抜き出した。

かくて四月の祭とまりつる年なれば、二十余日《よ》のほどより、例の三十講行はせたまふ。五月五日ぞ五巻の日に当りたりければ、ことさらめきをかしうて、捧物《ほうもち》の用意かねてより心ことなるべし。御堂に宮も渡りておはしませば、続きたる廊まで御簾《みす》いと青やかに懸け渡したるに、御几帳の裾ども、川風に涼しさまさりて、波の文《あや》もけざやかに見えたるに、五巻のそのをりになりぬれば、さきざきの年などこそ、わざとせさせたまひしか、今は常のことになりたれば、ことそがせたまへれど、今日の御捧物はをかしう覚えたれば、こと好ましき人々はおのづからゆゑゆゑしうしたり。それは制あるべきことならねばにこそあらめ。きたなげなき六位衛府など、薪《たきぎ》こり、水など持《も》たる、をかし。殿ばら・僧俗あゆみつづきたるは、さまざまをかしうめでたうたふとくなん見えける。苦空無我の声にてありける讃歎の声にて、遣水《やりみづ》の音さへ流れ合ひて、よろづにみ法《のり》を説くと聞こえなさる。法華経の説かれたまふ、あはれに涙止《とど》めがたし。御簾際《みすぎは》の柱もと、そばそばなどよりわざとならず出でたる袖口、こぼれ出でたる衣《きぬ》の褄《つま》など、菖蒲《さうぶ》・楝《あふち》の花・撫子《なでしこ》・藤などぞ見えたる。上《かみ》には隙《ひま》なく葺《ふ》かれたる菖蒲《あやめ》も、ことをりに似ず、をかしうけ高し。かねてより聞こえし枝のけしきも、まことにをかしう見えたるに、権中納言、銀《しろがね》の菖蒲《さうぶ》に薬玉《くすだま》つけたまへり。若き人々は目とどめたり。おほかた世の常のわけざらなどいふもの、よしある枝どもにつけたるもをかし。殿のうちのありさま、常のをかしさにも、さるべうもせさせたまふをりは、なほ外《ほか》には似ずめでたし。かくて宮の御捧物《ほうもち》は、殿上人どもぞ取りたる、みなわけざらなるべし。諸大夫《しよたいふ》、たち下《くだ》れるきはの上官《じようぐわん》どもなどまで、なほなほしき人のたとひにいふ時の花をかざすこころばへにや、色々の薄様《うすやう》におし包みたるこころばへのものをも持《も》て消《け》たず、捧げいららかしつつ、御簾《みす》のうちを用意したるこそをかしけれ。それまで目とまる人もなしかし。うちの御使には、式部の蔵人定輔《さだすけ》参りて、ことはてて御返り賜はる。禄は菖蒲襲《さうぶがさね》の織物に、濃き袴なるべし。

夜《よる》になりて、宮また御堂におはします。内侍の督《かん》の殿などと御物語なるべし。池のかがり火に、みあかしの光どもゆきかひ照りまさり、御覧《ごらん》ぜらるるに、菖蒲の香も今めかしうをかしうかをりたり。暁に御堂より局々にまかづる女房たち、廊・渡殿・西の対の簀子《すのこ》・寝殿など渡りて、上の御方の御読《ど》経《きやう》、宮の御方の不断の御読経などの前渡りするほども、私《わたくし》にものへ詣でて、若き人々あまたして、人は怖《お》ぢねど、我が心の限りは人めかしうもてなして、道払はせなどして、したり顔に沓《くつ》すりありくも、猶ものはづかしうて、はるばると渡りあるくほどこそ、あはれなるわざなめれと思ひ知るたぐひどもあめるかし。

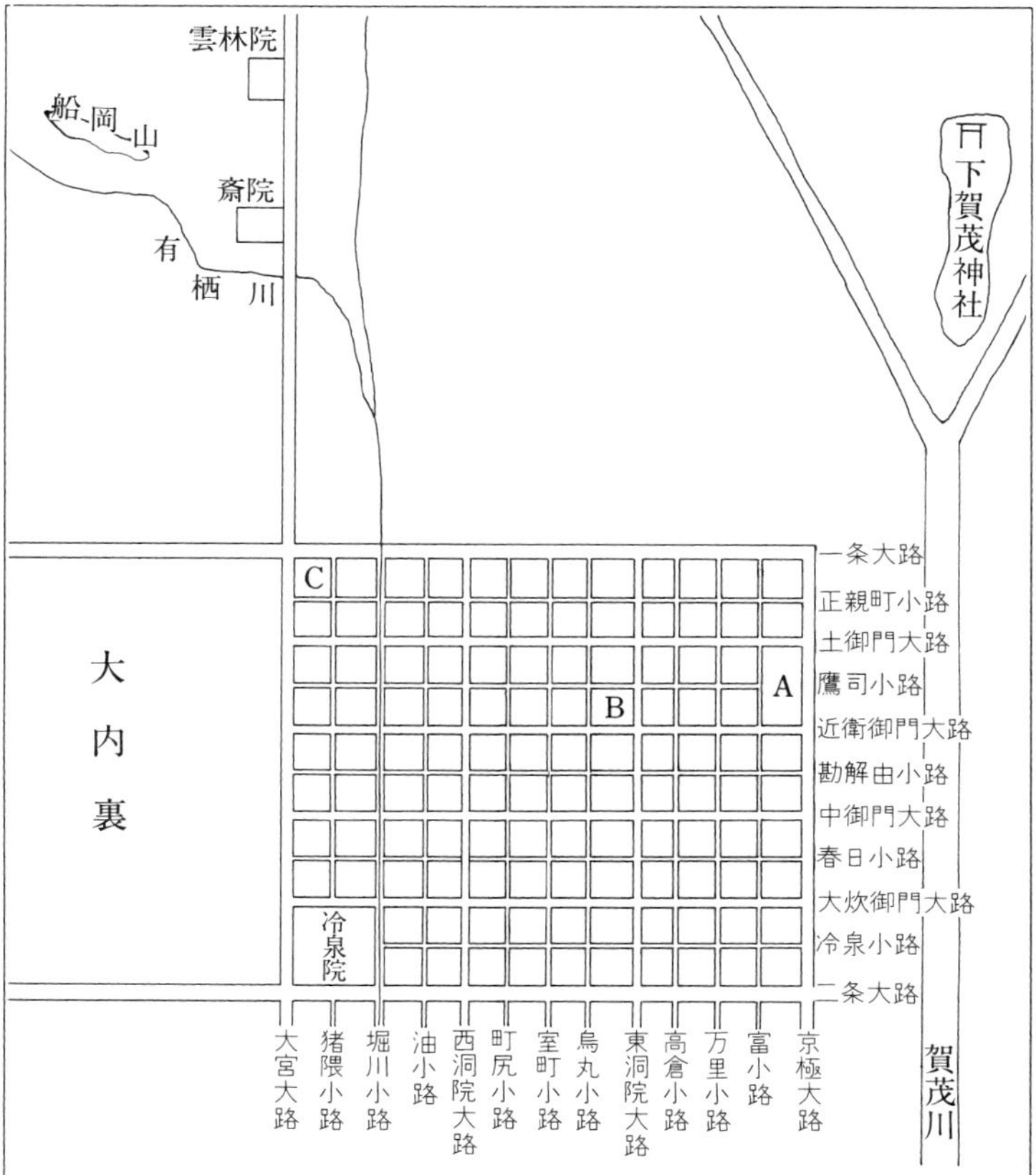

A 土御門殿　**B 枇杷殿**　**C 一条院**

土御門殿・枇杷殿・一条院・斎院

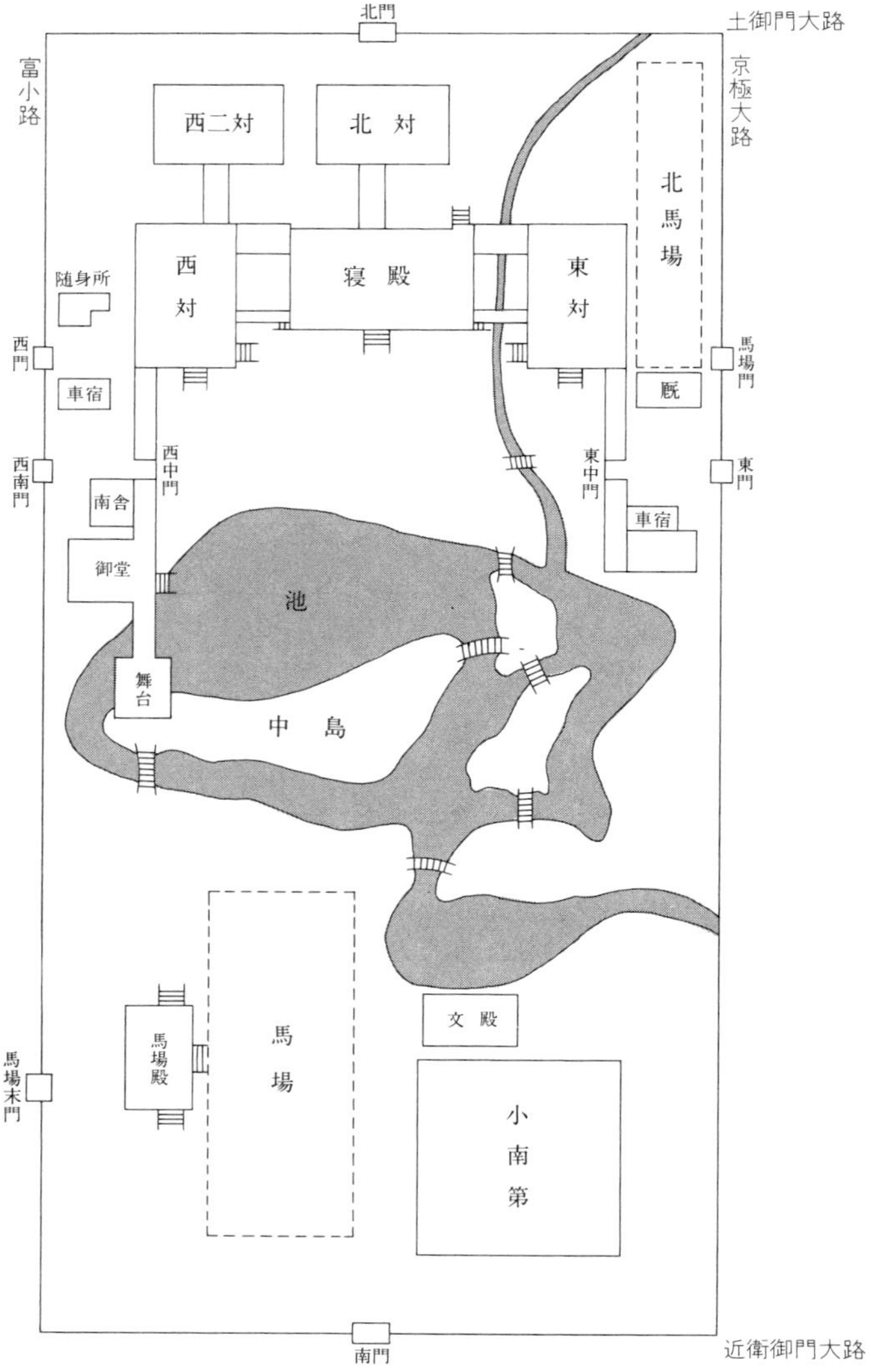
北門
土御門大路
富小路
京極大路
西二対
北対
北馬場
西対
寝殿
東対
随身所
西門
馬場門
車宿
廐
西中門
東中門
西南門
東門
南舎
車宿
御堂
池
舞台
中島
馬場殿
馬場
文殿
小南第
馬場末門
南門
近衛御門大路

土御門殿想定図

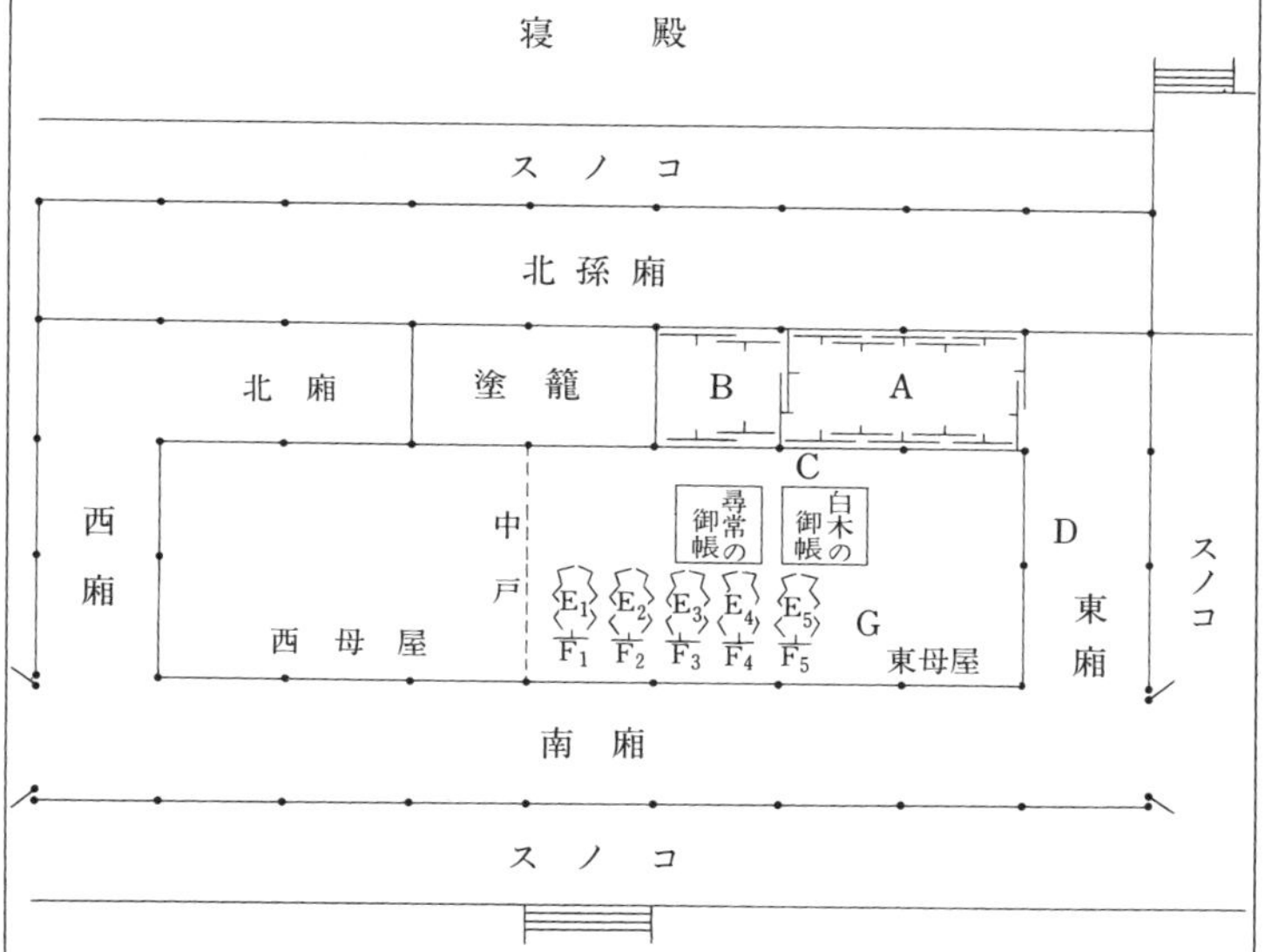

御産の折の想定図

A　中宮・殿の上・讃岐の宰相の君・内蔵の命婦・仁和寺の僧都の君・三井寺の内供の君

B　大納言の君・小少将の君・宮の内侍・弁の内侍・中務の君・大輔の命婦・大式部のおもと・紫式部

C　ＡＢ以外の中宮の女房・中務の乳母・少納言の乳母・小式部の乳母・頼通・教通・兼隆・雅通・経房・斉信等

D　中宮の女房の一部・内裏の女房・頼定・殿上人

E_1〜E_5　よりまし

F_1〜F_5　心誉阿闍梨・法住寺の律師等の僧

G　勝算・院源等の僧

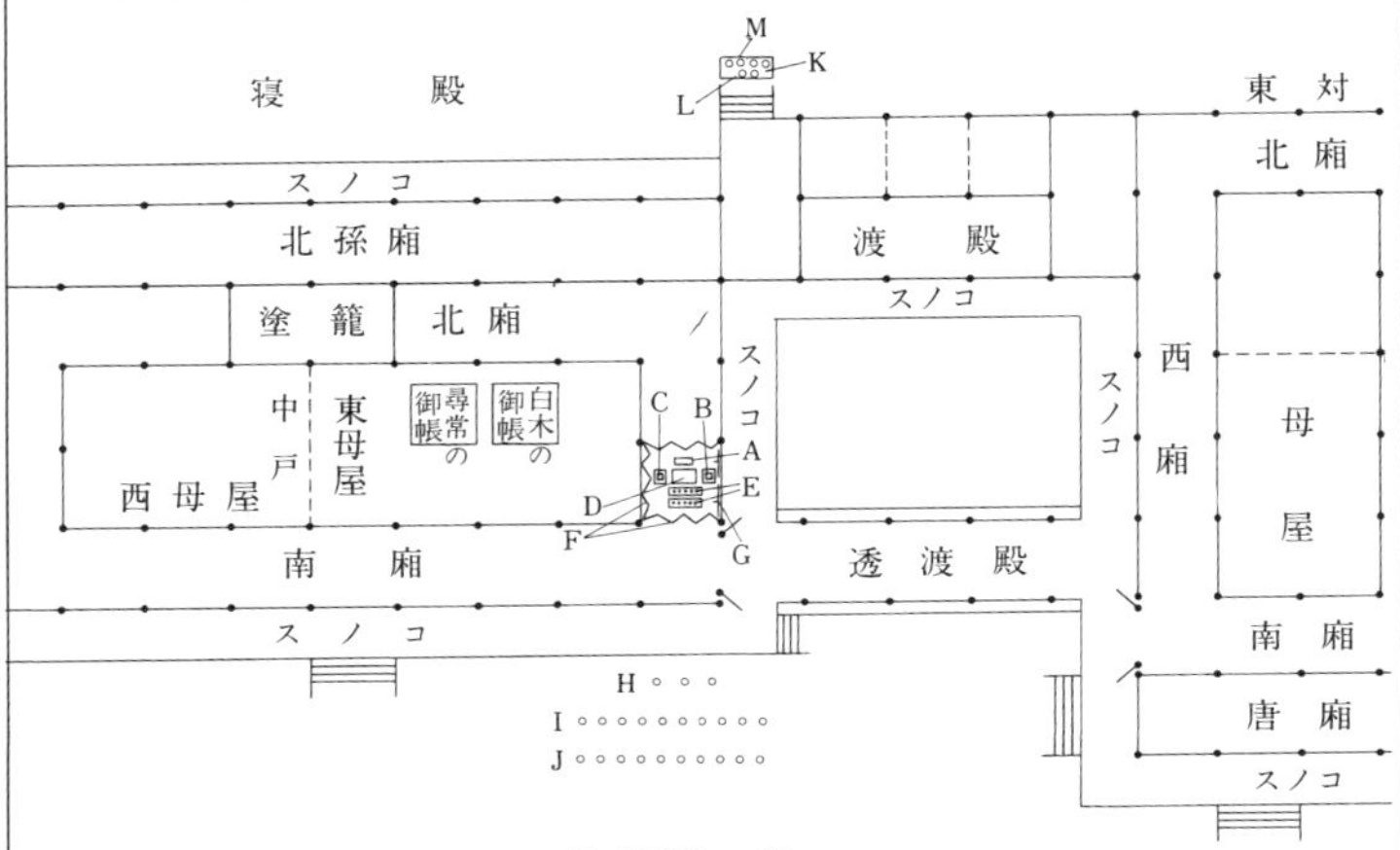

御湯殿の儀

A 置物台　B 御湯料　C 迎湯料　D 湯槽
E 瓫台（台一脚毎に瓫八）　F 屏風　G 几帳
H 読書　I 五位の弦打　J 六位の弦打　K 中取台
L 桶（大）二　M 桶（小）四

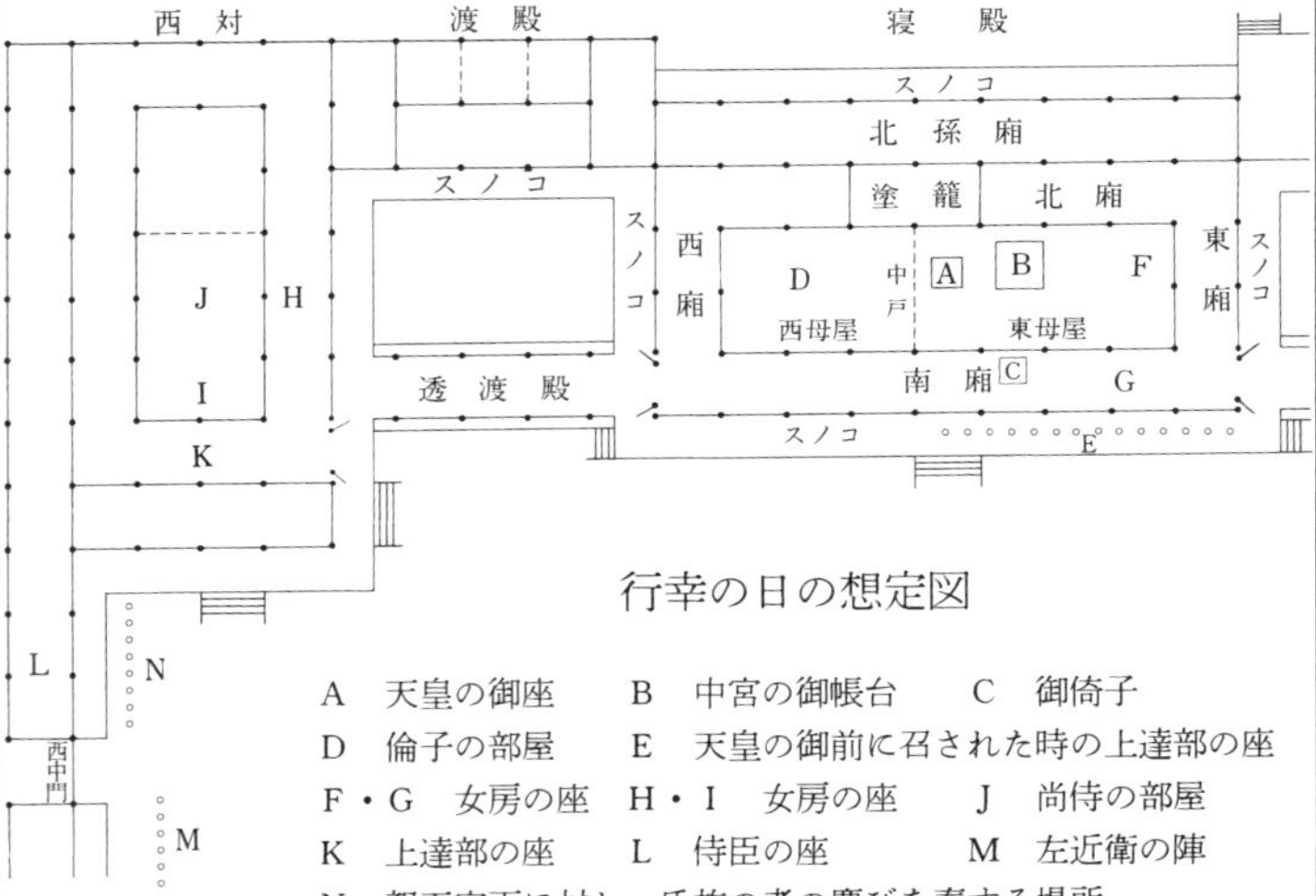

行幸の日の想定図

A 天皇の御座　B 中宮の御帳台　C 御倚子
D 倫子の部屋　E 天皇の御前に召された時の上達部の座
F・G 女房の座　H・I 女房の座　J 尚侍の部屋
K 上達部の座　L 侍臣の座　M 左近衛の陣
N 親王宣下に対し、氏族の者の慶びを奏する場所

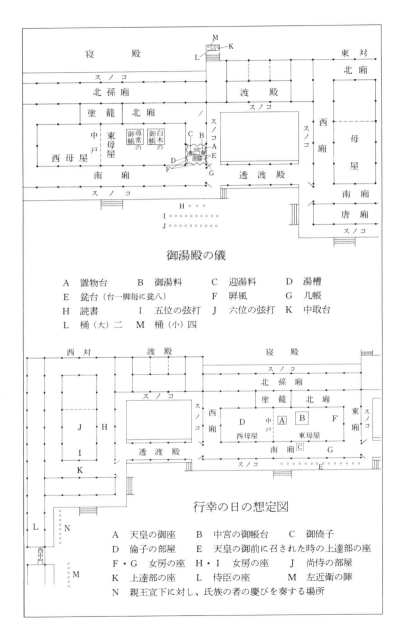

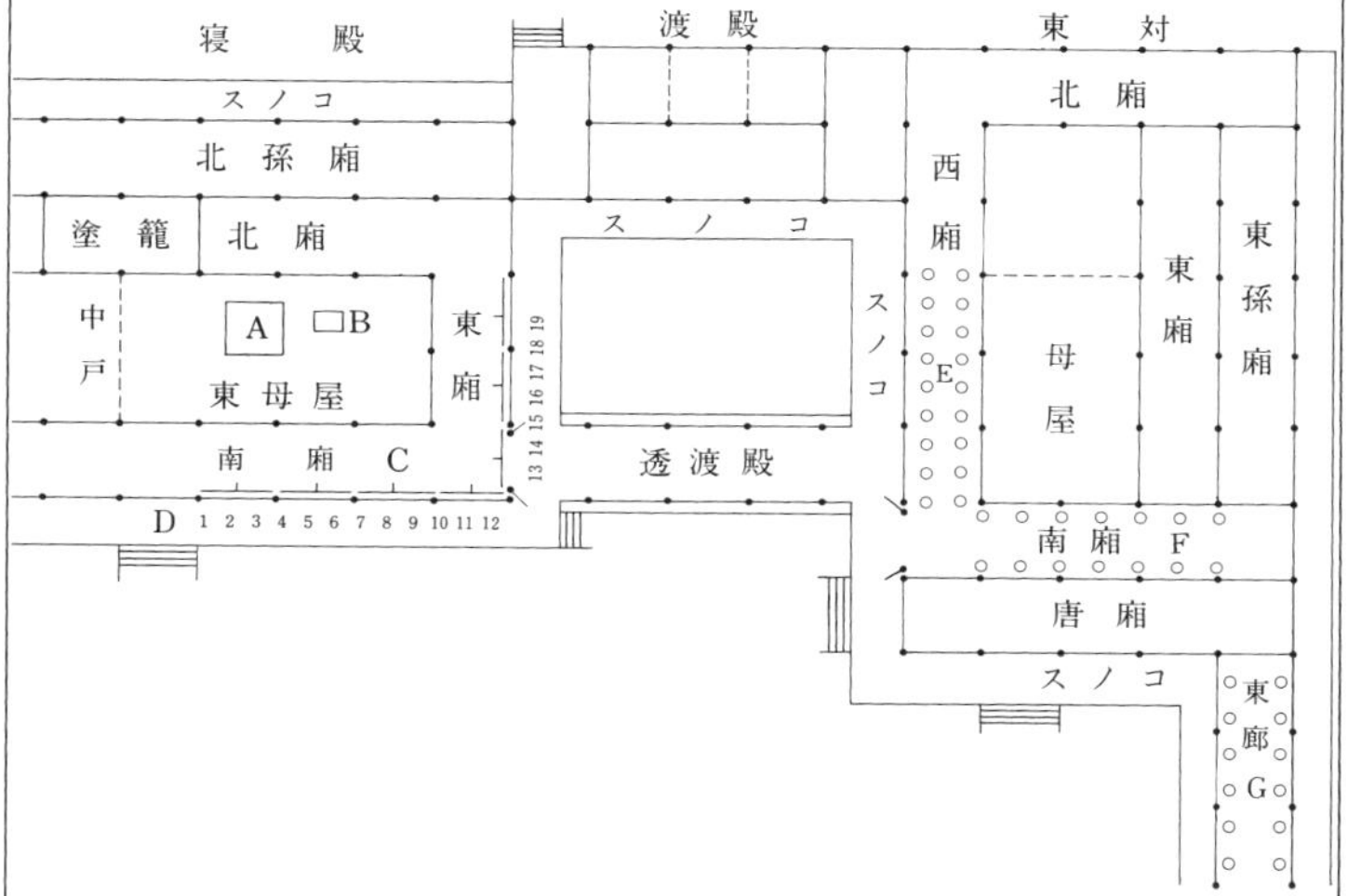

五十日の祝想定図

A　御帳台

B　御座

C　上達部が御前に召された時の女房の座

D　上達部が御前に召された時の座

1　左大臣道長	2　右大臣顕光	3　内大臣公季	4　大納言道綱
5　大納言実資	6　中納言斉信	7　中納言公任	8　中納言隆家
9　中納言俊賢	10　中納言時光	11　参議　有国	12　参議　懐平
13　参議　兼隆	14　参議　正光	15　参議　経房	16　参議　実成
17　非参議親信	18　非参議頼通	19　非参議憲定	

E　上達部の座

F　殿上人の座

G　諸大夫の座

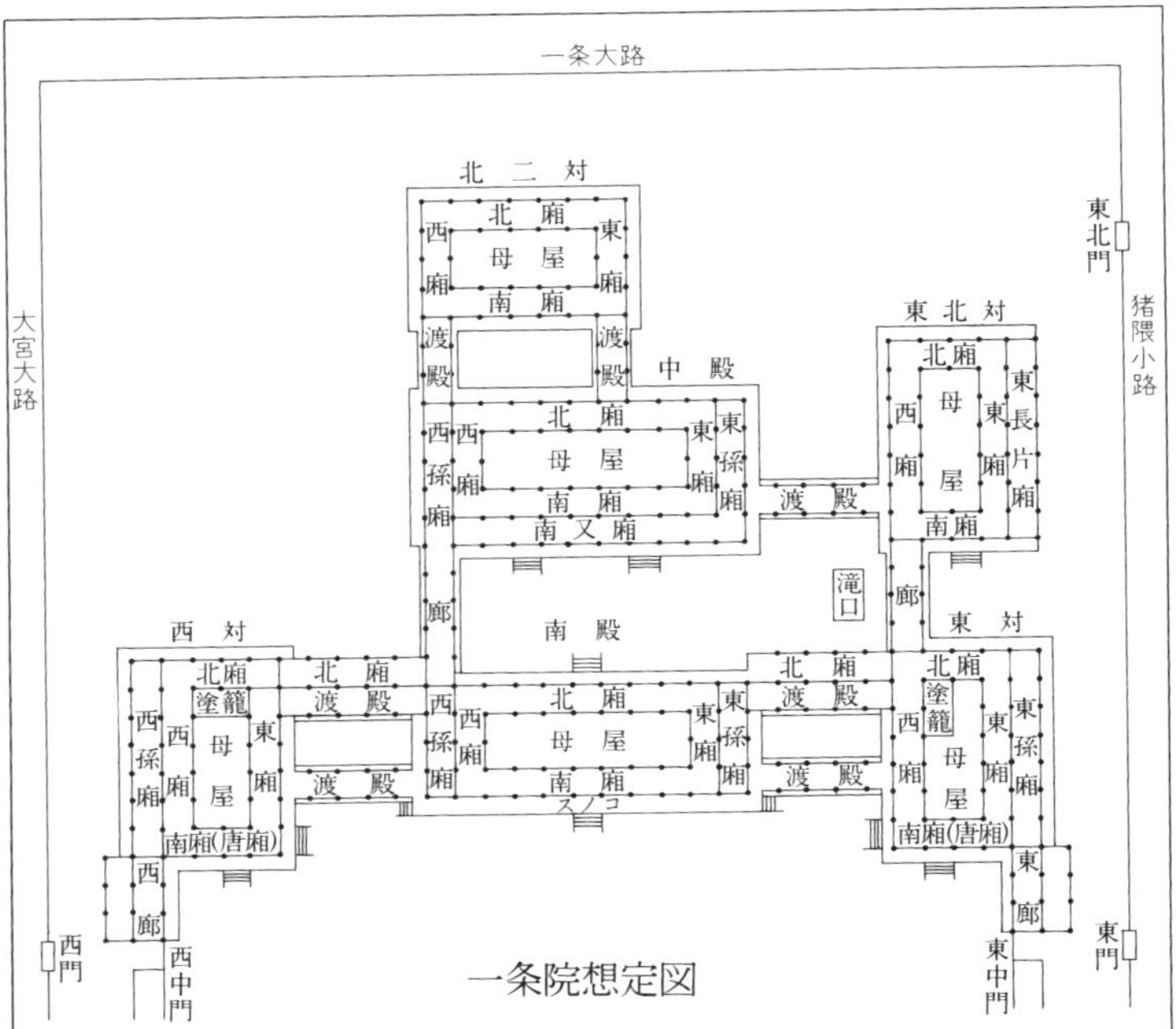

一条院想定図

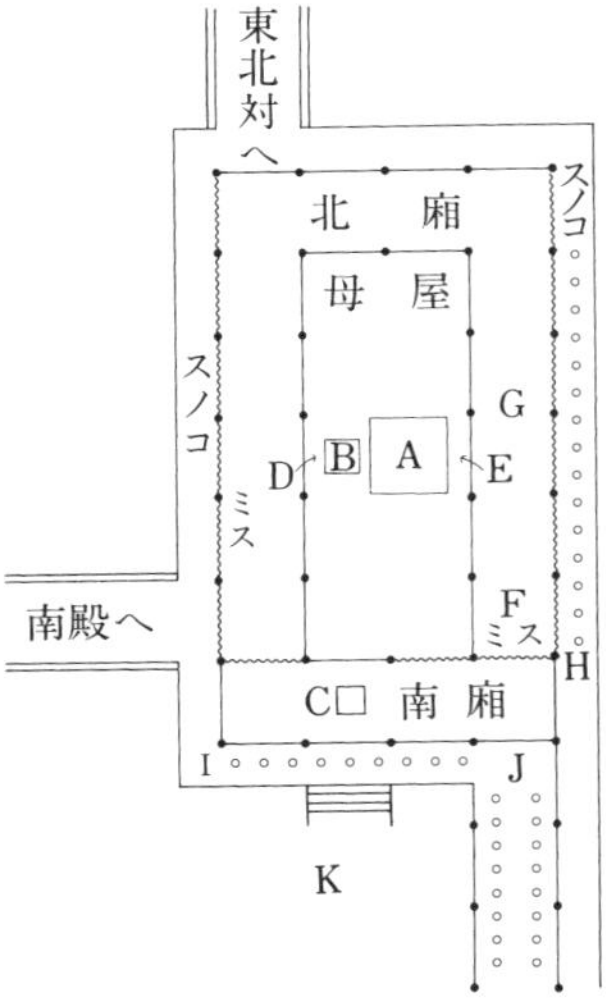

二の宮五十日の祝宴想定図
（於枇杷殿東対）

A　御帳台
B　昼の御座
C　平敷の御座
D　内裏の女房の座
E　大納言の君・小少将の君の座
F　中宮の上臈女房の座
G　中宮の女房の座
H　五十日の儀の折の上達部の座
I　上達部の座
J　殿上人の座
K　地下人・楽人の座

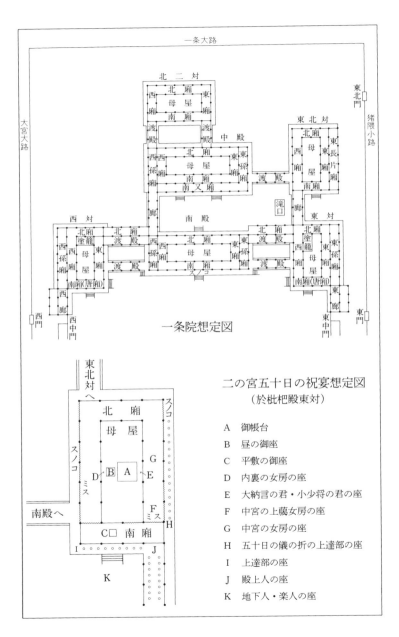

寝殿造り（年中行事絵巻　闘鶏）

局に訪れる斉信と実成
（紫式部日記絵巻）

御堂から舟を出す公達
（紫式部日記絵巻）

御帳台（春日権現験記絵）

立　蔀（石山寺縁起絵）

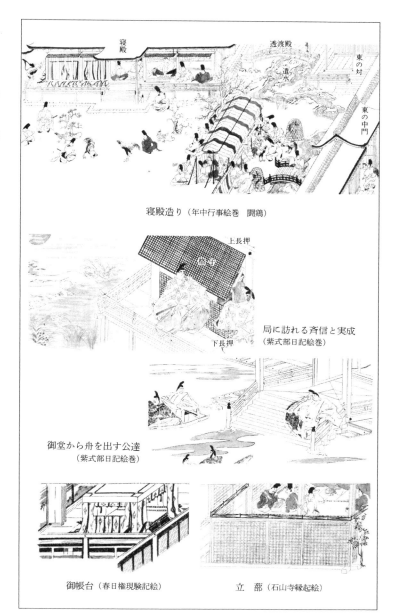

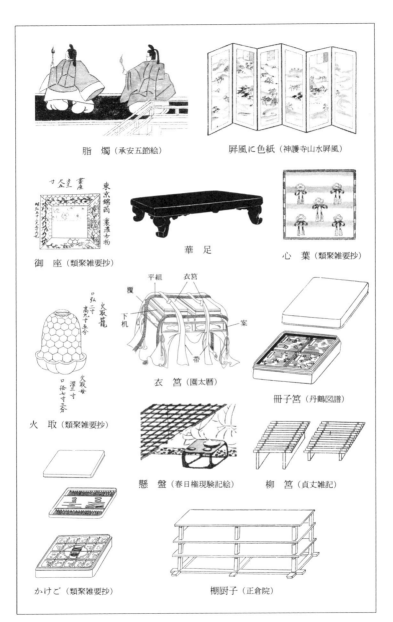

脂　燭（承安五節絵）

屏風に色紙（神護寺山水屏風）

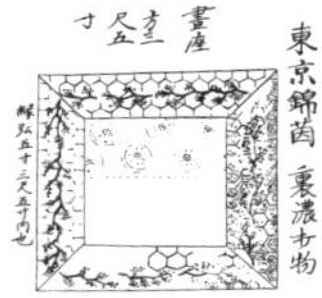

御　座（類聚雑要抄）

華　足

心　葉（類聚雑要抄）

火　取（類聚雑要抄）

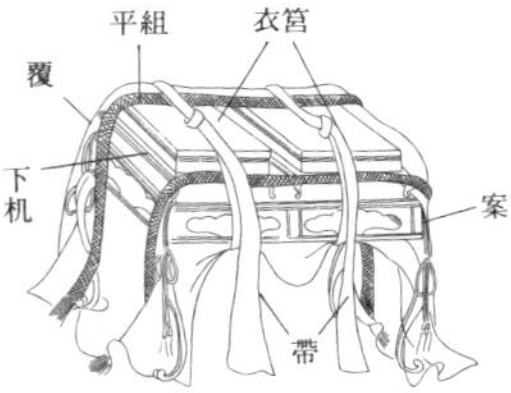

衣　筥（園太暦）

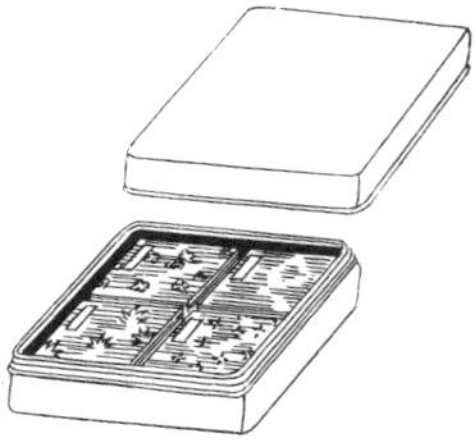

冊子筥（丹鶴図譜）

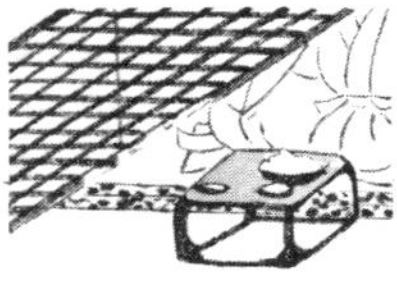

懸　盤（春日権現験記絵）

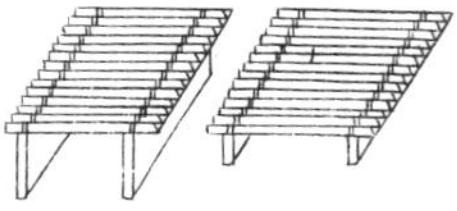

柳　筥（貞丈雑記）

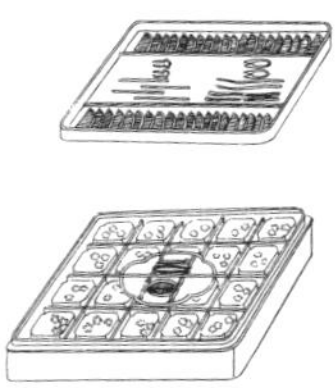

かけご（類聚雑要抄）

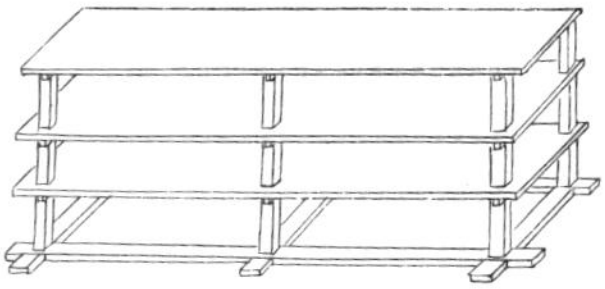

棚厨子（正倉院）

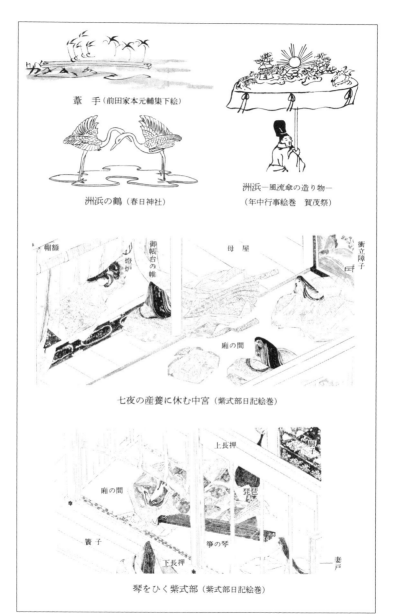

葦　手（前田家本元輔集下絵）

洲浜の鶴（春日神社）

洲浜―風流傘の造り物―
（年中行事絵巻　賀茂祭）

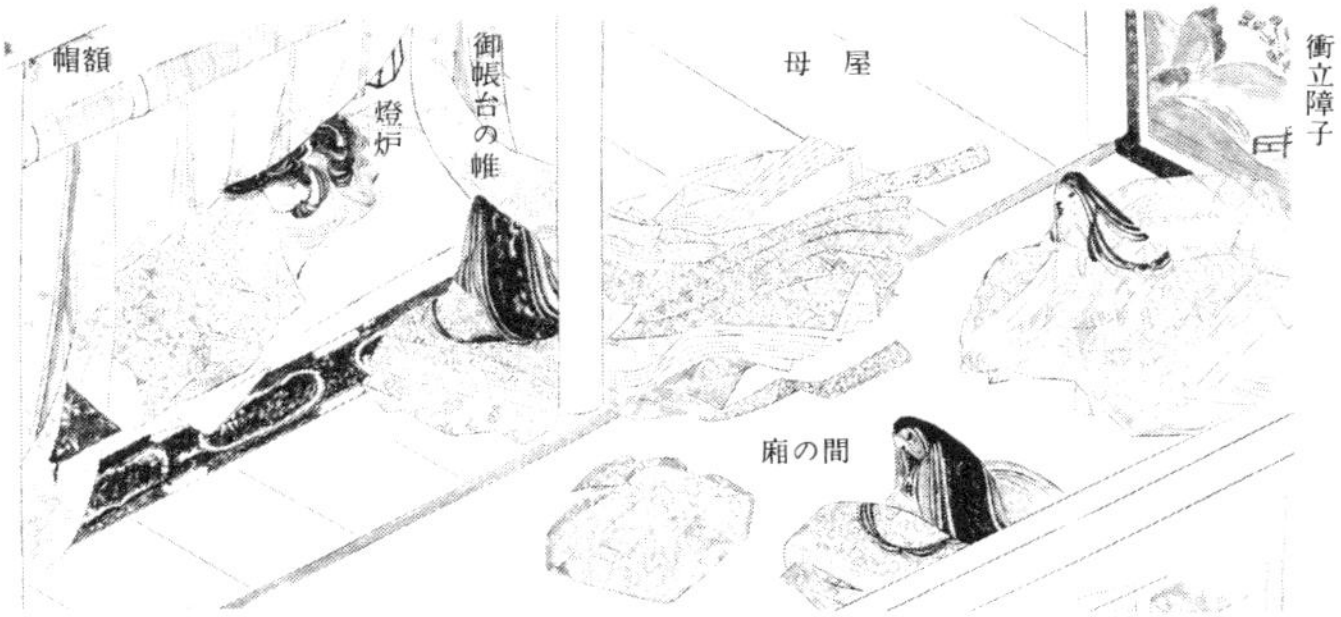

七夜の産養に休む中宮（紫式部日記絵巻）

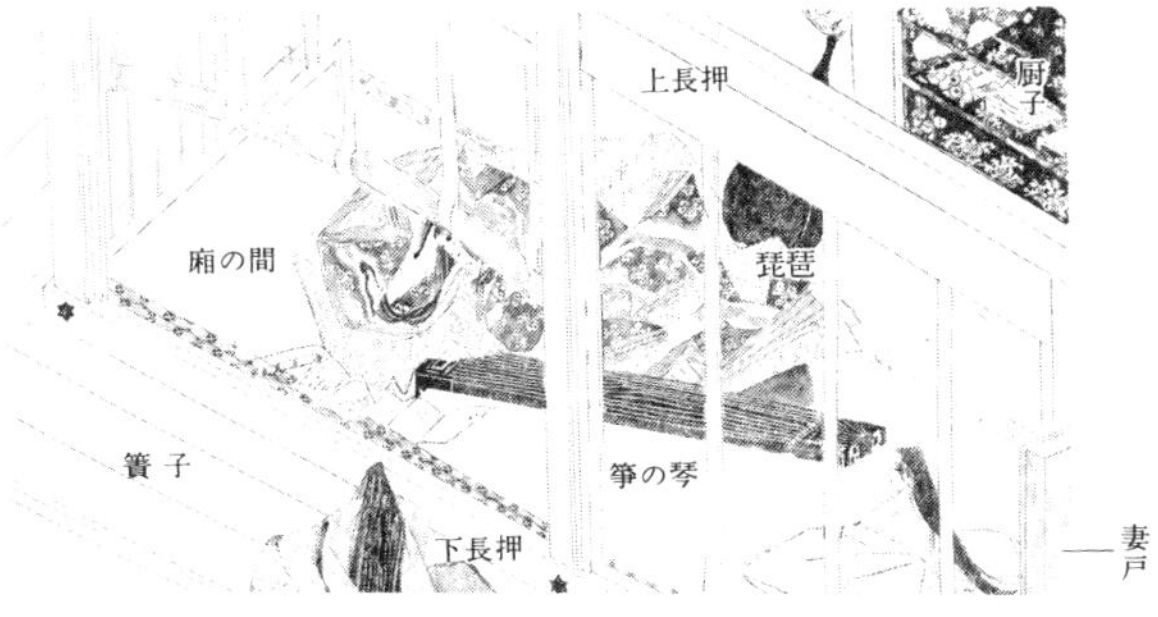

琴をひく紫式部（紫式部日記絵巻）

虎の頭・御佩刀（九条本栄花物語）

屯食・屏幔（年中行事絵巻　賭射）

折櫃物（年中行事絵巻）

坐居のお産（餓鬼草子）

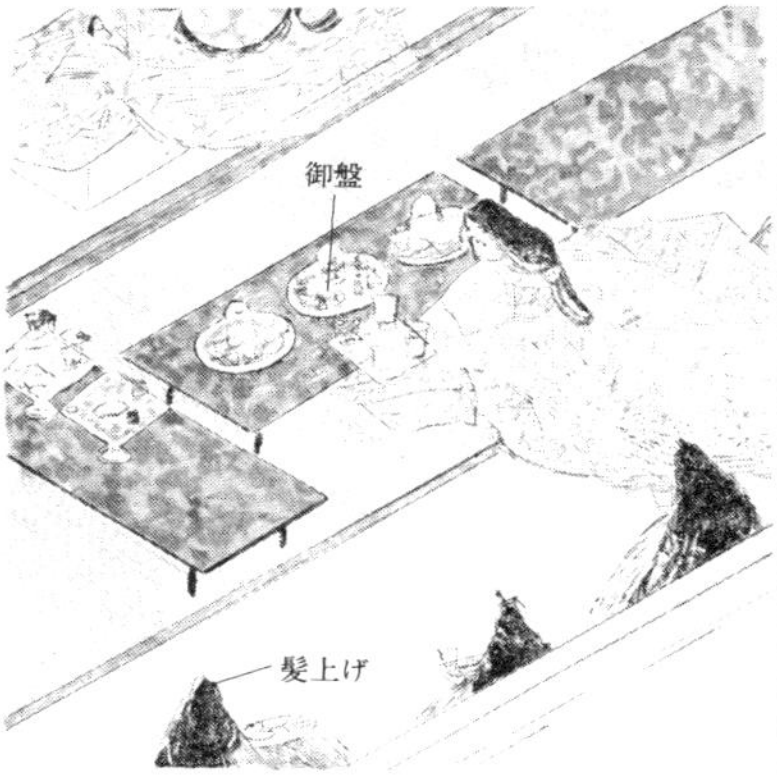

中宮の御膳を運ぶ（紫式部日記絵巻）

お産・物の怪・祈禱（目無経下絵）

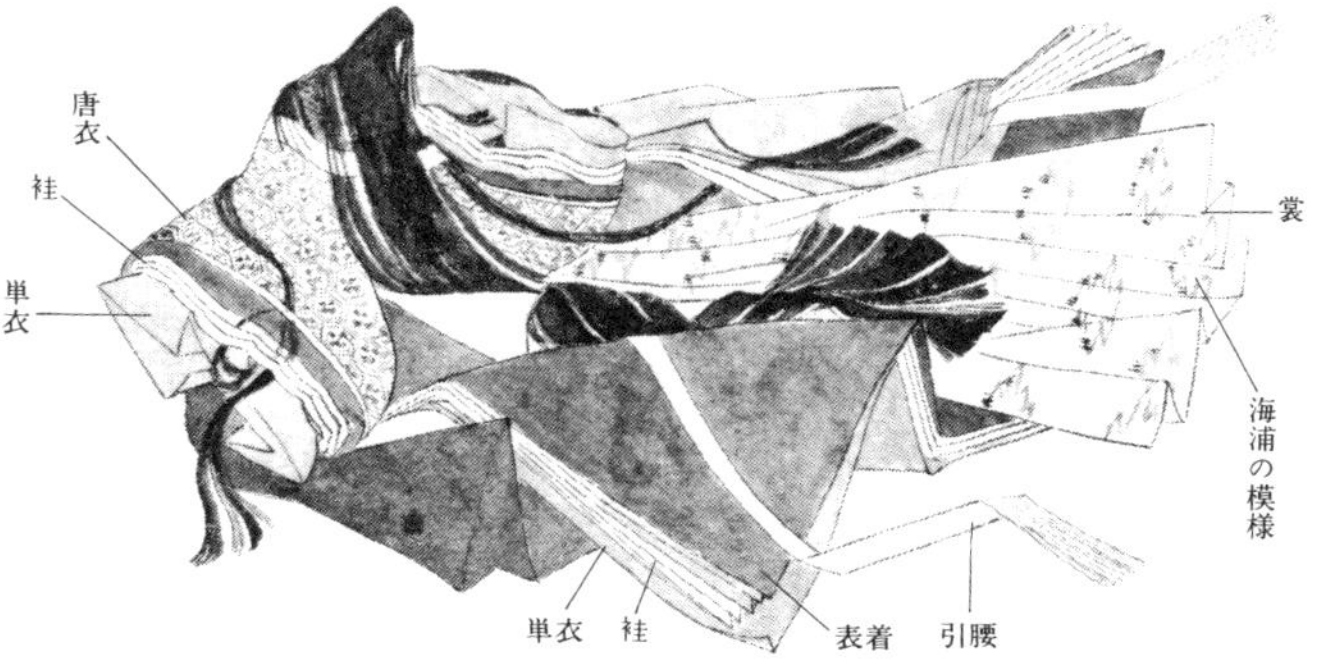

裳・唐衣（佐竹本三十六歌仙絵　小町）

汗　衫（承安五節絵）

領　布（年中行事絵巻　内宴）

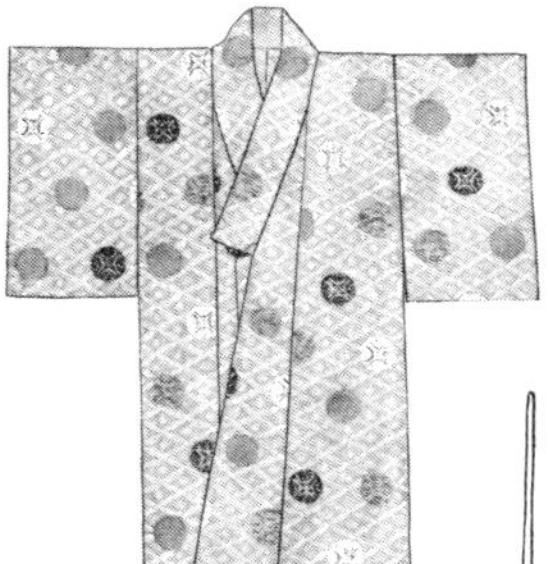

衵（熊野速玉大社）

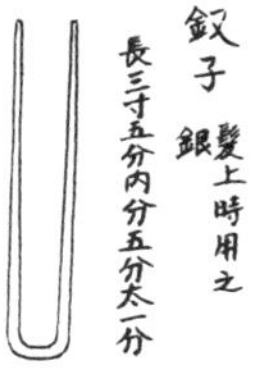

釵　子（類聚雑要抄）

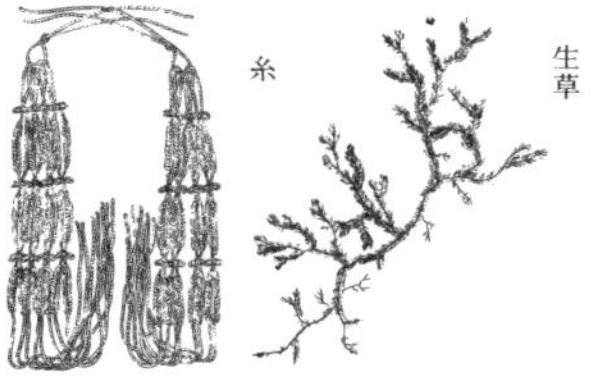

日蔭鬘　日蔭鬘

（冠帽図会）

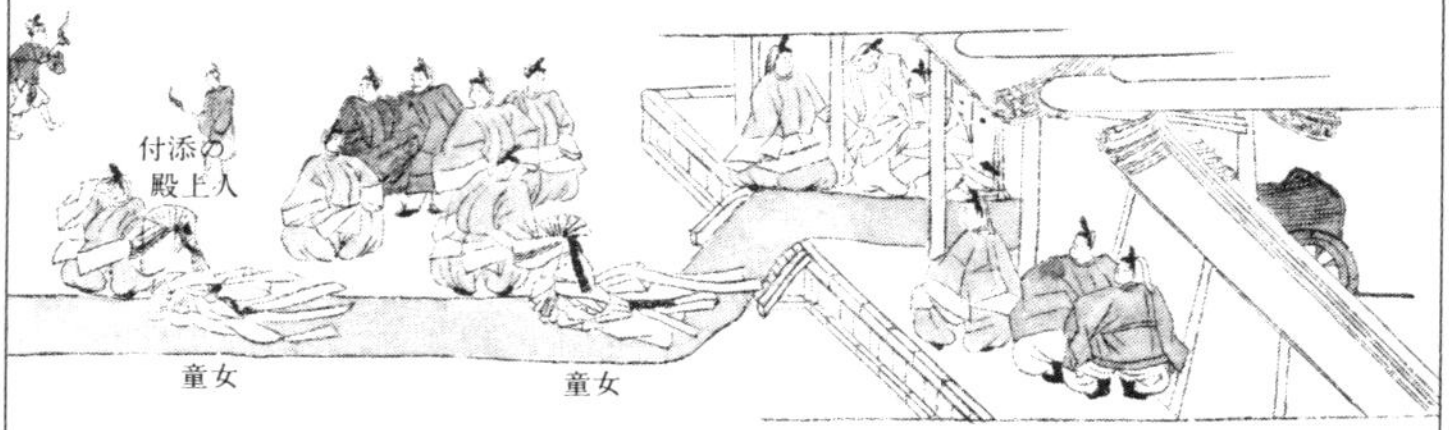

五節参入（承安五節絵）

禄の衣を賜わる人々（紫式部日記絵巻）

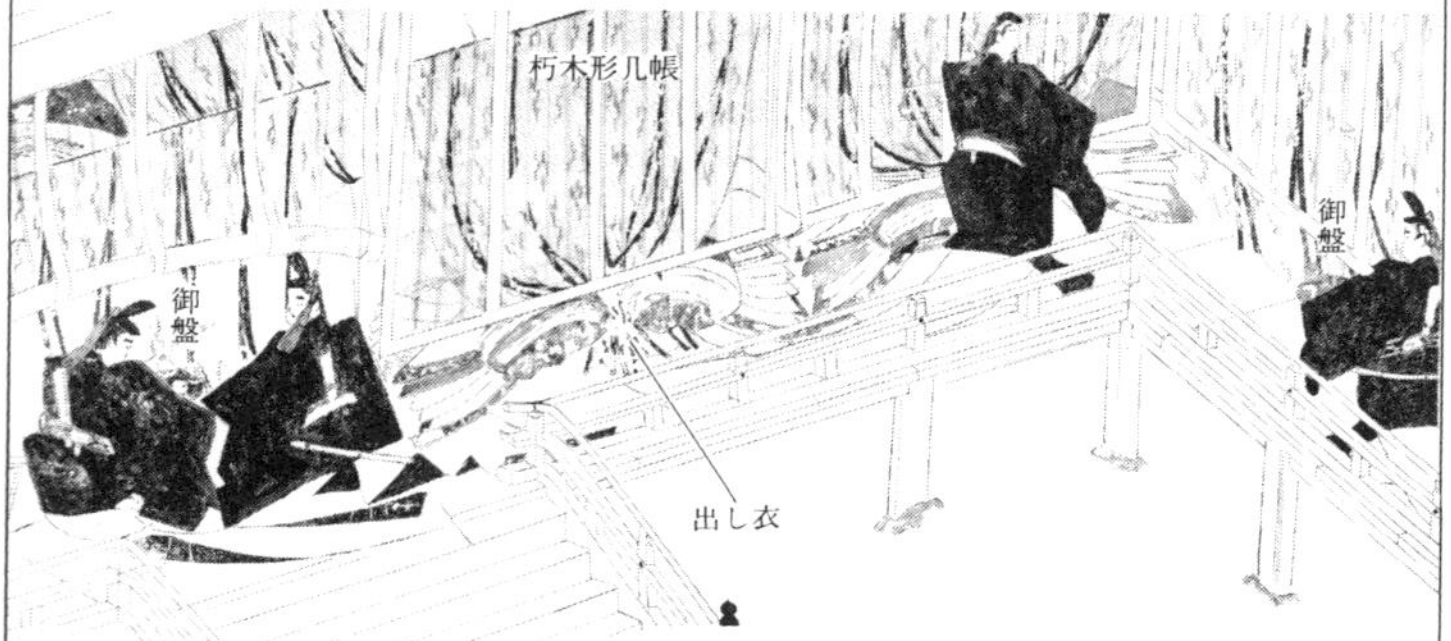

二の宮五十日の儀に奉仕する人々（紫式部日記絵巻）

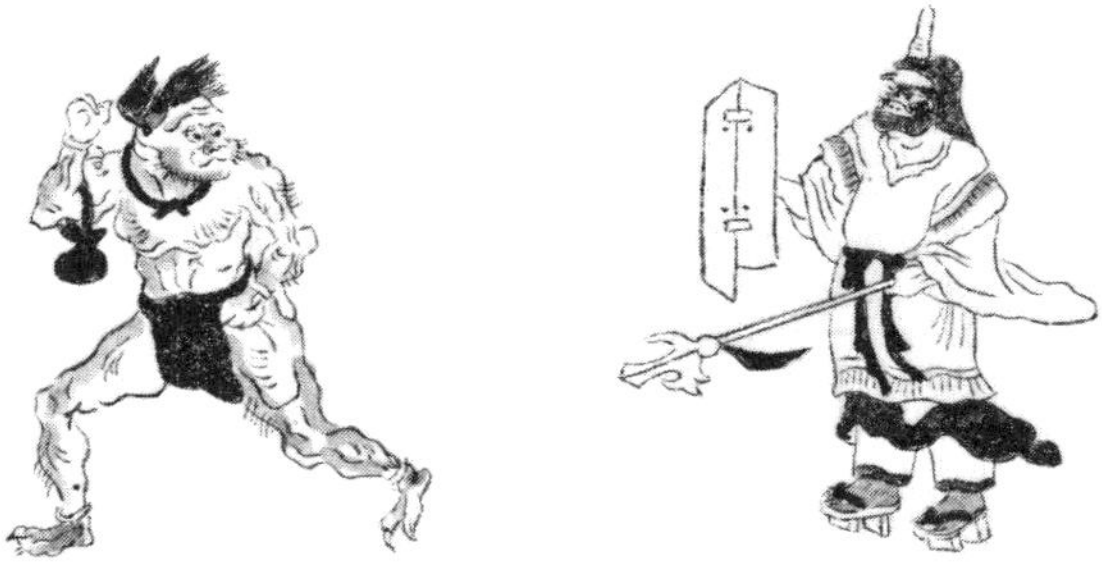

追　　儺（政事要略）

臨時客（年中行事絵巻）

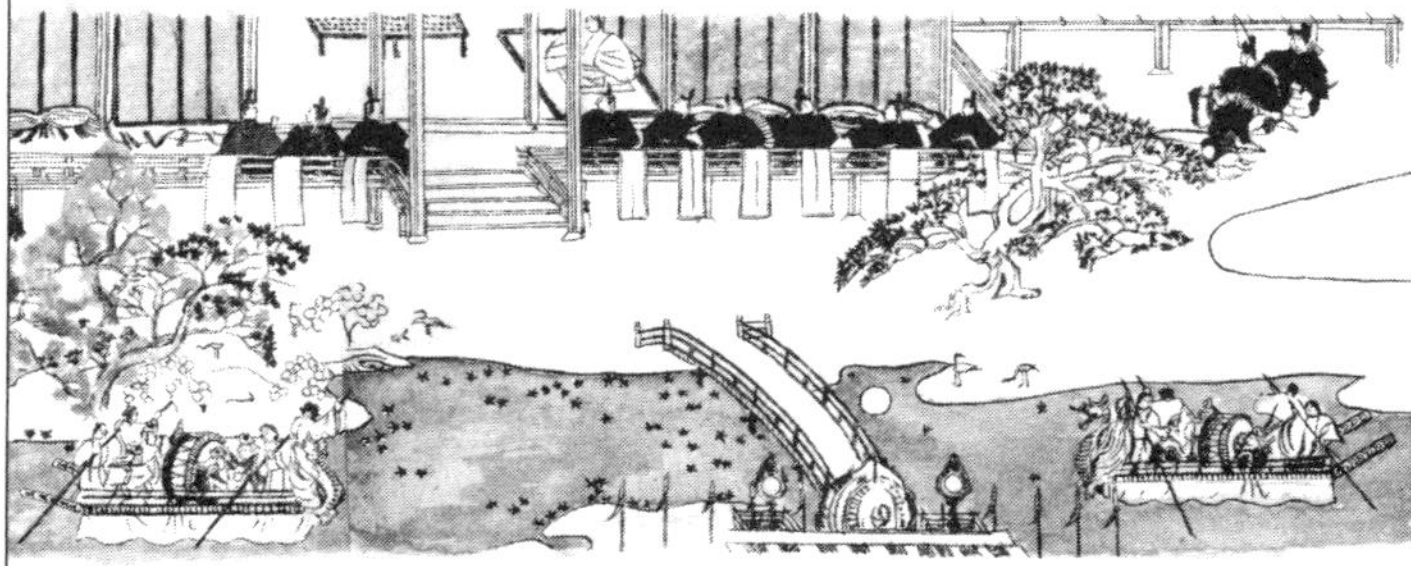

龍頭鷁首の船（駒競行幸絵巻）

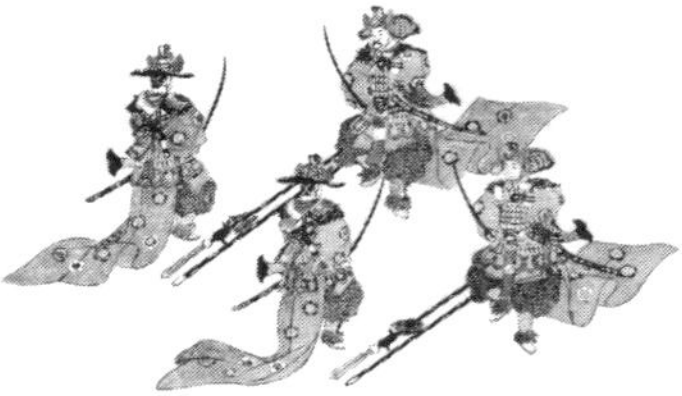

太平楽（舞楽図譜）

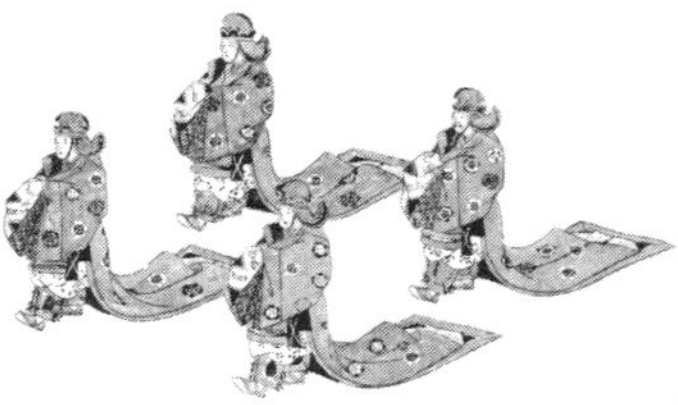

万歳楽（舞楽図譜）

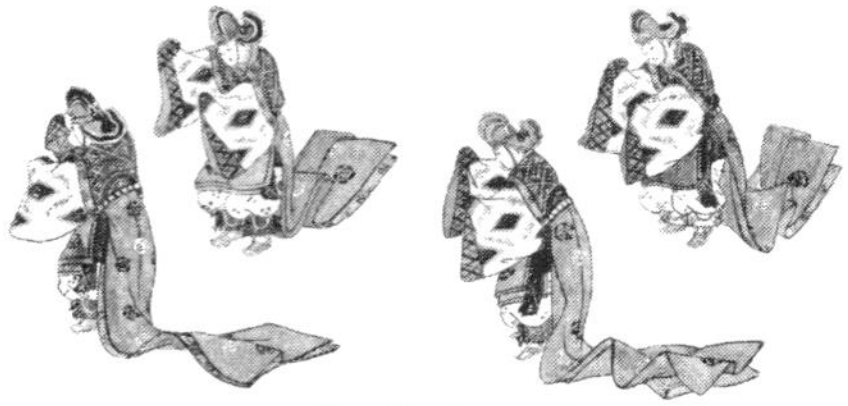

賀　殿（舞楽図譜）

和　琴

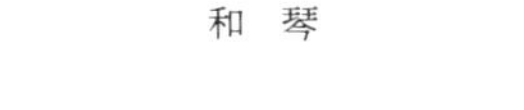

琴

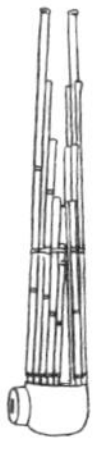

笙

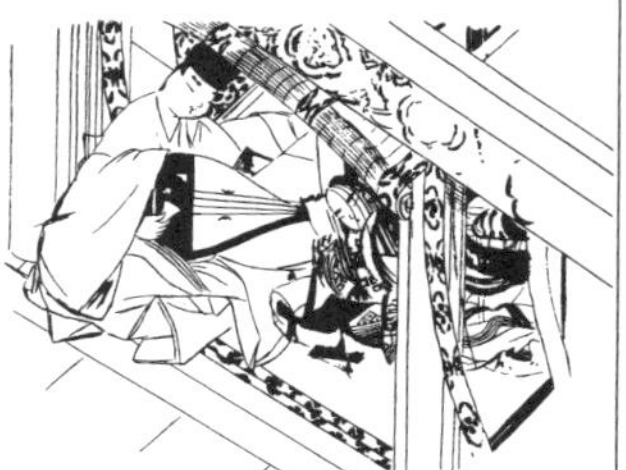

琵琶を弾く（源氏物語絵巻）

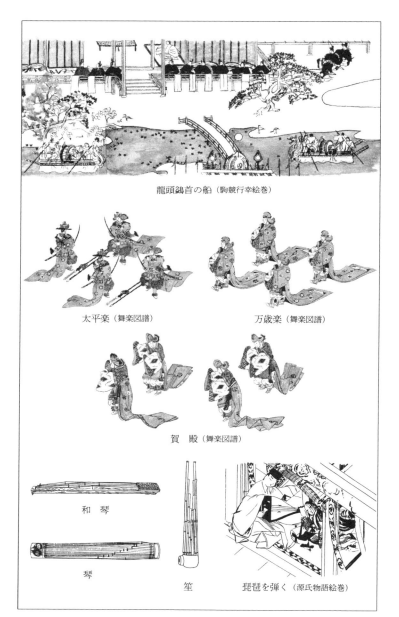

葱　花　輦（駒競行幸絵巻）

鳳　輦（年中行事絵巻　朝覲行幸）

糸　毛　車（輿車図考）

〔皇室関係図〕

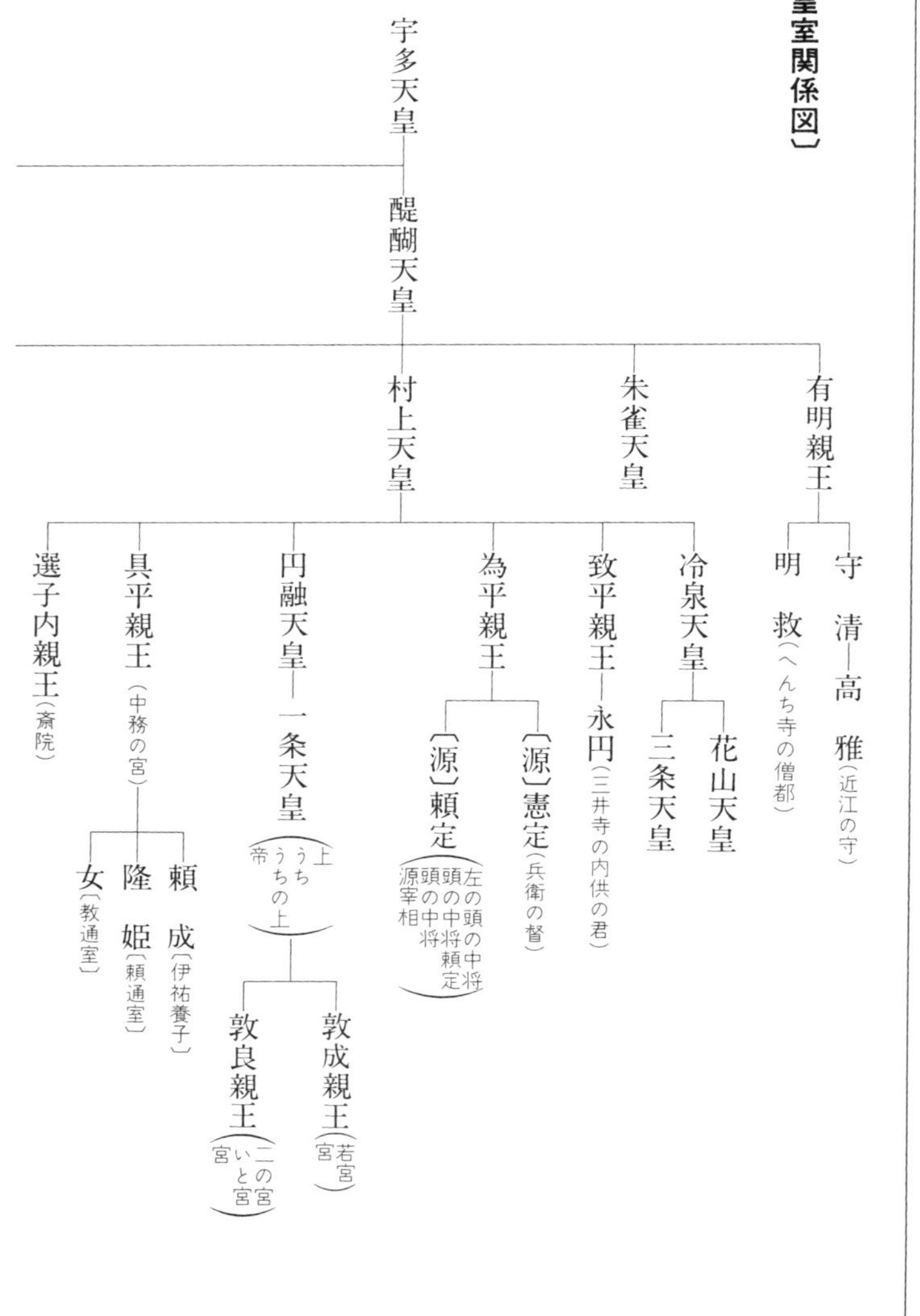
宇多天皇
醍醐天皇
有明親王
朱雀天皇
村上天皇
守清
高雅（近江の守）
明救（へんち寺の僧都）
冷泉天皇
花山天皇
三条天皇
致平親王
永円（三井寺の内供の君）
為平親王
〔源〕憲定（兵衛の督）
〔源〕頼定（左の頭の中将 頭の中将頼定 源宰相）
円融天皇
一条天皇（上 うち うちの上 帝）
敦成親王（若宮 宮）
敦良親王（二の宮 いと宮 宮）
具平親王（中務の宮）
頼成（伊祐養子）
隆姫（頼通室）
女（教通室）
選子内親王（斎院）

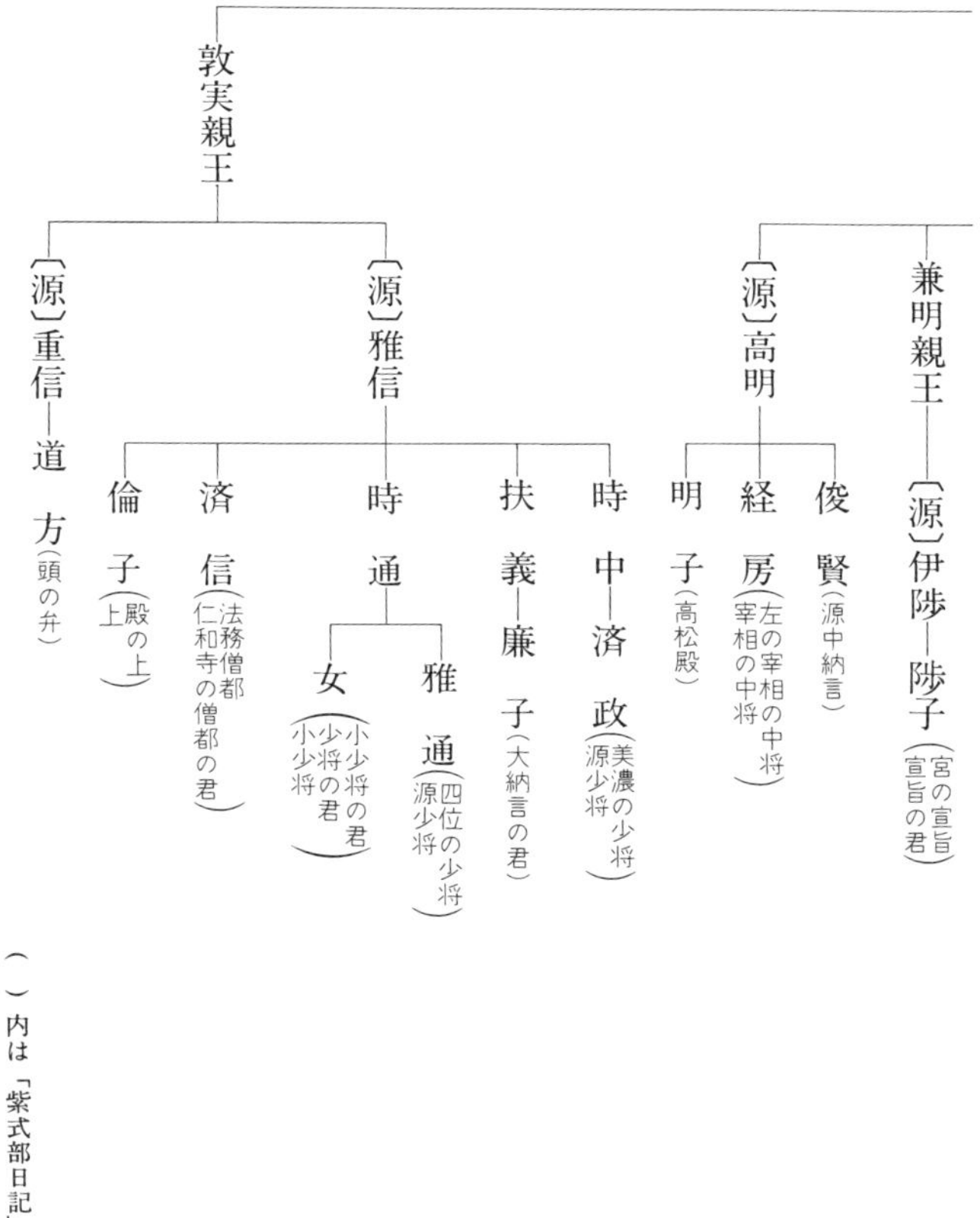

（ ）内は「紫式部日記」での呼称。

〔藤原氏関係図〕

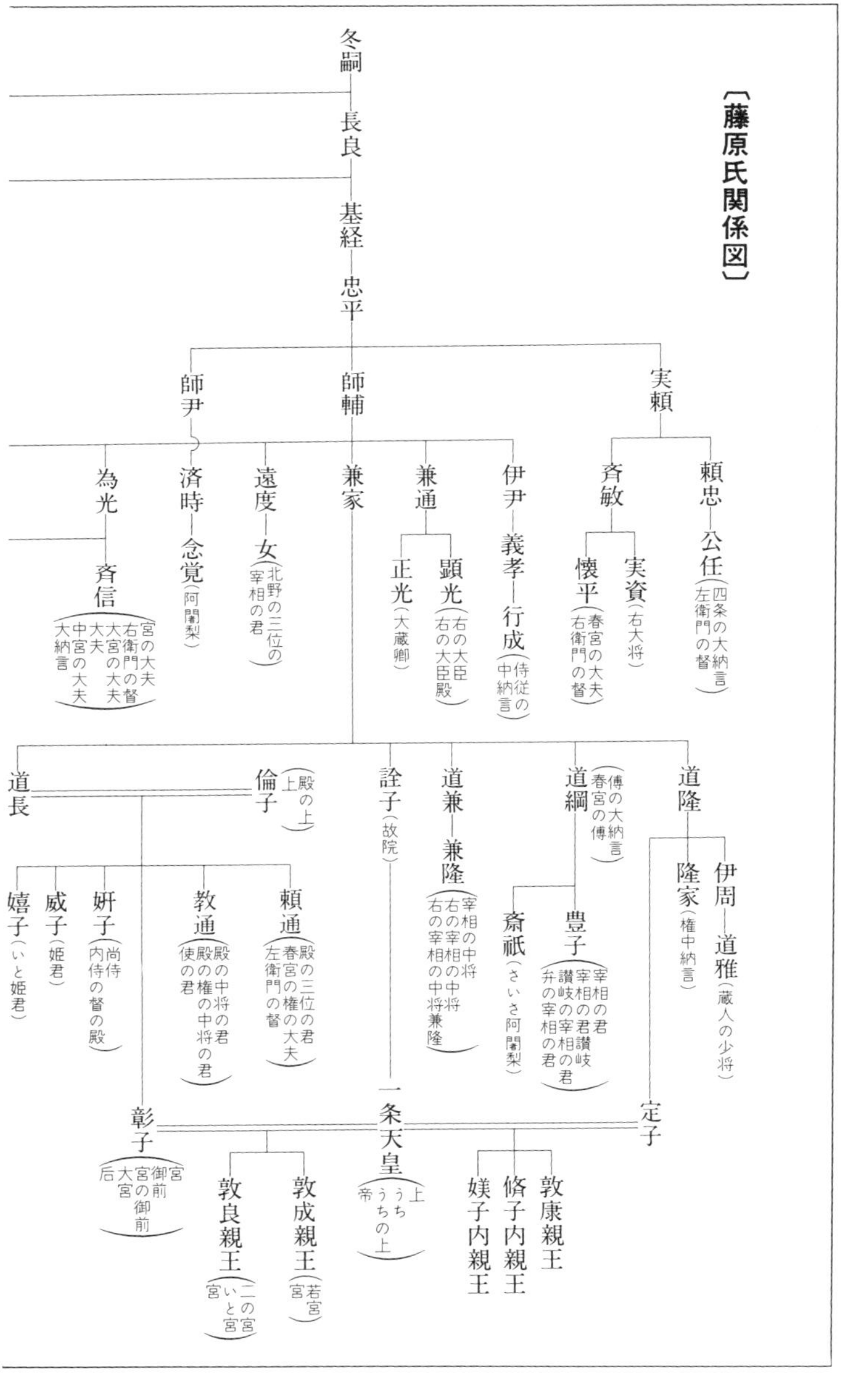
冬嗣
長良
基経
忠平
実頼
師輔
師尹
頼忠
公任（四条の大納言 左衛門の督）
斉敏
実資（右大将）
懐平（春宮の大夫 右衛門の督）
伊尹
義孝
行成（侍従の中納言）
兼通
顕光（右の大臣 右の大臣殿）
正光（大蔵卿）
兼家
遠度
女（北野の三位の 宰相の君）
済時
念覚（阿闍梨）
為光
斉信（宮の大夫 右衛門の督 大宮の大夫 大夫 中宮の大夫 大納言）
道隆
伊周
道雅（蔵人の少将）
隆家（権中納言）
道綱（傅の大納言 春宮の傅）
豊子（宰相の君 宰相の君讃岐 讃岐の宰相の君 弁の宰相の君）
斎祇（さいさ阿闍梨）
道兼
兼隆（宰相の中将 右の宰相の中将 右の宰相の中将兼隆）
詮子（故院）
倫子（殿の上 上）
道長
頼通（殿の三位の君 春宮の権の大夫 左衛門の督）
教通（殿の中将の君 殿の権の中将の君 使の君）
妍子（尚侍 内侍の督の殿）
威子（姫君）
嬉子（いと姫君）
定子
一条天皇（上 うち うちの上 帝）
彰子（宮 御前 宮の御前 大宮 后）
敦康親王
脩子内親王
媄子内親王
敦成親王（若宮 宮）
敦良親王（二の宮 いと宮 宮）

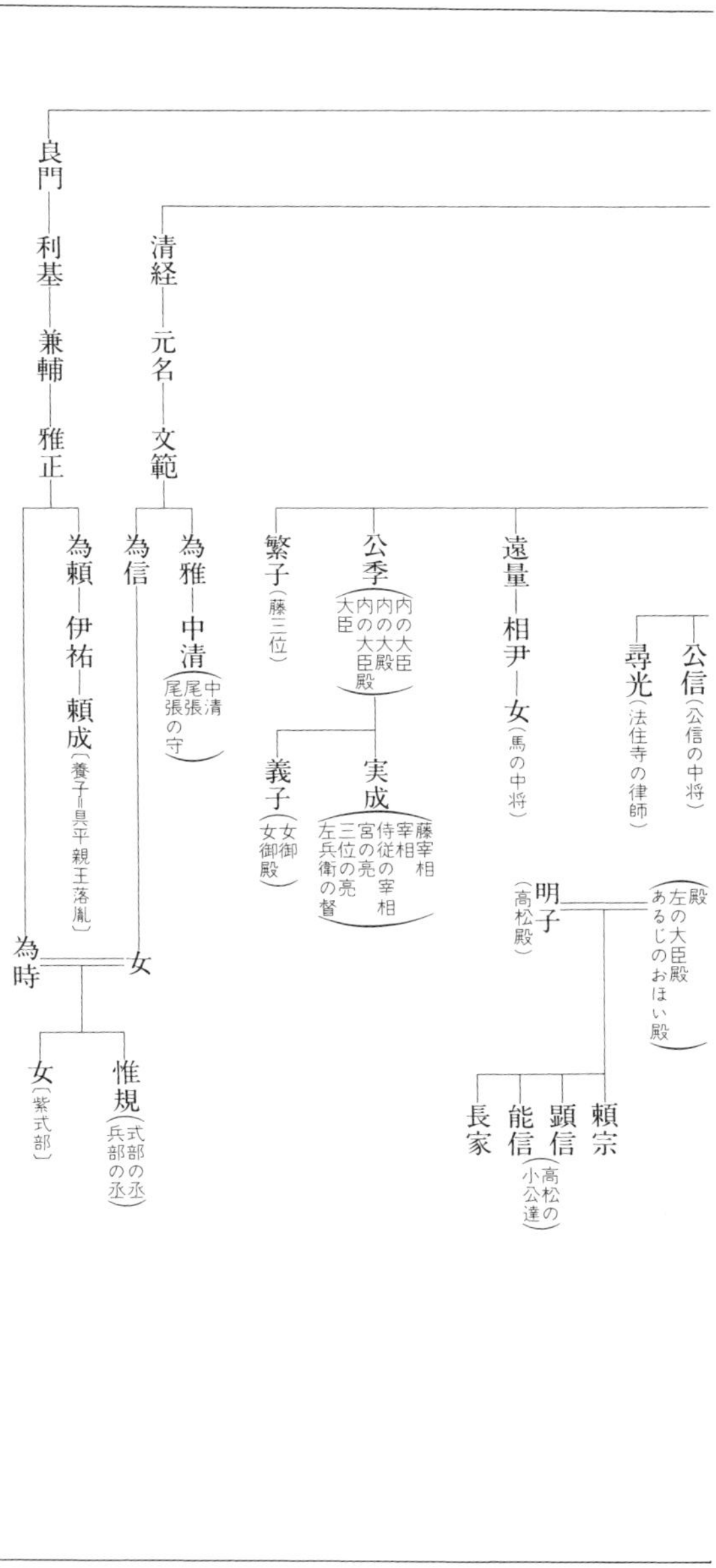

（ ）内は「紫式部日記」での呼称。

〔橘氏関係図〕

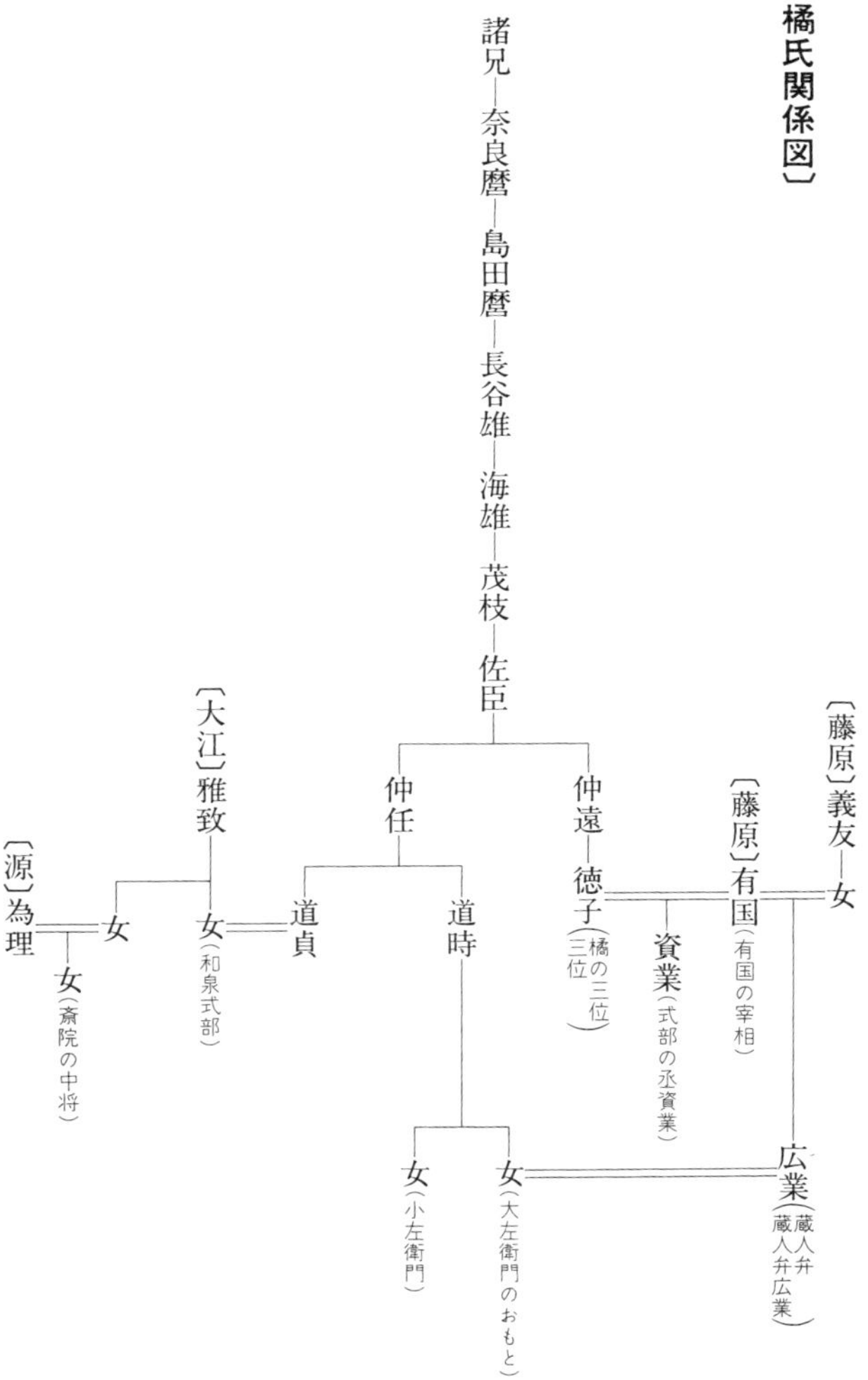

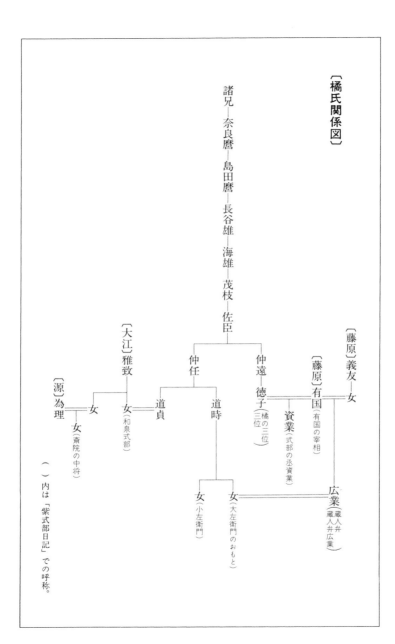

（ ）内は「紫式部日記」での呼称。

初句索引

一、この索引は『紫式部日記』『紫式部集』に収録されている歌を初句によって検索する便宜のために作成した。
一、すべて歴史的仮名づかいによる平仮名で記し、五十音順に配列した。
一、初句が同じ歌の場合は次に一字を下げて―を付し第二句を掲げた。
一、算用数字は『紫式部日記』の頁数。漢数字は『紫式部集』の歌番号を示す。

くもりなく　七八
くれなゐの　三一
くれぬまの　六四
けぢかくて　七四
けふはかく　六〇
ここにかく　二五
ここのへに　九八
こころあてに　七三
こころだに　五六
こころゆく　八九
こちかぜに　三三
ことわりの　40・一二三
ことわりや　四五
こひしくて　一一二
さしこえて　九六
さしてゆく　八四
さらばきみ　一〇二
さをしかの　四七
しののめの　一〇四
しのびつる　五九
しもがれの　八二
しもこほり　一一
しらつゆは　13・七〇
しりぬらむ　二三
すきものと　102・一二七
すめるいけの　一一七
たがさとの　五一
たがさとも　六三
たけからぬ　三五
ただならじ　103・一三〇
たづきなき　一一〇
たへなりや　一一五
たれかよに　六五
ちるはなを　四三
つゆしげき　三
つゆふかく　八
としくれて　72・一二六
とぢたりし
—いはまのこほり　九二
—うへのうすらひ　三二
なきひとに　四四
なきひとを　六六
なきよわる　二
なにかこの　四一
なにごとと　一一九
なにたかき　七二
なにはがた　一一七
なにばかり　一〇九
なべてよの　一一八
なほざりの　一〇七
にしのうみを　六
にしへゆく　七
はなすすき　八七
はなといはば　三八
はらへどの　一四
はるなれど　二八
はるのよの　四六
ひとにまだ　103・一二八
ふるさとに　二七
ふればかく　一一三
へだてじと　七五
ほととぎす　一三
まきのとも　六八
ましもなほ　七一
みかさやま　九五
みしひとの　四八
みづうみに　二九
みづどりを　39・一二一
みねさむみ　七六

新潮日本古典集成〈新装版〉

紫《むらさき》式《しき》部《ぶ》日記《にっき》 紫《むらさき》式《しき》部《ぶ》集《しゅう》

平成二十八年一月三十日 発行
令和 六 年三月十五日 二刷

校注者 山《やま》本《もと》利《り》達《たつ》

発行者 佐藤隆信

発行所 株式会社 新潮社
〒一六二-八七一一 東京都新宿区矢来町七一
電話 〇三-三二六六-五四一一（編集部）
〇三-三二六六-五一一一（読者係）
http://www.shinchosha.co.jp

印刷所 大日本印刷株式会社

製本所 加藤製本株式会社

装画 佐多芳郎／装幀 新潮社装幀室

組版 株式会社ＤＮＰメディア・アート

ISBN978-4-10-620817-1 C0395

■新潮日本古典集成

古事記　西宮一民
萬葉集　一～五　青木生子　井手至　伊藤博　清水克彦　橋本四郎
日本霊異記　小泉道
竹取物語　野口元大
伊勢物語　渡辺実
古今和歌集　奥村恆哉
土佐日記　貫之集　木村正中
蜻蛉日記　犬養廉
落窪物語　稲賀敬二
枕草子　上・下　萩谷朴
和泉式部日記　和泉式部集　野村精一
紫式部日記　紫式部集　山本利達
源氏物語　一～八　石田穣二　清水好子
和漢朗詠集　大曽根章介　堀内秀晃
更級日記　秋山虔
狭衣物語　上・下　鈴木一雄
堤中納言物語　塚原鉄雄
大　鏡　石川徹
今昔物語集　本朝世俗部　一～四　阪倉篤義　本田義憲　川端善明
梁塵秘抄　榎克朗
山家集　後藤重郎
無名草子　桑原博史
宇治拾遺物語　大島建彦
新古今和歌集　上・下　久保田淳
方丈記　発心集　三木紀人
平家物語　上・中・下　水原一
金槐和歌集　樋口芳麻呂
建礼門院右京大夫集　糸賀きみ江
古今著聞集　上・下　西尾光一　小林保治
歎異抄　三帖和讃　伊藤博之
とはずがたり　福田秀一
徒然草　木藤才蔵
太平記　一～五　山下宏明
謡曲集　上・中・下　伊藤正義
世阿弥芸術論集　田中裕
連歌集　島津忠夫
竹馬狂吟集　新撰犬筑波集　木村三四吾　井口壽
閑吟集　宗安小歌集　北川忠彦
御伽草子集　松本隆信
説経集　室木弥太郎
好色一代男　松田修
好色一代女　村田穆
日本永代蔵　村田穆
世間胸算用　金井寅之助　松原秀江
芭蕉句集　今栄蔵
芭蕉文集　富山奏
近松門左衛門集　信多純一
浄瑠璃集　土田衞
雨月物語　癇癖談　浅野三平
春雨物語　書初機嫌海　美山靖
與謝蕪村集　清水孝之
本居宣長集　日野龍夫
誹風柳多留　宮田正信
浮世床　四十八癖　本田康雄
東海道四谷怪談　郡司正勝
三人吉三廓初買　今尾哲也